AF202397

ullstein

BEATE MALY, geboren in Wien, ist Bestsellerautorin zahlreicher Kinderbücher, Krimis und historischer Romane. Ihr Herz schlägt neben Büchern für Frauen, die entgegen aller Widerstände um ihr Glück kämpfen.

Von Beate Maly sind in unserem Hause bereits erschienen:

Die Hebamme von Wien
Die Hebamme und der Gaukler
Der Fluch des Sündenbuchs
Die Donauprinzessin
Die Donauprinzessin und die Toten von Wien
Der Raub der Stephanskrone
Die Salzpiratin
Die Kräuterhändlerin
Fräulein Mozart und der Klang der Liebe
Die Frauen von Schönbrunn
Die Kinder von Schönbrunn

BEATE MALY

Die Bild-weberin

Historischer Roman

Ullstein

Besuchen Sie uns im Internet:

www.ullstein.de

Wir verpflichten uns zu Nachhaltigkeit
• Papiere aus nachhaltiger Waldwirtschaft
  und anderen kontrollierten Quellen
• ullstein.de/nachhaltigkeit

MIX
Papier | Fördert
gute Waldnutzung
FSC® C021394

Originalausgabe im Ullstein Taschenbuch
1. Auflage Februar 2024
© Ullstein Buchverlage GmbH, Berlin 2024
Wir behalten uns die Nutzung unserer Inhalte für Text und
Data Mining im Sinne von § 44b UrhG ausdrücklich vor.
Umschlaggestaltung: zero-media.de, München
Titelabbildung: © Rebecca Stice / Trevillion Images
Gesetzt aus der Quadraat Pro powered by *pepyrus*
Druck und Bindearbeiten: ScandBook, Litauen
ISBN 978-3-548-06502-1

1

Nürnberg, 1534

Über dem Hauptportal der Kirche »Zu Unserer Lieben Frau« thronte die Statue Kaiser Karls IV. Wie jeden Tag zur Mittagsstunde öffneten sich nach dem Schlagen der Stundenglocke die beiden Türen links und rechts der vergoldeten Kupferstatue, und die sieben Kurfürsten traten heraus. Sie zogen dreimal um den goldenen Kaiser herum, der grüßend sein Zepter bewegte. Das technische Wunderwerk wurde von den Nürnbergern liebevoll »Männleinlaufen« genannt, doch nur die wenigsten schenkten dem Schauspiel besondere Beachtung.

Emilia Baumgart hatte sich das Spektakel angesehen und widmete ihre Aufmerksamkeit nun wieder dem bunten Treiben am Platz rund um den Schönen Brunnen mit seinen vierzig bunt bemalten und vergoldeten Figuren. Vorsichtig hielt sie den Einkaufskorb dicht an ihren Körper gepresst, damit ihr Einkauf nicht den gierigen Händen flinker Diebe zum Opfer fiel. Immer unverfrorener waren die Methoden der Burschen, die sich zu kleinen Banden zusammenrotteten, um noch hinterhältiger agieren zu können. Erst letzte Woche hatte einer von ihnen Emilias Schwester Barbara ein saftiges Stück Beinschinken und eine große Ecke Käse aus dem Korb stibitzt. Tagelang hatte die kleine Familie sich mit einfachem Hirsebrei zufriedengeben müssen. Emilia sehnte sich danach, endlich wieder etwas Würziges, Kaubares zwischen die Zähne zu bekommen.

Geschickt drängte sie sich durch die immer dichter werdende Menschenmenge. Kurz vor Marktschluss fanden sich besonders viele Käufer am Marktplatz ein. Sie kamen aus den umliegenden Dörfern, aber auch von weiter her, um am großen Nürnberger Markt erlesene Waren zu erstehen. Genau wie Emilia hofften sie, mit etwas Verhandlungsgeschick günstige Preise zu erzielen. Die meisten Händler wollten ihre Ware nämlich nicht wieder nach Hause schleppen. Lieber ließen sie vom veranschlagten Preis ein wenig nach.

Emilia hielt kurz an. Sie hörte Dialekte aus dem Süden wie aus dem hohen Norden des Reiches. Mehrere Wechsler boten ihre Dienste an. Bei ihnen konnten ausländische Käufer ihre Münzen gegen Nürnberger Währung eintauschen.

Es roch nach eingelegtem Hering, heißem Schmalzgebäck, gebratenem Spanferkel und geräuchertem Wildbret. An einem Stand wurden getrocknete Kräuter verkauft. Die Büschel hingen von einem Balken, den man über dem Verkaufstisch aufgebaut hatte. In großen Körben befanden sich abgerebelte Blättchen, die man lose nach Gewicht kaufen konnte. Emilia sog den würzigen Duft von Rosmarin, Lorbeer, Liebstöckel und wildem Thymian ein. Er erinnerte sie daran, dass sie in den nächsten Tagen Pflanzen fürs Färben der Garne und Stoffe sammeln musste. Ihre Dienstgeberin Kunigunde Löffelholz hatte sie schon mehrmals dazu aufgefordert, nur war bislang das Wetter zu schlecht gewesen.

Am nächsten Stand gab es exotische Gewürze aus fernen Ländern: Zimtrinde, Gewürznelken, Vanilleschoten. Emilia lief das Wasser im Mund zusammen angesichts all der Köstlichkeiten. Die Zutaten fürs eigene Abendessen hatte sie bereits im Korb: billige Flusskrebse, die die Fischer eimerweise aus der Pegnitz holten, und frisches Brot. Das Geld, das noch in dem kleinen Beutel an ihrem Gürtel lag, musste sie für andere Dinge als Nahrungsmittel aufbewahren. Zielstrebig ging sie an den Leder- und Tuchhändlern, den Hafnern und Knopfmachern vorbei. Sie verweilte nicht am Stand mit den hübschen, geklöppelten Spitzen aus Flandern und schenkte auch dem Käsestand keine Beachtung. Schnurstracks lief sie zum Farbenhändler Auer. Er kam nur zweimal im Monat in die Stadt, um seine Ware feilzubieten. Heute war eine dieser seltenen Gelegenheiten.

»Ein Zehennagel vom heiligen Antonius gefällig?« Ein Reliquienhändler trat ihr in den Weg und hinderte sie am Weitergehen. Seine bizarre Ware trug er in einem hölzernen Bauchladen vor sich her. »Oder lieber eine Locke der heiligen Barbara? Beides heute zum Spottpreis zu haben.«

»Danke, nein!«

Der Mann, dessen Kleidung schon bessere Tage gesehen hatte, ließ nicht locker. »Ich sehe, Ihr seid eine anspruchsvolle Kundin.« Er senkte die Stimme und beugte sich ganz nah zu ihr. Sein Atem roch unangenehm nach Zwiebeln.

Emilia trat einen Schritt zurück und stieß mit einer dicken Frau zusammen, bei der sie sich sofort entschuldigte.

»Für Euch habe ich einen Splitter vom wahren Kreuze Christi. So was bekommt Ihr nicht alle Tage.«

»Auch daran habe ich kein Interesse. Vielen Dank!« Emilia wollte an dem aufdringlichen Mann vorbei, doch aus unerfindlichen Gründen sah er in Emilia eine potenzielle Kundin.

»Eine hübsche junge Frau wie Ihr kann gewiss den Segen und das Glück eines Heiligen benötigen.«

»Sehe ich etwa so aus, als würde ich Hilfe brauchen?« Der Verkäufer machte Emilia wütend.

»Jeder kann die Hilfe eines Heiligen brauchen«, meinte der Reliquienhändler versöhnlich. »Sorgen mit dem Liebsten zum Beispiel. Ihr seid immer noch nicht unter der Haube.« Er deutete auf ihre unberingte Hand. »Ein bisschen Hilfe von oben kann da nicht schaden.«

»Danke, darauf kann ich verzichten«, entgegnete Emilia verärgert. Was bildete dieser Mann sich ein? Es ging ihn überhaupt nichts an, ob sie einen Ehemann hatte oder nicht. »Ich vertraue auf meinen eigenen Hausverstand. Und nun tretet bitte zur Seite, damit ich weitergehen kann. Ich habe nicht ewig Zeit.«

Der Mann bewegte sich kein Stückchen.

»Ihr sollt mir nicht länger im Weg stehen, sonst rufe ich die Stadtwache. Und solltet Ihr es vergessen haben: Die Stadt Nürnberg bekennt sich zur Lehre Luthers.«

»Schon gut. Immer mit der Ruhe!« Er hob beschwichtigend beide Hände, drehte sich nach allen Seiten und hielt nach dem nächsten Opfer Ausschau, dem er seine fragwürdige Ware anbieten konnte.

Emilia fragte sich, wie viele Kreuze Christi es wohl geben mochte. In den fünfundzwanzig Jahren, in denen sie nun auf der Welt war, waren ihr so oft Splitter zum Kauf angeboten worden, dass man damit gut und gerne drei große Kreuze hätte zusammensetzen können. Als der lästige Mann endlich weiterging, warf Emilia einen Kontrollblick in ihren Korb. Zum Glück war alles noch da. Die Flusskrebse schienen für Diebe nicht so attraktiv zu sein wie ein großes Stück Schinken.

Emilia setzte ihren Weg fort. Am Ende der Reihe hatte der Farbenhändler seinen Stand aufgebaut. Es war bloß ein kleiner Tisch mit überschaubarem Angebot. In einem Holzkasten, der in mehrere Fächer unterteilt war, befanden sich winzige Mengen wertvoller Farbpigmente. Der Händler war ein kleiner, dünner Mann mit schütterem Haar und einer langen gekrümmten Nase, die ihm womöglich schon einmal gebrochen worden war. Als er Emilia erkannte, hellte sich sein Gesicht auf.

»Was für eine Freude! Die schöne Tochter von Walter Baumgart. Eine hübschere Maid gibt es nicht auf diesem Markt. Die Sonne erblasst angesichts Eurer Schönheit.« Er deutete eine Verbeugung an.

»Guten Tag, Herr Auer. Ihr könnt Euch die Komplimente für andere Kundinnen aufheben. Ich bin nicht hier, um schöne Worte zu hören.«

Der Farbhändler lächelte. »Das habe ich auch nicht erwartet. Dennoch seht Ihr allerliebst aus.«

»Danke.« Emilia wusste, dass sie hübsch war. Sie besaß zwar keinen eigenen Spiegel, aber Barbara hatte einen, den sie sich gelegentlich ausborgte. Emilia hatte das rötliche Haar ihrer Mutter geerbt, das in weichen Locken herabfiel, wenn sie es offen trug. Natürlich flocht sie es stets in sittsame Zöpfe, die sie wie eine Krone um ihren Kopf legte. Ihre Augen waren bernsteinbraun und ihre Haut stets von einer vornehmen Blässe, sah man von den Sommersprossen ab, die in der warmen Jahreszeit ihre Nase und Wangen überzogen. Wie der Reliquienhändler erkannt hatte, war sie immer noch ledig. Das lag nicht an fehlenden Heiratskandidaten, sondern daran, dass ihr Vater zu wenig Geld hatte, um eine Mitgift für beide Töchter zahlen zu können.

»Womit kann ich Euch heute dienen?«

»Mein Vater benötigt neues Farbpulver.«

»Hab ich es mir doch gedacht«, entgegnete der Farbenhändler. »Wo ist Euer werter Vater? Ich hoffe, er ist wohlauf und es fehlt seiner Gesundheit nichts.«

»Meinem Vater geht es sehr gut.« Emilia log, ohne mit der Wimper zu zucken. Sie war es gewohnt, die Wahrheit zu beschönigen, wenn es um die Gesundheit ihres Vaters ging. Er war nach dem Tod seiner Frau in ein tiefes, schwarzes Loch gefallen. An manchen Tagen schaffte er es nicht einmal aus dem Bett, so niedergeschlagen fühlte er sich. Die Ärzte konnten keinen Grund für seine Schwäche finden. Körperlich war er trotz seiner fünfundfünfzig Jahre kräftig und gesund. Aber sein Geist hatte keine Lebensfreude mehr. Es verging kein Tag, an dem er nicht erwähnte, dass er gerne sterben würde. Das war eine Sünde, denn niemand durfte sich den eigenen Tod wünschen. Wann das Leben endete, entschied Gott und niemand sonst.

»Das freut mich zu hören«, sagte Auer. »Welche Farben benötigt er denn diesmal?« Er zwinkerte Emilia aufmunternd zu. »Euer Vater hat großes Glück, dass seine Tochter über ein so ausgeprägtes Wissen und Verständnis für Farben und Malerei verfügt. Das ist keine Selbstverständlichkeit.«

Das war es in der Tat nicht. Emilia war durch eine harte Schule gegangen. Ganze Tage und manchmal auch Nächte hatte sie an der Seite ihres Vaters verbracht, um sein Handwerk zu erlernen. Sie beherrschte die hohe Kunst der Farbherstellung und wusste, wie wichtig es war, die Pigmente zu feinem Pulver zu zerreiben. Sie kannte sich aus, wie man die Farbe mit Öl, Ei und Wasser abrührte und wie man das Pulver und das Bindemittel mischte. Dazu brauchte man den Läufer, einen rund geschliffenen Stein, den man immer und immer wieder über eine Steinplatte ziehen musste, damit die feinen Farbpigmente vollständig mit Bindemittel umhüllt wurden. Für diese Arbeit waren Sorgfalt und Erfahrung erforderlich, denn nur so konnte eine geschmeidige Malfarbe entstehen, die die nötige Leuchtkraft und Farbtiefe besaß, um damit große Kunstwerke zu erschaffen. Doch Walter Baumgart hatte seiner Tochter nicht nur das Farbmischen beigebracht, sondern sie auch im Malen unterrichtet, was für eine Frau nicht nur sehr ungewöhnlich war, sondern auch als sündhaft und anmaßend galt.

»Meinem Vater sind alle Blautöne ausgegangen«, erklärte sie.

»Und ohne Blau kein Himmel«, erwiderte Auer und rieb sich die Hände.

Blau gehörte zu den teuersten Farbpigmenten. Das beliebte Ultramarinblau wurde aus dem kostbaren Lapislazuli hergestellt. Der Edelstein musste aus dem fernen Osten nach Nürnberg gebracht werden, weshalb das Pigment beinahe mit Gold aufzuwiegen war. Walter Baumgart begnügte sich mit dem etwas günstigeren Azurit oder Kobalt. Auch diese Farben waren teuer, aber der Preis war nicht vergleichbar mit dem von Ultramarinblau.

Emilia beugte sich über den hübschen Holzkasten und bewunderte die Farben. In der obersten Reihe befanden sich die Rottöne – vom tiefen, dunklen Weinrot bis zum kräftigen Scharlachrot. Die nächste Reihe enthielt Gelbtöne, vom satten, weichen Goldgelb bis zum zarten Zitronengelb. Eine weitere Reihe bot alle Abstufungen vom hellen Lindgrün bis zum kräftigen Tannengrün. Die Blautöne bildeten den Abschluss. Emilias geschultes Auge erkannte sofort das teure Ultramarinblau, ein sattes, leuchtendes Pulver, das an einen strahlenden Sommerhimmel erinnerte. Dagegen wirkte das Azurit gleich daneben matt und langweilig. Ihr Vater würde sich dennoch damit begnügen müssen, denn die Münzen in Emilias Beutel reichten gerade für eine fingerhutgroße Menge davon aus. Und auch dazu musste sie nun all ihr Verhandlungsgeschick anwenden.

»Das Pulver ist schön«, meinte sie mit gespieltem Desinteresse. »Aber das letzte Mal musste ich es über zwei Stunden mit dem Läufer bearbeiten, damit wenigstens ein paar der winzigen Farbpigmente vom Leinöl aufgenommen wurden.«

»Das kann nicht sein!« Auer schüttelte den Kopf. »Mein Farbpulver ist von höchster Qualität. Ich habe jahrzehntelang Albrecht Dürers Werkstatt beliefert. Der große Meister hat auf meine Ware geschworen. Seine Werkstatt verwendet noch immer meine Produkte. Besseres Farbpulver werdet Ihr nirgendwo finden.«

»Mag sein, dass Eure Ware vor sechs Jahren, als Dürer noch lebte, einwandfrei war. Mein Vater hat jahrelang in seiner Werkstatt gearbeitet«, sagte Emilia unbeeindruckt. »Aber heute gibt es andere Anbieter, die bessere Qualität zu günstigeren Preisen verkaufen.«

»Nennt mir einen Namen«, forderte der Farbenhändler, der nicht beleidigt zu sein schien, sondern eher amüsiert. Er genoss das Feilschen und Verhandeln. Für ihn war es ein Spiel, auf das Emilia sich bereitwillig einließ.

»Ich werde mich davor hüten, Euren Konkurrenten zu nennen. Am Ende geht Ihr zu ihm und ratet ihm, ebenfalls mehr Geld zu verlangen. Bei wem soll ich dann meine Ware kaufen?«

»Bei mir, Jungfer Emilia.« Auers Mundwinkel zuckten. Er breitete beide Arme weit aus. »Was will denn mein angeblicher Konkurrent für einen Fingerhut vom Azurblau?«

Emilia nannte eine Summe, von der sie wusste, dass sie viel zu niedrig war. Niemals würde der Farbenhändler sich damit zufriedengeben. Und tatsächlich setzte er zu lautem Lachen an. »Jungfer Emilia, Ihr seid aber lustig. Vielen Dank für die gute Unterhaltung.« Er wischte sich Tränen aus den Augenwinkeln.

Während ihrer Verhandlungen war ein Mann an den Stand getreten. Emilia drehte sich zu ihm und musterte ihn. Er war groß und breitschultrig, seine Haut war vom Wetter gegerbt, und seine Kleidung ließ darauf schließen, dass er ein Fremder war. Ein strahlend weißer Kragen blitzte unter seinem Wams hervor, und auf dem Kopf trug er einen breitkrempigen Hut, den drei lange Federn zierten. Emilia fand, dass er wie jemand aussah, der das Abenteuer liebte und suchte. Vielleicht war er ja ein Kaufmann, der über die Weltmeere segelte?

»Ich gebe der jungen Frau recht«, mischte er sich ein. »Die Pigmente sind verunreinigt. Niemals kann man damit eine deckende Malfarbe mischen, die genug Leuchtkraft besitzt, um einen überzeugenden Himmel auf die Leinwand zu zaubern. Nicht einmal die Meereswogen an einem verregneten Herbsttag lassen sich damit malen.«

Sein Akzent verriet, dass er aus den Niederlanden stammte.

»Guter Herr, ich begreife nicht, wie Ihr zu diesem Schluss kommt.« Auers Freude am Verhandeln schien am Ende angelangt zu sein. Es war eine Sache, mit einer jungen Frau um den Preis zu feilschen, und eine ganz andere, die eigene Ware von einem Fremden kritisieren zu lassen. »Ich kann Euch versichern, dass meine Pigmente von allerbester Qualität sind. Namhafte Künstler, die im Auftrag von Kaiser Karl malen, sind damit sehr zufrieden. Ich kann mir beim besten Willen nicht vorstellen, was Ihr daran zu beanstanden habt.«

»Das will ich Euch sagen ...« Der Fremde trat noch einen Schritt näher. »Wäre Euer Azurblau tatsächlich von so guter Qualität, wie Ihr behauptet, dann dürften sich im Pulver keine grauen Teilchen befinden. Sie verunreinigen die Farbe und wirken sich negativ auf die Leuchtkraft aus.«

Auer stemmte die Hände in die Hüften und schnaufte verärgert. »Ich bezweifle, dass Ihr in der Lage seid, das zu beurteilen!«

Immer mehr Schaulustige waren gekommen, um den Verhandlungen zu lauschen. Es waren Menschen, die nichts vom Malen verstanden, sich aber einen heftigen Schlagabtausch nicht entgehen lassen wollten.

»Mein Name ist Jan Cornelisz Vermeyen. Ich bin Niederländer und als Hofmaler bei Margarete von Österreich tätig, verdiene also mein Geld mit Malerei. Wenn ich nicht in der Lage wäre, saubere Pigmente von verunreinigten zu unterscheiden, hätte ich meinen Beruf verfehlt.«

Auers Kinnlade fiel nach unten. Auch Emilia war überrascht. Sie betrachtete den Mann mit neuem Interesse. Dabei fielen ihr die verräterischen Farbreste unter seinen Fingernägeln auf.

Sichtlich nervös fuhr sich Auer mit der Zunge über die schmalen Lippen. Ihm schien klar zu sein, dass die Diskussion ihm zum Schaden gereichen könnte. Sein guter Ruf stand auf dem Spiel, wenn sich herumsprach, dass ein berühmter Maler seine Ware als minderwertig darstellte.

»Ich versichere Euch, dass meine Pigmente einwandfrei sind«, wiederholte er.

»Und ich sage Euch, sie sind es nicht«, entgegnete Vermeyen. »Gebt der Jungfer das Pulver zum Preis, den sie vorgeschlagen hat.«

Entsetzt weiteten sich die Augen des Farbenhändlers. »Dabei würde ich einen großen Verlust schreiben.«

»Es ist zu Eurem Vorteil, glaubt mir«, versicherte Vermeyen. »Wenn Ihr der hübschen Kundin das Azurblau verkauft, nehme ich die fünffache Menge vom Ultramarinblau.«

»Die fünffache Menge?« Auer schien in Gedanken die Zahlen durchzurechnen. Selten verkaufte er so große Mengen vom teuersten Farbpigment.

»Das Pulver gefällt mir«, fuhr Vermeyen fort. »Die Qualität sieht einwandfrei aus. Ich zahle Euch eine angemessene Summe.«

Sofort nannte der Farbenhändler einen unverschämt hohen Betrag. Ohne mit der Wimper zu zucken, willigte der niederländische Maler ein.

Emilia fragte sich, warum der Mann nicht einmal versuchte, den Preis zu drücken. Nun, sollte er mit seinem Geld anstellen, was er wollte. Sie würde das Azurblau günstiger erstehen als erhofft, und mit dem Geld, das ihr blieb, konnte sie fürs Abendessen noch ein kleines Stück Butter oder einen Topf süßen Rahm kaufen. Allein beim Gedanken daran knurrte ihr Magen.

Bevor Auer es sich anders überlegen konnte, schloss sie das günstige Geschäft ab und verabschiedete sich. Als sie ging, spürte sie die neugierigen Blicke des niederländischen

Malers in ihrem Rücken. Hätte sie sich bei ihm bedanken sollen? Nein, auf keinen Fall. Damit hätte sie dem Farbenhändler gegenüber zugegeben, dass sie zu wenig bezahlt hatte. So konnte sie beim nächsten Einkauf versuchen, denselben Preis zu erzielen.

Emilia bahnte sich einen Weg durch die Menschenmenge, direkt zum Stand der Bäuerin, bei der sie letztes Mal die Butter gekauft hatte. Das Geschäft mit dem Azurblau musste heute Abend ordentlich gefeiert werden.

2

Die Pegnitz teilte Nürnberg in einen nördlichen und einen südlichen Teil, die zugleich die Pfarrbezirke von St. Lorenz und St. Sebald bildeten. Im Lorenzer Teil, der südlich des Flusses lag, wohnten vorwiegend Dienstboten, Handwerker und kleine Kaufleute. Der nördliche Teil nahe der Burg war deutlich älter und gehörte den wohlhabenden Familien, den Ratsherren, Großkaufleuten, Ärzten, Juristen und Goldschmieden. Emilia, ihre Schwester Barbara und ihr Vater wohnten im nördlichen Teil.

Emilias Mutter Gertrud entstammte der Patrizierfamilie Imhoff, die dem Inneren Rat angehört hatte. Heinrich Baumgart, Emilias Großvater väterlicherseits, war als recht erfolgreicher Kunstmaler nach dem Tod seiner Frau zusammen mit seinem Sohn Walter aus einer Kleinstadt im Norden nach Nürnberg gezogen, weil er sich hier bessere Verdienstmöglichkeiten erhoffte. Leider hatte sich seine Hoffnung nur vorübergehend erfüllt. Nach einigen sehr guten Jahren, in denen er das schöne Wohnhaus mit der Werkstatt hatte errichten lassen, verlor er sein Augenlicht und konnte seinem Beruf nicht mehr nachgehen. Zu dem Zeitpunkt hatte sein Sohn bereits Gertrud Imhoff geehelicht und nach einigen Lehrjahren bei Alfred Dürer übernahm er die Werkstatt vom Vater. Heinrich verlor seine Lebensfreude und starb schon bald. Walter arbeitete viele Jahre in der Werkstatt und übernahm Auftragsarbeiten reicher Bürger. Doch dann erkrankte seine Ehefrau, und er musste viel Geld in die kostspieligen Behandlungen stecken, die letztlich erfolglos blieben. Seit Gertruds Tod fehlte ihm die Kraft zum Arbeiten. Porträts malte er nur noch selten, und die meisten seiner Arbeiten musste Emilia heimlich für ihn vollenden, doch von diesem Geheimnis durfte niemals jemand erfahren. Es war Frauen streng untersagt, sich als Malerinnen zu betätigen. Niemand wollte ein Porträt in der Stube hängen haben, das eine Frau angefertigt hatte.

Die enge Gasse, in der sich das Wohnhaus der Baumgarts befand, lag nur wenige Gehminuten von Dürers Werkstatt entfernt. Emilia beschleunigte ihre Schritte.

»Obacht!« Im letzten Moment sprang sie zur Seite, als eine Hausfrau direkt neben ihr den Unrat aus dem Fenster kippte. Die unappetitliche Brühe klatschte neben ihr auf den Boden und bespritzte den Saum ihres Kleides.

»Passt besser auf!«, schimpfte Emilia nach oben. »Ihr hättet mich beinahe erwischt!« Doch das Fenster schloss sich schon wieder. Kaum hatte Emilia ihren Weg fortgesetzt, musste sie ihren Korb schützend in die Höhe halten. Die Schweine der Nachbarin waren wieder einmal auf der Straße, da die Dienstmagd vergessen hatte, die Tiere in den Garten zu sperren.

»Ksch, geht ihr wohl weg!«, verscheuchte sie die Tiere.

Grunzend drehten sie ihr die Hinterteile zu und trotteten gemächlich davon. Emilia ging eilig weiter. Endlich hatte sie die Eingangstür ihres Häuschens erreicht. Bis auf die Größe unterschied es sich kaum von den umliegenden Bürgerhäusern. Das Erdgeschoss bestand aus Sandsteinquadern, die Etagen darüber waren aus Fachwerk mit roten Holzbalken, die dringend einen neuen Anstrich gebraucht hätten. Emilias Großvater hatte sowohl auf holzgeschnitzte Erker als auch auf die Ausgestaltung der Giebel verzichtet. Das Haus schmückte allein eine schlichte steinerne Madonnenfigur, die auch nach der Entscheidung des Rats für die Lehre Luthers nicht entfernt wurde. Solange sich niemand daran störte, würde sie oberhalb der Eingangstür hängen bleiben.

Im vorderen Teil des Hauses war Walter Baumgarts Werkstatt untergebracht, im Obergeschoss die Wohnräume, eine gute Stube und drei Schlafkammern. Der begrünte Innenhof enthielt den Garten, in dem Barbara Kräuter, Obst und Gemüse anbaute. Im Rückgebäude befanden sich die Küche und die Vorratskammer, die ebenfalls Barbaras Reich waren. Seit dem Tod der Mutter vor ein paar Jahren besorgte sie den Haushalt der Familie, während Emilia als Bildwirkerin in Kunigunde Löffelholz' Werkstatt für ein regelmäßiges Einkommen sorgte.

Emilia griff nach dem Schlüssel, den sie am Gürtel neben ihrem bestickten Beutel trug. Der Beutel enthielt ein Messer und einen Löffel als Zeichen ihrer Stellung im Haushalt und in der Gesellschaft. Emilia hätte es vorgezogen, wenn darin ein Pinsel und ein Silberstift gesteckt hätten. Der Beutel war ein Erbstück ihrer Mutter, und ihr als älterer

Schwester stand es zu, ihn zu tragen, auch wenn Barbara mehr damit hätte anfangen können.

Sie sperrte die Haustür auf und trat ein. Wie so häufig lag die Werkstatt verlassen da. Die Fensterläden und die Tür zum Innenhof waren verschlossen, die Staffelei mit einem dunklen Tuch verhängt. Ein schwacher Geruch nach Leinöl, Harz und Kreide hing in der Luft. Es lag schon einige Zeit zurück, dass ihr Vater an dem Bild auf der Staffelei gearbeitet hatte. Das Porträt von der Ehefrau des Ratsherren Pöltl hätte schon vor Tagen abgegeben werden sollen. Der Ratsherr hatte einen Teil der ausgehandelten Summe für das Bild bereits im Voraus bezahlt, doch schon nach wenigen Stunden in der Werkstatt war Walter Baumgart erschöpft ins Bett gekrochen, wo er seither lag. Nur zum Einnehmen der Mahlzeiten kam er über den Innenhof in die Stube. Es würde wieder einmal Emilias Aufgabe sein, das angefangene Gemälde des Vaters zu vollenden.

Sie durchschritt die Werkstatt und ging zum hohen Regal im hinteren Teil. Gezielt griff sie nach einem der Tontöpfe, öffnete den Deckel und schüttete das kostbare Azurblau hinein, das sie eben erstanden hatte. Sorgfältig verschloss sie den Topf und stellte ihn wieder zurück ins Regal zu den anderen Behältern. Liebevoll strich sie mit dem Zeigefinger über den glasierten Ton. Sie kannte die Inhalte aller Töpfe genau und wusste, in welchem Verhältnis sie die unterschiedlichen Pulver anrühren musste, um ganz bestimmte Farbtöne zu erzielen. Als ihr Finger den Topf mit dem Krapp für Rottöne berührte, fiel durch die Ritze des Fensterladens ein dünner Lichtstrahl, in dem winzige Staubteilchen tanzten. Die Maserung des Holzregals trat intensiv hervor und war Emilia noch nie so schön erschienen wie eben jetzt. Neben den Töpfen lag eine Pfauenfeder, die jemand dort vergessen hatte. Emilias Finger juckten, wie gerne hätte sie sofort zu Pinsel und Farbe gegriffen und ein Stillleben gemalt. Aber in diesem Augenblick riss eine Stimme sie aus ihren Tagträumen.

»Emilia?«

Das war ihre Schwester. Sie war drei Jahre jünger als Emilia und die Energischere von ihnen. Mitunter konnte sie herrisch und ungehalten sein, und Emilia wollte auf gar keinen Fall Streit mit ihr.

»Ich komme gleich!«, rief sie. Eilig griff sie nach dem Korb mit den Einkäufen, überquerte den Innenhof und betrat die Küche, wo Barbara mit hochrotem Kopf am Tisch stand und einen Teig knetete. Ihr blondes Haar hatte sie achtlos zu einem Knoten hochgebunden. Ein paar Strähnen waren in die verschwitzte Stirn gerutscht.

»Du bist aber spät dran. Wo warst du so lange?«, fragte sie in vorwurfsvollem Tonfall. Barbara war eine kleinere, zierlichere Ausgabe von Emilia, mit härteren Gesichtszügen. Schon jetzt standen steile Falten auf ihrer Stirn, die sich in ein paar Jahren sicherlich tief in ihre Haut graben würden. Ihre Lippen waren schmäler als Emilias, dafür von einem wunderschönen, tiefen Kirschrot. Ein Farbton, um den Emilia die Schwester beneidete.

»Ich habe mit Herrn Auer wegen Vaters Farben länger verhandeln müssen.«

Barbara richtete sich auf. Eine weitere Strähne fiel in ihre

Stirn, die sie mit dem Unterarm wegwischte, da ihre Hände voller Mehl waren.

»Vater braucht keine Farben mehr«, sagte sie. »Er wird nicht mehr malen.«

»Du weißt so gut wie ich, dass wir ohne seine Bilder nicht überleben können«, entgegnete Emilia. »Der mickrige Lohn, den Frau Kunigunde mir zahlt, reicht niemals für uns drei. Wir müssten unser Haus verkaufen und auf die andere Seite der Pegnitz ziehen.«

»Ich werde hier ohnehin nicht mehr lange wohnen«, sagte Barbara. »Sobald ich Hannes geheiratet habe, ist mir dieses Haus einerlei.«

Emilia seufzte laut. Es war immer das gleiche Thema. Barbara war seit Jahren in Hannes Schütt verliebt, den Sohn des Müllers. Sie traf sich heimlich mit ihm vor den Stadtmauern und verbrachte ganze Nachmittage mit ihm. Doch Hannes' Vater forderte für seinen Sohn eine unverschämt hohe Mitgift, die Walter Baumgart nicht in der Lage war, zu bezahlen.

»Lass uns über etwas anderes reden«, bat Emilia. Sie stellte den Korb mit den Flusskrebsen, der Butter, dem Brot und dem Rahm auf den Tisch neben die bemehlte Arbeitsfläche. »Schau, was ich gekauft habe.«

Barbara spähte in den Korb und verzog säuerlich den Mund. »Kein Fleisch, kein Fisch, keine Eier?«

»Die Flusskrebse waren billig. Und das Azurblau habe ich zu einem fairen Preis bekommen«, erklärte Emilia. »Ich wusste doch nicht, dass du Brot backen wirst.«

»Das tue ich auch nicht«, sagte Barbara. »Ich mache Schmalzgebäck.«

»Oh, wie schön!« Emilia liebte die kleinen Bällchen mit der knusprigen Hülle und dem weichen Kern. »Du wärst stolz auf mich gewesen, wie ich um den Preis für das Azurblau gefeilscht habe.«

Barbara verdrehte die Augen. Sie hielt nichts davon, dass Emilia die Bilder anstelle ihres Vaters fertig malte. Zu groß war die Gefahr, dass jemand das Geheimnis aufdeckte. Wenn die Wahrheit ans Tageslicht käme, würde auch Barbaras makelloser Ruf darunter leiden, und ihre Chancen, doch eines Tages Hannes' Ehefrau zu werden, wären für immer dahin.

»Heute Morgen war ein Mann da, der die leer stehende Kammer mieten möchte«, erzählte Barbara, während sie aus der Teigkugel weitere kleine Bällchen formte, die sie mit einem Tuch zudeckte.

»Hat er vertrauenswürdig gewirkt?«

Seit Monaten versuchten sie, einen Untermieter zu finden, um neben Emilias Lohn eine weitere Einnahmequelle zu haben. Bisher hatten sich leider bloß zwielichtige Personen gemeldet, die sie auf keinen Fall im Haus haben wollten. Letzten Monat war ein Wanderprediger da gewesen, der für die Unterkunft nichts hatte zahlen wollen. »Gott wird Euch eines Tages für Eure Mühe belohnen«, hatte er versichert, doch so lange konnten sie nicht warten. Vor ein paar Tagen hatte ein Zimmermann nach der Kammer gefragt, doch sein Gesicht war vom Branntwein aufgedunsen und die Kleidung voller Wanzen und Flöhe gewesen. Barbara hatte ihn nicht einmal in den Innenhof gelassen, geschweige denn in die saubere Kammer oberhalb der Werkstatt.

»Der Mann vorhin sah ganz in Ordnung aus«, meinte sie. »Ich habe ihn weggeschickt und ihm gesagt, dass er wiederkommen soll, wenn du wieder da bist. Eine solche Entscheidung mag ich nicht allein treffen, schließlich wird ein Wildfremder in unserem Haus wohnen. Du weißt ja, was ich davon halte.«

Wieder seufzte Emilia. Manchmal war es zum Verzweifeln. Ihre Schwester wollte keinen Untermieter aufnehmen, sie war dagegen, dass Emilia anstelle ihres Vaters malte, und gleichzeitig jammerte sie ständig über die Geldnot.

»Er wird hoffentlich wiederkommen«, sagte Emilia.

Barbara zuckte mit den Schultern. »Wenn er nichts Besseres findet.«

»Hat ihm die Kammer denn gefallen? Du hast sie ihm doch gezeigt, oder?«

»Ja, natürlich. Allerdings habe ich keine Ahnung, was er davon hält. Ich habe mich nicht lang mit ihm unterhalten. Er sah aus wie ein Kaufmann auf der Durchreise. Wahrscheinlich würde er ohnehin nicht lange bleiben.«

Emilia hoffte inständig, dass ihre Schwester den Mann nicht vergrault hatte. Sie brauchten das Geld dringend.

»War Vater heute schon in der Stube?«

Ein Schatten legte sich über Barbaras Gesicht. »Er hat den ganzen Tag sein Bett nicht verlassen. Es ist wieder einmal besonders schlimm.«

Emilia wusste, dass ihre Schwester trotz ihrer ruppigen

Art eine herzensgute Frau war, die sich um ihre Liebsten sorgte.

»Hat er etwas gegessen?«, fragte sie.

»Nein.«

»Getrunken?«

»Bloß ein paar Schlucke vom gewässerten Bier.«

»Ich werde gleich nach ihm sehen«, sagte Emilia.

»Tu das«, meinte Barbara ernst. »Auf dich hört er noch eher als auf mich.«

»Ich wünschte, es wäre so«, sagte Emilia seufzend.

Sie hängte ihr Schultertuch an den Haken neben der Küchentür und ging zurück zum Vorderhaus. Über eine schmale Holztreppe gelangte sie in den oberen Stock mit den drei kleinen Schlafkammern. Eine davon teilte sie sich mit ihrer Schwester, in der zweiten schlief ihr Vater, und die dritte stand derzeit leer und konnte hoffentlich bald vermietet werden. Daneben lag die Stube, das Herzstück des Hauses, mit einem grünen Kachelofen, auf dessen Fliesen Motive aus der Bibel zu sehen waren. Die Fenster aus hübschen, grünen Butzenscheiben und die dunkle Holztäfelung an der Decke und den Wänden zeugten vom einstigen Wohlstand der Familie.

Emilia ging an der Stube vorbei und blieb vor der Kammer des Vaters stehen. Sie klopfte gegen die niedrige Tür. Nichts rührte sich. Sie klopfte erneut, diesmal lauter und eindringlicher.

»Vater?«

Ein leises Wimmern kam als Antwort. Emilia öffnete die Holztür und trat ein. Die Fensterläden waren geschlossen und die Luft im kleinen Raum stickig. Es dauerte einen Moment, bis sich ihre Augen an das Halbdunkel gewöhnt hatten. Sie spähte zum Bett hinüber, das ihr Vater früher mit seiner Ehefrau geteilt hatte. Schon seit Jahren lag er allein darin. Sein abgemagerter Körper verschwand unter den zahlreichen Decken und Kissen. Emilia erschrak über den Anblick, und für einen kurzen Moment hatte sie das Bild eines Toten vor sich. Rasch schob sie es zur Seite und ging mit energischen Schritten zum Fenster. Sie öffnete beide Flügel, dann stieß sie die Fensterläden nach außen auf. Augenblicklich drang helles Sonnenlicht in die Kammer. Walter Baumgart stöhnte leidend auf.

»Mach das Fenster wieder zu«, bat er leise.

»Sobald die Sonne untergegangen ist, werde ich das tun«, entgegnete Emilia und bemühte sich, fröhlich zu klingen.

»Ich bin müde, lass mich schlafen.«

»Es ist früher Nachmittag. Du hast lang genug im Bett gelegen. Komm, steh auf, die Arbeit wartet auf dich.«

»Es gibt keine Arbeit mehr für mich.« Ihr Vater wandte sich ab und zog die Decke übers Gesicht.

»Da irrst du gewaltig«, entgegnete Emilia. »Ich habe eben eine hübsche Menge Azurblau beim Farbenhändler Auer erstanden. Damit kannst du einen wunderschönen Himmel zaubern. Ebenso blau und wolkenlos, wie er sich gerade präsentiert. Sobald du aufgestanden bist, wirst du ihn sehen.«

»Ich kann nicht.«

»Unsinn«, widersprach Emilia. Sie trat näher ans Bett.

Mit einer energischen Bewegung zog sie die Decke weg und schüttelte sie auf.

»Mir ist kalt«, protestierte ihr Vater und klang dabei wie ein weinerliches Kind.

»Wenn du in der Sonne sitzt, wird sie dich wärmen. Komm jetzt, Vater. Barbara bereitet eine köstliche Mahlzeit für uns zu. Wir können den Tisch im Innenhof decken, dann sitzen wir direkt in der Sonne.«

»Man isst nicht im Freien, das gehört sich nicht.«

Emilia lachte. »Schön, dass du trotz deiner Melancholie noch weißt, was sich gehört und was nicht. Niemand sieht uns, wir können essen, wo wir wollen.«

Widerwillig rappelte Walter Baumgart sich auf und ließ seine dürren Beine über die Bettkante baumeln. Emilia erschrak. Die Waden schienen nur noch aus faltiger Haut und Knochen zu bestehen.

»Vater, du musst mehr essen«, sagte sie besorgt. »Sonst fällst du aus lauter Schwäche um.«

»Ich habe keinen Hunger.«

»Der Appetit kommt mit dem Essen. Auf jetzt!« Sie ging zum Schrank, wo die Kleidung aufbewahrt wurde. Sie nahm ein frisches Hemd und ein sauberes Wams heraus und legte beides neben ihrem Vater aufs Bett. Dann bückte sie sich nach dem Nachttopf. Er war leer. Was sollte auch darin sein, wenn ihr Vater weder aß noch trank?

Emilia wandte sich zum Gehen, als ihr Vater sie zurückhielt. »Emilia!«

Sie drehte sich um. »Ja?«

»Ich kann das Porträt von Sibille Pöltl nicht fertig malen.«

»Natürlich kannst du das. Und es wird dir auch helfen, aus deiner Verstimmung wieder herauszufinden«, entgegnete Emilia. So war es bisher immer gewesen. Sobald ihr Vater einen Pinsel in der Hand hielt, vergaß er für ein paar Stunden seine Melancholie. Sie schien ihm sogar dabei zu helfen, noch ausdrucksvoller zu malen und die wahren Charakterzüge seiner Modelle besser zu erfassen.

»Es geht wirklich nicht«, erklärte ihr Vater niedergeschlagen. »Ich habe es gestern versucht. Drei Stunden habe ich vor der Leinwand gesessen, ohne auch nur einen einzigen Strich auszuführen.«

»Heute wird es besser gehen«, meinte Emilia und wünschte, ihre gespielte Zuversicht würde der Wahrheit entsprechen. Die Vorstellung, dass ihr Vater nun auch nicht mehr malte, war ihr unerträglich. Es würde bedeuten, dass er sich endgültig aufgab.

Er schüttelte traurig den Kopf. »Ich bin leer.«

Emilia kehrte zu ihm zurück. Sie setzte sich neben ihn auf die Bettkante und ergriff seine Hand. Sie war eiskalt, die faltige Haut fühlte sich wie brüchiges Pergament an. »Was soll das heißen, du bist leer?«, fragte sie.

»Ich fühle nichts mehr.« Er hob den Kopf und sah sie aus wässrigen Augen an, die einst türkisblau gewesen waren, nun jedoch farblos wirkten und in tiefen, dunklen Höhlen lagen. »Zum Malen braucht man Leidenschaft, man muss etwas fühlen. Aber wenn ich in mich hineinhorche, ist da nichts. Nur gähnende Leere.«

»Das kann nicht sein, Vater!« Emilias Kehle schnürte sich zusammen. »Du musst doch auch an Barbara und mich denken. Wir sind deine Töchter. Wir brauchen dich.«

Nun füllten sich seine Augen mit Tränen. Sie liefen über seine grauen, eingefallenen Wangen und tropften schwer auf den Kragen seines Nachthemds. »Ich wäre so gerne für euch da, das musst du mir glauben. Aber ich kann nicht. Es zieht mich immer tiefer in den Abgrund. Am liebsten möchte ich für immer schlafen.«

»Psst!« Emilia legte ihm den Zeigefinger an die Lippen. »Das darfst du nicht sagen. Du darfst es nicht einmal denken.«

»Es ist aber die Wahrheit.«

»Ich will diese Worte nie wieder hören. Hast du mich verstanden?« Emilia stand auf. Sie strich ihre Röcke glatt und wandte sich ab, damit ihr Vater nicht merkte, dass auch ihre Augen feucht geworden waren. Was half es ihm, wenn er sah, wie sehr sie litt?

»Zieh dich an«, forderte sie. »Dann können wir gemeinsam essen.«

Als sie sich zum Gehen wandte, hielt er sie noch einmal zurück. »Du wirst das Porträt von Sibille Pöltl vollenden müssen.«

»Ich weiß nicht, wie ich das schaffen soll.«

»Das stimmt nicht«, widersprach er. »Natürlich weißt du, was du tun musst. Deine Pinselführung ist exakt und dein Gespür für Farben einzigartig.«

Sie fühlte, dass sie die Tränen bald nicht mehr zurückhalten konnte.

»Jetzt komm zum Essen«, sagte sie eilig.

Als sie auf dem Gang stand und die Tür hinter sich geschlossen hatte, lehnte sie sich gegen die weiß gekalkte, kühle Wand. Nun bahnten sich die Tränen hemmungslos ihren Weg. Wie sollte ihr Vater aus dem tiefen Tal der Trauer herausfinden? Welcher Arzt, welcher Bader konnte ihm helfen? Die freudige Stimmung, die sich nach dem Kauf der Farbe eingestellt hatte, war mit einem Schlag verschwunden.

3

Sechs Brücken führten über die Pegnitz von einem Stadtteil in den anderen. Jeden Tag nahm Emilia die am westlichsten gelegene, um in den Lorenzer Teil zu gelangen, wo sich die Werkstatt von Kunigunde Löffelholz befand. Hier waren auch die Färber und Gerber angesiedelt, die für ihre Arbeit große Mengen an Wasser benötigten. Damit der Gestank von Laugen, Lösungen und Urin die Nachbarn nicht belästigte, hatte man diese Werkstätten an den Stadtrand verlegt. Dennoch hing der scharfe Geruch der Brühe aus heißem Wasser und gemahlener Eichen- und Tannenrinde, mit der schwere Häute von Rindern und Schweinen gegerbt wurden, oft tagelang über Nürnberg. Dann schlossen die Bürger die Fensterläden ihrer Häuser, da sie davon überzeugt waren, dass der üble Gestank Krankheiten verbreitete. Sie glaubten, wenn Menschen die Miasmen aus der verunreinigten Luft einatmeten, würde der Körper von innen verfaulen.

Emilia konnte dieser Vorstellung nur wenig abgewinnen. Sie kannte zu viele Gerber und Färber, die vor Gesundheit strotzten, um an die Gefährlichkeit von Miasmen zu glauben. Trotzdem hielt sie sich ein Tuch vor die Nase, als sie die Brücke überquerte, was allerdings daran lag, dass sie den aufsteigenden Geruch ekelhaft fand.

Eilig lief sie auf Kunigundes Werkstatt zu. Sie war spät dran, da sie wieder einmal versucht hatte, ihren Vater zum Aufstehen zu bewegen. Ihre Bemühungen waren heute ohne Erfolg geblieben. Walter Baumgart lag immer noch unter den Decken in seinem Bett begraben.

In der Werkstatt empfing Emilia der vertraute Duft nach Garn, Wolle, den Kräutern und Pflanzen, mit denen gefärbt worden war, und dem zarten Parfum der Frauen, die hier arbeiteten. Sie alle waren Töchter aus angesehenen Familien, denn Kunigunde Löffelholz legte Wert auf gut ausgebildete Bildwirkerinnen, die auch des Lesens und Schreibens kundig waren. Angeblich beherrschten in Nürnberg fast die Hälfte der Einwohner diese hohe Kunst, die sie in den Lateinschulen der Stadt erlernten. Nirgendwo im ganzen Reich lebten so viele gebildete Menschen wie in der Kaiserstadt, und auch die Schwestern Baumgart lasen und schrieben einwandfrei.

»Emilia, wo bleibst du so lange? Wir warten auf dich.«

Katharina Schröder winkte sie ungeduldig zu sich.

»Ich hatte zu Hause noch etwas zu erledigen, was länger gedauert hat als geplant«, gab Emilia zu.

»Dein Vater?«

Emilia nickte. In den letzten Jahren war die junge Witwe, die in Emilias Alter war, zur guten Freundin und wichtigsten Vertrauten geworden. Katharina war eine kleine, energische Frau mit einem runden Gesicht und kohlrabenschwarzem Haar. Ihre Augen funkelten vor Lebensfreude, ihre Wangen waren stets gerötet. Es verging kein Tag, an dem sie es nicht schaffte, Emilia zum Lachen zu bringen. Ihr verstorbener Ehemann, der Kunstschmied Richard Schröder, hatte sein Leben bei einem Arbeitsunfall verloren. Ein einziger Augenblick der Unaufmerksamkeit – und schon hatte seine Kleidung Feuer gefangen. Drei Tage später war er seinen Verbrennungen erlegen. Seither lebte Katharina allein und hatte alle Heiratsanträge erfolgreich abgelehnt. »Warum sollte ich mich noch einmal binden?«, pflegte sie zu sagen. »Ich liebe meine Freiheit.« Ihr Ehemann hatte ihr ein kleines Häuschen in der Nähe von Kunigunde Löffelholz' Werkstatt hinterlassen. Als Bildwirkerin verdiente Katharina genug, um ihren Lebensunterhalt zu bestreiten. Sie musste keine Kinder versorgen, war keinem Ehemann Rechenschaft schuldig und war auch keinen Gewalttätigkeiten mehr ausgesetzt. Richard Schröder war der Trunksucht verfallen gewesen, und in berauschtem Zustand hatte er hin und wieder zugeschlagen. Eine dünne Narbe zog sich über Katharinas Stirn, die sie stets daran erinnerte, warum sie lieber allein lebte.

»Es herrscht wieder einmal dicke Luft«, sagte Katharina und ließ den Blick durch den Raum schweifen. Erst jetzt fiel Emilia auf, dass niemand redete. Für gewöhnlich plapperten und plauderten alle fröhlich durcheinander. Kunigunde beschäftigte vier Frauen – Katharina, Emilia, Reingard und Philippa. Genau wie Katharina waren auch Reingard und Philippa Witwen. Sie waren um einiges älter als die beiden Freundinnen. An manchen Tagen wie heute half auch Kunigundes Tochter Regine mit. Sie alle arbeiteten an einer riesigen Tapisserie, die bald den Festsaal des Rathauses schmücken sollte. Der Entwurf dafür stammte von einem unbekannten Künstler aus Augsburg, Johannes Kastel. Es war den Frauen überlassen, wie genau sie sein Gemälde in den Teppich wirkten. Bei ihrer Arbeit bemühten sie sich, Faden für Faden dem Original treu zu bleiben. Unter jedem ihrer Rahmen befand sich ein Teil des farbigen Gemäldes. Es zeigte winzige Figuren, filigran gestaltete Blumengirlanden, Tiere und Fabelwesen. Zuerst wurden die Motive gewebt, danach der Hintergrund eingearbeitet. Sobald alle Teile fertig waren, würde man sie zusammenfügen.

Emilia nahm auf dem Hocker neben Katharina Platz. Vorgestern hatte sie ihren Rahmen mit den Kettfäden fertig bespannt. Nun galt es, die Schussfäden auf kleine Schiffchen zu wickeln. Gerade, als sie damit beginnen wollte, kam Kunigunde Löffelholz auf sie zu. Eigentlich hätte sie fröhlich und glücklich aussehen müssen, denn eine ihrer Töchter hatte kürzlich einen reichen Gewürzhändler aus Augsburg geheiratet. Doch sie wirkte müde und niedergeschlagen, ihre Augen lagen in dunklen Höhlen, und das graue Haar schaute nachlässig unter ihrer weißen Haube hervor.

»Emilia Baumgart, wo wart Ihr so lange? Ihr hättet schon vor einer Stunde in der Werkstatt erscheinen sollen.«

»Ich werde die Zeit nachholen«, versprach Emilia.

»Mein Ehemann hat bereits nach Euch gefragt. Ich fürchte, er wird Euch wieder einen Teil des Lohns kürzen.«

»Das kann er nicht«, entfuhr es Emilia. Natürlich wusste sie, dass er sehr wohl in der Lage dazu war. Siegfried Löffelholz war Kunigundes zweiter Ehemann, und auch wenn Kunigunde die Werkstatt seit dem Tod ihres Vaters leitete und für alle geschäftlichen Belange zuständig war, war Siegfried Löffelholz mit der Ehe zum Besitzer geworden. Es war ein offenes Geheimnis, dass er ein aufbrausendes Naturell besaß und sowohl seine Frau als auch deren vier Töchter immer wieder körperlich züchtigte. Als Oberhaupt der Familie hatte er das Recht dazu.

»Ich werde länger bleiben, versprochen. Und hinterher die Werkstatt aufräumen. Auf den Lohn kann ich nicht verzichten«, fügte Emilia schnell hinzu.

»Ich weiß von Eurer schwierigen Lage«, versicherte Kunigunde. »Ich werde sehen, was ich für Euch tun kann.«

»Danke.«

Kunigunde drehte sich um und kehrte mit schleppenden Schritten zu ihrem eigenen Webstuhl zurück. Sie hatte wieder an Gewicht verloren. Wenn es so weiterging, würde sie bald nur noch aus Haut und Knochen bestehen. Kaum, dass sie außer Hörweite war, wandte sich Katharina an Emilia. »Bestimmt hat er wieder einmal wie ein Irrer gewütet. Ich verwette den alten Rosenkranz meiner Mutter, dass er seine Frau und zumindest eine ihrer Töchter verprügelt hat. Über Regines Wange zieht sich ein hässlicher blauer Fleck.«

»Kunigunde sollte sich das nicht gefallen lassen«, raunte Emilia erbost. »Sie macht die ganze Arbeit. Die Werkstatt hat schon ihrem Vater gehört, eigentlich sollte sie die Alleinerbin sein.«

»Ich habe nie verstanden, warum Kunigunde nach dem Tod ihres ersten Ehemanns noch einmal geheiratet hat. Und dann ausgerechnet Siegfried. Da hat sie wirklich kein gutes Händchen gehabt.«

Emilia verzog den Mund. »Es ist eine Schande, dass Frauen ihren Ehemännern ausgeliefert sind. Solange sie einen nicht umbringen, können sie alles tun. So, als wären die Frauen ihr Eigentum.«

»Genau das sind sie«, sagte Katharina.

»Das ist nicht rechtens.«

»Was ist schon rechtens auf dieser Welt?« Katharina griff nach einem leeren Webschiffchen.

»Ob es jemals eine Zeit geben wird, in der Frauen über ihr eigenes Schicksal bestimmen dürfen?«

Katharina zuckte mit den Schultern. »Wer weiß das schon.«

Mit dem Webschiffchen in der Hand stand sie auf und ging zu dem Tisch, auf dem sich die aufgerollten Webfäden befanden. Sie suchte nach einem passenden Grünton. Da sie sich nicht entscheiden konnte, nahm sie zwei Knäuel mit und hielt sie gegen die Vorlage.

»Was meinst du?« Fragend wandte sie sich an Emilia, die den Kopf schüttelte.

»Weder das eine noch das andere entspricht dem Original.«

»Wir haben aber keines, das besser passen würde. Ich habe noch nie Bäume in so seltsamen Farben gewirkt. Was hat Johannes Kastel sich dabei gedacht?«

Emilia warf einen Blick auf Katharinas Webrahmen. Die Freundin hatte recht. Kastel hatte drei Laubbäume auf den Entwurf gemalt, doch die Übergänge vom Licht zum Schattenteil stimmten nicht. Letztlich sah das Bild so aus, als hätte ein Kind es angefertigt.

»Der gute Mann weiß anscheinend nicht, wie wir Bildwirkerinnen arbeiten. Wie sollen wir all diese Farben in einen Wandteppich bekommen? Es reicht doch schon, dass wir uns mit den kleinen Motiven herumschlagen müssen, den Pferden, Vögeln und Eichhörnchen«, beschwerte sich Katharina. »Wir werden zum dritten Mal neues Garn färben müssen. Dabei haben wir erst letzte Woche vier Grüntöne gewonnen. Die ganze Werkstatt hat nach Apfelbaumrinde und Kerbel gerochen.«

Emilia stand auf, um den Entwurf aus der Nähe zu betrachten.

»Was meinst du, sollten wir es mit Frauenmantel probieren?«, schlug Katharina vor. »Oder mit Johanniskraut? Damit haben wir letztes Jahr einen guten Farbton für Blätter hinbekommen, die von der Sonne beschienen werden.«

Emilia antwortete nicht, sondern legte den Kopf schräg und kniff die Augen zusammen.

»Und was machen wir mit dem Gelb?«, fragte Katharina weiter. »Die Eichenrinde ergibt einen hübschen Braunton, aber gewiss kein Gelb.«

»Lass es uns mit Ringelblumen probieren«, schlug Reingard neben ihr vor. Die alte Frau hatte jahrelange Erfahrung als Bildwirkerin.

»Mit oder ohne Alaun?«

»Mit«, sagte Reingard.

»Die Farben, die der Mann haben will, können wir nicht färben«, sagte Emilia.

»Wie meinst du das?« Katharina drehte sich zu ihr.

»Er hat mit Ölfarben gemalt. Nie und nimmer sind sie auf Garn zu übertragen. Wir können nur das nehmen, was uns zur Verfügung steht.«

»Du meinst also andere Farben, als der Maler haben wollte?«, fragte Katharina.

»Es wird uns nichts anderes übrig bleiben«, sagte Emilia.

Reingard sah entsetzt aus. »Das können wir unmöglich machen. Siegfried wird toben. Kastel ist sein Schwager. Der gute Ruf der Werkstatt steht auf dem Spiel.«

»Im Grunde ist es ohnehin völlig egal, welche Farben wir verwenden«, meinte Emilia. »Kastel hat weder Sinn für Farben noch für Formen. Seht euch das Pferd doch einmal genau an. Welches Tier hat derart kurze Beine und einen so dicken Körper? Das Vieh erinnert mich an eine Bratwurst auf Stelzen.«

Katharina legte das Garn zur Seite und kicherte. »Eine Bratwurst mit dem Kopf eines Schafs!«

Ihr Lachen war ansteckend. Reingard und Philippa stimmten ein, und die gedrückte Stimmung schwand. Nach und nach fingen alle wieder an, miteinander zu plaudern. Philippa erzählte vom bevorstehenden Maitanz, von der Geburt ihres dritten Enkelkindes und einem neuen Rezept für einen Blaubeerkuchen. Reingard beschwerte sich über eine lästige Nachbarin, die ihre Hühner nicht im Griff hatte. Ständig hockten sie auf Reingards Wäscheleine und verschmutzten ihre frische Wäsche. Während Emilia zuhörte, wickelte sie Fäden auf ihre leeren Webschiffchen und vergaß für die nächsten Stunden ihre Sorgen.

Als Emilia am späten Nachmittag ihren Arbeitsplatz auf-
räumte, kam Kunigunde erneut zu ihr. »Ich werde morgen
versuchen, meinen Mann davon zu überzeugen, Euch den
Lohn nicht zu kürzen. Heute war kein günstiger Zeitpunkt.«
Jetzt erst bemerkte Emilia die blaue Stelle über Kunigundes
rechtem Auge. Siegfried hatte also wieder zugeschlagen.

»Danke.«

»Ich kann aber nichts versprechen.«

»Würde ich das Geld nicht dringend brauchen, würde
ich nicht darum bitten.«

»Ich weiß.« Kunigunde nickte müde. Sie war keine böse
Frau, ganz im Gegenteil. Würde Kunigunde allein die Entscheidungen treffen, wäre die Stimmung in der Werkstatt
immer so fröhlich wie am Nachmittag.

»Wir werden in den nächsten Tagen erneut Garn färben
müssen«, erklärte Kunigunde. »Die Farbtöne stimmen nicht
mit dem Original überein.«

»Vielleicht sollten wir es gar nicht anstreben, dem Original treu zu bleiben«, erwiderte Emilia vorsichtig. »Das Gemälde ist schlecht. Die Farben entsprechen nicht der Natur
und ergeben kein stimmiges Kunstwerk. Der Teppich wird
besser aussehen, wenn wir die Farbtöne ändern.«

»Ich muss gestehen, dass ich auch schon darüber nachgedacht habe«, sagte Kunigunde. »Noch nie habe ich einen
so unharmonischen Entwurf gesehen.«

»Dann lasst uns nicht nur die Farben, sondern auch ein
paar der Figuren anders darstellen.«

»Das ist unmöglich«, entgegnete Kunigunde.

»Habt Ihr die Vögel gesehen? Sie haben die Form fliegender Schweine.«

Kunigundes Mundwinkel zuckten. »Es ist dennoch undenkbar. Ich will mir nicht ausmalen, wie mein Mann reagiert, wenn er davon erfährt. Johannes Kastel ist sein Schwager. Mein Ehemann hat selbst dafür gesorgt, dass er den Auftrag erhalten hat.«

»Wenn Kastel klug ist, wird er sich nicht beschweren, und für die Ratsherren wird es ein Segen sein. Sie müssen sich den Teppich schließlich Tag für Tag ansehen.«

»Unmöglich. Vergesst es«, beharrte Kunigunde. »Wir weben den Teppich nach dem vorgegebenen Entwurf.«

»Also Schweine mit Flügeln«, meinte Emilia frech.

Kunigunde antwortete nicht.

»Die Tapisserie wird immer mit dem Namen Eurer Werkstatt in Verbindung gebracht werden«, fuhr Emilia fort. Es war ihr ein Gräuel, Figuren zu weben, die aussahen, als hätten Kinder sie gezeichnet.

Kunigunde biss sich auf die Unterlippe. Sie schien ähnlich zu denken.

»Was die Farben betrifft, werden wir ohnehin Änderungen vornehmen müssen«, beharrte Emilia. »Keine Pflanze der Welt färbt Wolle in diesen Farbtönen.«

Sie griff nach ihrem Umhang und legte ihn über ihre Schultern. Es war höchste Zeit, dass sie nach Hause ging. Dabei bemerkte sie, dass die Ärmel ihres Kleides abgestoßen waren. Der Stoff war zerschlissen. Beschämt zog sie ihn über die Handgelenke. Sie würde die Stellen erneut ausbessern müssen. Erst letzten Monat hatte sie den Saum des

Rocks mit Borten versehen, damit man die kleinen Löcher nicht sah. Es fehlte an allen Ecken und Enden. Bald würde ihre Geldnot für alle sichtbar sein. Sie würden nicht mehr zu Gildenfeiern eingeladen werden. Der Tratsch über ihre verarmte Familie würde zunehmen und die Hochzeit ihrer Schwester in weite Ferne rücken.

»Was schlagt Ihr vor?«, fragte Kunigunde schließlich.

»Wir kopieren den Entwurf, versehen ihn mit neuen Farben und nehmen an der einen oder anderen Figur ein paar Änderungen vor.«

»Wer soll das machen? Johannes Kastel ist in Antwerpen. Bis er wieder nach Nürnberg kommt, soll die Tapisserie längst im Rathaus hängen.«

»Ich kann die Kopie anfertigen«, schlug Emilia vor. »Euer Mann wird es gar nicht bemerken, und am Ende werden alle zufrieden sein. Die Tapisserie wird viele Jahre das Rathaus schmücken, und zwar wird sie unterhalb der Deckengemälde von Albrecht Dürer hängen. Es wäre nicht gut für Eure Werkstatt, wenn jeder, der den Wandteppich sieht, sich fragt, warum Kunigunde Löffelholz, eine erfahrene Bildwirkerin mit ausgezeichnetem Ruf, einen solchen Auftrag angenommen hat.«

»Ihr habt ja recht«, gab Kunigunde zu. »Das Gemälde ist eine Schande.«

»Wie hat Euer Mann es eigentlich geschafft, die Ratsherren von dem Entwurf zu überzeugen?«

Es war Emilia seit Wochen ein Rätsel, warum der Innere Rat so viel Geld zur Verfügung gestellt hatte, während die

Ratsherren bei allen anderen Ausgaben knausrig auf jedem Gulden saßen.

Kunigunde zuckte ratlos mit den Schultern. »Die Frage habe ich mir auch schon gestellt. Angeblich war der Pelzhändler Maximilian Koch so begeistert, dass er alle anderen überzeugt hat. Er soll sogar eine beträchtliche Summe beigesteuert haben.«

Emilia schüttelte verständnislos den Kopf. Über Geschmack konnte man bekanntlich nicht streiten – was dem einen gefiel, fand der andere hässlich. Doch fliegende Schweine, die Vögel darstellen sollten, und Pferde, die aussahen wie Würste auf Stecken, sprengten den Rahmen, fand sie.

Noch schien Kunigunde hin- und hergerissen zwischen der Sorge um den guten Ruf ihrer Werkstatt und der Angst vor dem Zorn ihres Ehemanns. Nervös knetete sie die Hände. Doch schließlich setzte sich ihr Stolz durch.

»Bitte ändert den Entwurf«, sagte sie so leise, als fürchtete sie, ihr Ehemann könnte hinter der Tür lauschen. »Aber das muss unter uns bleiben.«

»Ja, natürlich.«

Zufrieden griff Emilia nach ihrem Korb und verließ die Werkstatt. Schon jetzt freute sie sich auf das Umgestalten des Entwurfs. Vögel sollten wie Vögel und Bäume wie Bäume aussehen. Ihre Veränderungen würden das Bild zum Leuchten bringen.

Die Glocken von St. Sebald schlugen die siebente Stunde, als Emilia endlich nach Hause zurückkehrte. Schon beim Betreten der Werkstatt merkte sie, dass heute etwas anders war. Die Tür zum Innenhof und die Fensterläden standen offen. Der Raum war vom weichen, orangeroten Licht der untergehenden Sonne durchflutet. Hatte ihr Vater es doch noch geschafft, aufzustehen und an dem Porträt weiterzumalen?

»Bist du das, Emilia?«, rief Barbara aus der Küche. Sie klang aufgeregter als sonst.

»Natürlich!« Wer sonst sollte das Gebäude betreten?, dachte sie bei sich, während sie den Innenhof überquerte. Aus der offenen Küchentür drang ein verführerischer Duft nach Linseneintopf mit Lorbeer und Wacholder.

Auf der Schwelle blieb Emilia stehen. Sie sah den Grund für Barbaras Aufregung. Am Küchentisch saß ein Mann, der ebenso überrascht wirkte, Emilia zu erblicken, wie umgekehrt.

»Was für eine Freude, Euch wiederzusehen«, sagte er, stand auf und verbeugte sich vor ihr. Mit seiner hohen Gestalt stieß er beinahe gegen die Deckenbalken der niedrigen Küche, von denen Knoblauch, Zwiebeln und getrocknete Gewürzbüschel hingen. Es war der niederländische Künstler.

»Ihr kennt euch bereits?«, fragte Barbara irritiert.

»Kennen ist übertrieben«, meinte Emilia. »Wir sind uns auf dem Markt begegnet.«

Der Fremde lächelte. »Eure Schwester ist eine beinharte Verhandlerin, wenn es ums Geld geht.«

»Meister Vermeyen war schon einmal hier«, erklärte Barbara. »Er will unsere Kammer mieten.«

»Sie ist doch noch frei, oder?«, vergewisserte sich der

Niederländer. Dann wandte er sich an Emilia. »Eure Schwester konnte es mir nicht sagen.«

Vorwurfsvoll drehte sich Emilia zu Barbara, doch die schüttelte kaum merklich den Kopf.

»Wir haben in der Tat eine Kammer, die zur Vermietung frei steht«, sagte Emilia schnell.

Barbara verzog mürrisch den Mund und rührte mit gespielter Geschäftigkeit in dem Topf, der auf dem gemauerten Herd stand. Der Eintopf war längst fertig, sonst hätte Barbara ihn nicht vom Feuer genommen.

»Ich konnte auch schon einen Blick in die Werkstatt werfen«, fuhr Vermeyen fort. »Für mich als Maler wäre es von unschätzbarem Vorteil, sie mitbenutzen zu dürfen. Eine Unterkunft wie diese ist ein wahrer Glücksfall.«

»Wie lange habt Ihr vor, zu bleiben?«, fragte Emilia.

»Das vermag ich noch nicht mit Sicherheit zu sagen.«

»Eine Woche, einen Monat, ein Jahr?«

»Mit Sicherheit ein paar Wochen.«

Emilia rechnete in Gedanken aus, was das im günstigsten Fall an Zusatzeinkommen bedeutete. Im Grunde war jeder Tag ein Gewinn.

»Wir können Euch eine Kammer mit Verpflegung und Mitbenutzung der Werkstatt anbieten«, erklärte Emilia. »Allerdings wird das nicht ganz billig sein.«

Vermeyen grinste verschmitzt. »Damit habe ich gerechnet. Was verlangt Ihr als Miete?«

»Einen Gulden im Monat.«

Barbara musste husten. Das war das Doppelte von Emilias Monatseinkommen.

»Das klingt anständig«, sagte Vermeyen ohne mit der Wimper zu zucken.

Hatte Emilia eine zu niedrige Summe verlangt? Sie hätte sich selbst ohrfeigen mögen.

Er streckte ihr die Hand entgegen. »Lasst uns das Geschäft abschließen. Gerne verbringe ich hier die nächsten Wochen, bevor ich weiter nach Spanien ziehe.«

»Ihr reist nach Spanien?«, fragte Emilia neugierig.

»Wie ich schon auf dem Markt erwähnte, bin ich Hofmaler bei Margarete von Österreich. In Spanien warten ein paar Auftragsarbeiten auf mich, aber zuvor widme ich mich einigen Porträts und einem Entwurf für einen Wandteppichzyklus.«

»Tapisserien?«

»Ja. Kennt Ihr Euch damit aus?«

»Ja, ich arbeite als Bildwirkerin in Kunigunde Löffelholz' Werkstatt«, erklärte Emilia.

»Was für ein Zufall! Ich habe gehört, dass die allerfeinsten Arbeiten ihre Werkstatt verlassen. Ihr guter Ruf hat sich bis in die Niederlande herumgesprochen.«

Emilia musste an die fliegenden Schweine denken, die sie unbedingt verändern musste – jetzt erst recht.

»Alle Heiligen dieser Welt müssen mich zu Euch gelenkt haben«, sagte Vermeyen.

Als Lutheranerin glaubte Emilia nicht an Heilige. Christus war der alleinige Fürsprecher der Menschen vor Gott, da bedurfte es keiner zusätzlichen Vermittler. Außerdem nahm sie ihr Schicksal lieber selbst in die Hand.

»Soll ich Euch vorm Essen in Eure Kammer führen?«, schlug sie vor.

»Nichts lieber als das.«

Barbara rührte immer noch in ihrem Topf. Offenbar war sie mit dem Verlauf des Gesprächs ganz und gar nicht einverstanden, denn sie hatte die Stirn in Falten gelegt.

»Für Eure Wäsche seid Ihr selbst zuständig«, brummte sie mürrisch.

»Meint Ihr die Bettlaken?«

»Nein, Eure eigenen Hemden«, entgegnete Barbara. »Die Bettlaken werden frisch sein, wenn Ihr die Kammer bezieht.«

Vermeyen lachte. »Ach so. Ja, natürlich.« Er schien ein sonniges Gemüt zu haben.

Auch Emilias Stimmung hellte sich auf. Sie führte den Niederländer durch den Innenhof und über eine Außentreppe ins Obergeschoss. Als sie an Walter Baumgarts Kammer vorbeikamen, bemerkte sie möglichst beiläufig: »Mein Vater fühlt sich nicht wohl. Er muss viel ruhen.«

»Hat er eine ansteckende Krankheit?« Vermeyen schien auf einmal zu zögern. »Wisst Ihr, ich komme aus Straßburg, dort hat wieder einmal die Pest gewütet.«

»Keine Sorge.« Emilia winkte ab. »Mein Vater leidet an der Melancholie.«

»Ach so!« Vermeyen stieß erleichtert die Luft aus. »Ich habe die Erfahrung gemacht, dass die bei Künstlern nicht unbedingt schadet. Ein bisschen davon erweist sich manchmal als hilfreich. Künstler mit melancholischen Verstim-

mungen vermögen die Welt in all ihren Facetten wahrzuneh-
men. Auch in den düsteren.«

Emilia schwieg. Vermeyen würde früh genug erfahren,
dass es sich bei ihrem Vater um eine Krankheit handelte, die
weder seiner Gesundheit noch seinen Kunstwerken zuträglich war. Aber vielleicht würde sich das ändern, wenn jetzt
ein Gast für längere Zeit im Haus weilte. Walter Baumgart
würde sich zusammenreißen müssen. In Zukunft konnte er
nicht mehr tagelang in seiner Kammer verbringen. Zumindest hoffte Emilia das.

4

Während der nächsten Tage bekam Emilia ihren neuen Untermieter nur selten zu Gesicht. Wenn sie in der Früh das Haus verließ, schlief er meistens noch, und wenn sie abends nach Hause kam, arbeitete er in der Werkstatt. Dabei wollte sie ihn nicht stören, weshalb sie ohne Grußwort leise an der offenen Tür vorbeischlich. Er nutzte das Tageslicht aus, bis die Sonne vollständig unterging.

Anfangs nahm er die Mahlzeiten außer Haus ein, doch als er merkte, wie gut Barbara kochte, blieb er abends gerne mit ihnen in der Stube sitzen. Es dauerte eine Weile, bis Barbara sich an den niederländischen Gast gewöhnt hatte. Mit seinem ständigen Lob ihrer Kochkünste wickelte er sie schließlich um den Finger. »Noch nie habe ich so gute Fleischklöße gegessen«, sagte er. »Eure Bohnensuppe ist einfach vorzüglich.«

Barbara und Emilia hörten gern zu, wenn ihr Untermieter aus seiner Heimat erzählte. Er berichtete von einer Stadt, in der man sich auf Flüssen statt auf Straßen fortbewegte, ähnlich wie in Venedig, dem Reich der Medici. Bloß, dass es in Amsterdam im Winter so kalt wurde, dass die Menschen auf dem Eis mit Schlittschuhen aus Rinderknochen fuhren. Emilia gefiel die Vorstellung. Zu gern würde sie die Stadt selbst einmal sehen und auch all die anderen aufregenden Orte, von denen Vermeyen berichtete.

Die Tatsache, dass Walter Baumgart nicht zum Abendessen in die Stube kam, kommentierte Vermeyen nicht weiter. Aber dass der Maler seine Werkstatt nicht betrat, schien ihn zu erstaunen. Er fragte Emilia danach, als sie abends nach Hause kam. »Malt Euer Vater nicht mehr?«

»Er hat gerade eine kleine Schaffenspause eingelegt«, wich Emilia aus. Ihre Hoffnung, der Gast im Haus könnte ihrem Vater aus seiner Antriebslosigkeit helfen, hatte sich leider nicht erfüllt. Er aß immer noch wie ein Spatz und trank zu wenig, um wieder zu Kräften zu kommen. Nur zum sonntäglichen Kirchgang konnte Emilia ihren Vater überreden.

»Mach es für Mutter«, mahnte sie. »Niemals hätte sie gewollt, dass du sonntags nicht zum Gottesdienst gehst.«

Also schlüpfte Walter Baumgart jeden Sonntag in sein bestes Wams und begleitete seine Töchter nach St. Sebald. Seit der denkwürdigen Entscheidung der Stadtregierung im Jahr 1525 wurde in ganz Nürnberg nach der Lehre Luthers gepredigt, und auch die Klöster waren geschlossen worden. Mit dieser Entscheidung hatte sich der Rat der Stadt über den Klerus erhoben und diktierte nun, welche Feiertage zu begehen waren. Alle Geistlichen hatten die Rechte, aber auch die Pflichten gewöhnlicher Bürger. Nürnberg war eine der wenigen Städte im Reich, die den Vertretern der Kirche keinen Sonderstatus mehr gewährte, sehr zum Ärger Kaiser Karls.

Was die Gottesdienste betraf, hatte sich für Emilia nicht viel verändert. Sie fand die Predigt immer noch langweilig, zählte die Minuten, die sie auf der harten, unbequemen Holzbank sitzen musste, und konnte es nicht erwarten, wieder ins Sonnenlicht zu gelangen. Trotz der frühsommerlichen Temperaturen war es in der Kirche eisig kalt. Wie jeden Sonntag zog sie ihr Schultertuch eng an den Körper.

Der einzige Lichtblick waren die Gemälde, Statuen und Wandmalereien, die die Kirche seit Generationen schmückten. Strenge Verfechter der Thesen Luthers lehnten jede Kunst in den Kirchen ab, doch diese Haltung hatte sich in Nürnberg zum Glück nicht durchsetzen können. Emilia versuchte, sich auf die Schönheit der Gemälde zu konzentrieren, und ließ ihren Blick von einer zierlichen Madonna zu einem leidenden Christus schweifen.

Gerade als sie sich fragte, ob dem Maler bewusst gewesen war, dass die Proportionen seiner Figuren nicht stimmten, spürte sie, dass sie beobachtet wurde. Sie hob den Kopf und schaute in ein Paar hellblaue Augen in der Reihe seitlich vor ihr. Ihr schoss das Blut in die Wangen, und sie senkte sofort den Blick. Die Augen gehörten Jan Vermeyen, der dem Gottesdienst ebenfalls nur mit mäßigem Interesse zu folgen schien. Stattdessen musterte er sie, und jetzt lächelte er sie sogar an. Was dachte der Mann sich nur? Was, wenn jemand sein Interesse bemerkte? Es brauchte nicht viel, um in Nürnberg zum Gesprächsthema der Stadt zu werden. Nirgendwo verbreitete sich Tratsch und Klatsch schneller als innerhalb der Stadtmauern.

Den Rest der Predigt verbrachte Emilia damit, immer

wieder verstohlen zu ihrem Untermieter zu blicken. Jedes Mal wurde sie angelächelt. Erleichtert sprang sie auf, als der Gottesdienst beendet war, und verließ fast fluchtartig die Kirche durch den Mittelgang.

Wieder im Freien atmete sie durch. Die Sonnenstrahlen kitzelten auf ihrer Haut. Sie war froh, der düsteren Kirche entkommen zu sein. Wie jeden Sonntag versammelten sich die Gläubigen am Vorplatz rund um den Brunnen. Man traf Bekannte und Freunde und erzählte sich den Tratsch der letzten Woche, während zwei Straßenhändler mit kleinen Bauchläden Schmalzgebäck und Dünnbier verkauften.

»Stimmt es, dass Ihr nun einen Untermieter bei Euch wohnen habt?«, erkundigte sich die Bäckerin Veronika Mahr bei Emilia.

»Ja, das stimmt!«, antwortete Jan Vermeyen selbst. Emilia hatte gar nicht bemerkt, dass er direkt hinter ihr stand. Höflich stellte er sich der Bäckerin vor, die ihn sofort in ein Gespräch verwickelte.

»Wenn Ihr aus den Niederlanden stammt, könnt Ihr mir sicher sagen, ob es dort wirklich mehr Windmühlen als Kirchen gibt!«

Die nächste Viertelstunde war Vermeyen beschäftigt, denn Veronika Mahr war neugierig und geschwätzig. Emilia verkniff sich ein Schmunzeln. Doch ihre gute Laune verpuffte wie eine Seifenblase, als sie sah, wie Ratsherr Pöltl und seine Frau auf Emilias Vater zugingen. Bestimmt würden sie sich nach dem Porträt erkundigen, das sie in Auftrag gegeben hatten. Rasch eilte Emilia zu ihnen.

»Meister Baumgart, wann dürfen wir das Bild meiner Frau zum ersten Mal bewundern?«

Emilias Vater sah den Ratsherrn mit leerem Blick an. Hatte er überhaupt mitbekommen, was dieser ihn gefragt hatte?

»Das Bild ist fast fertig, nicht wahr, Vater?« Emilia sprang ein, denn Walter Baumgart schwieg beharrlich. »Es ist eine sehr hübsche Darstellung Ihrer Gemahlin. Sie werden beide entzückt sein«, fuhr sie munter fort und staunte selbst über ihre schauspielerischen Fähigkeiten. In Wahrheit war sie angespannt und hoffte, dass ihr Vater sich nicht verriet.

»Wie lange werdet Ihr für das Porträt denn noch benötigen, Meister Baumgart?«

Emilias Vater blickte das Ehepaar Pöltl ratlos an. Er hatte sich seit Tagen nicht rasiert und wirkte erschöpft. Emilia tat es weh, ihn so verletzlich und orientierungslos zugleich zu sehen.

»Vier Wochen?«, mutmaßte sie.

»Oh, nein, so lange noch?«, fragte Sibille Pöltl und faltete bittend die Hände. »Kann ich nicht vorher schon einen Blick darauf werfen? Ich kann es kaum erwarten, mein Gesicht auf einer Leinwand zu sehen.« Dann griff sie nach ihrer Goldkette, die gewiss teurer als fünfzig Gulden gewesen war, obwohl es den Patriziern laut einem Beschluss des Stadtrats verboten war, Schmuck zu kaufen, der diesen Wert überschritt. Man wollte so der Verschwendungssucht entgegenwirken, jedoch ohne Erfolg. Wohlhabende Menschen ließen sich nicht gerne einschränken, wenn es darum ging, ihren Reichtum zu zeigen.

»Wir haben ein Recht darauf, den Fortschritt des Gemäldes zu sehen«, beharrte Ferdinand Pöltl. Er trug einen pelzverbrämten Mantel, vermutlich, um zu zeigen, welch einen Wohlstand er sich mit seinem Gewerbe erworben hatte. Allerdings war das Kleidungsstück für diese Jahreszeit viel zu heiß. Sein volles Gesicht mit dem Doppelkinn war dunkelrot angelaufen, und auf seiner breiten Stirn bildeten sich Schweißtropfen, die ihm über die Schläfen liefen.

Pöltl gehörte die größte Drahtzieherwerkstatt der Stadt. Einst hatte die Mechanisierung des Drahtzugs Nürnberg Reichtum beschert. Viele Jahre lang hatte der Rat der Stadt die Sandmühle am nördlichen Ufer der Pegnitz von allen Abgaben befreit, damit die Handwerker dort in Ruhe herausfinden konnten, wie sich die Kraft des wassergetriebenen Mühlrads am besten zum Ziehen von Draht nutzen ließ. Wer dieses Geheimnis verraten hatte, dem hatte das Zuchthaus gedroht. Auch die Familie Pöltl war mit dieser Erneuerung zu Wohlstand gelangt.

»Schließlich haben wir eine saftige Anzahlung geleistet«, erinnerte Ferdinand Pöltl.

Emilia bekam einen Schrecken. Die Münzen, die der Ratsherr bezahlt hatte, waren längst aufgebracht. Niemals konnten sie sie zurückzahlen.

»Ölgemälde sind aufwendig gestaltete Kunstwerke«, erklärte sie. »Die einzelnen Farbschichten müssen in Ruhe trocknen. Trägt man sie zu rasch nacheinander auf, verlaufen die Farben. Ihr hättet keine Freude, würde mein Vater zu schnell malen.«

»Warum kennt Ihr Euch so gut mit der Ölmalerei aus? Ich dachte, Ihr arbeitet bei Kunigunde Löffelholz.«

Emilia presste die Lippen fest aufeinander. Verriet sie sich gerade selbst?

»Seit dem Tod meiner Frau ist Emilia mir in der Werkstatt eine große Stütze«, sagte Walter Baumgart leise. Endlich schien er aus seinen Tagträumen erwacht zu sein, und Emilia atmete erleichtert durch. »Würde meine Tochter die Werkstatt nicht sauber und ordentlich halten, wäre ich verloren. Sie weiß über jeden meiner Arbeitsschritte genau Bescheid.«

»Ach so, das verstehe ich!« Sibille Pöltl lachte. »Unsere Mägde sind auch ständig hinter meinem Mann her und beseitigen die Unordnung, die er hinterlässt.«

»Also, bitte, Sibille. Das stimmt doch gar nicht«, empörte sich der Ratsherr. »Außerdem ist Fräulein Emilia keine Magd.« Er lachte über seine Worte, die er für einen gelungenen Scherz hielt.

»Ich werde das Bild in den nächsten zwei Wochen fertigstellen«, versprach Walter Baumgart. »Wenn es so weit ist, werde ich Euch rufen lassen.«

»Das klingt vernünftig«, meinte Sibille Pöltl.

»Wie geht es eigentlich mit der Tapisserie voran?« Ferdinand Pöltl wechselte das Thema und wandte sich an Emilia. »Werden wir die Wände des Rathauses bald damit zieren können?«

»Die Arbeiten sind komplizierter als erwartet«, sagte

Emilia wahrheitsgemäß. »Der Maler hat die Entwürfe in Ölfarben angefertigt, was das Färben des Garns erschwert.«

»Ich muss gestehen, dass ich die Entwürfe nie gesehen habe«, gab der Ratsherr zu.

»Oh!« Überrascht hob Emilia die Augenbrauen. Das erklärte natürlich, warum man den Entwurf eingekauft hatte.

»Angeblich ist Johannes Kastel einer der begabtesten Maler unserer Zeit«, fuhr Ferdinand Pöltl fort. »Ich verstehe leider nicht viel davon, aber Siegfried Löffelholz und der Pelzhändler Maximilian Koch haben uns versichert, dass der Entwurf einmalig sei.«

»Einmalig ist er gewiss«, sagte Emilia leise.

Ihr Vater sah ratlos aus. »Ich habe noch nie von einem Maler namens Kastel gehört.«

»Er ist der Schwager von Löffelholz«, erklärte Ferdinand Pöltl. »Vielleicht sollte ich mir die Entwürfe einmal in Ruhe ansehen.«

Seine Frau hakte sich bei ihm unter. »So, jetzt müssen wir weiter, dort drüben wartet der Goldschmied auf uns.«

»Ja, gewiss doch.« Ferdinand Pöltl verabschiedete sich und ließ sich von seiner Frau zum Goldschmied mitziehen. Bestimmt wurden dort gleich die nächsten Geschäfte gemacht, dachte Emilia.

Kaum, dass die beiden außer Hörweite waren, lehnte sich Emilia erleichtert zu ihrem Vater. »Ich bin so froh, dass du das Bild fertig malen wirst.«

»Das kann ich nicht.«

»Wie bitte?« Ihre Stimme war so laut, dass zwei Frauen,

die sich neben dem Brunnen unterhielten, neugierig ihre Köpfe in Emilias Richtung drehten.

Sie zog ihren Vater zur Seite und senkte die Stimme. »Was soll das heißen, du kannst nicht? Du hast eben gesagt, dass du das Bild malen wirst.«

»Du musst die Arbeit übernehmen, das habe ich dir schon gesagt. Ich fühle mich so leer wie ein abgebranntes Getreidefeld. Es ist nichts mehr da, was mir Kraft spenden würde.«

»Vater, das ist Unsinn.« Am liebsten hätte Emilia ihn an den Schultern gepackt und kräftig geschüttelt, so lange, bis seine Traurigkeit von ihm abgefallen war. Aber sie befanden sich auf dem Kirchenvorplatz und waren den Blicken der neugierigen Nürnberger ausgesetzt.

»Wie soll ich das Bild malen, wenn unser Untermieter ständig in der Werkstatt ist?«, flüsterte Emilia. »Er malt jeden Tag so lange, bis die Sonne untergeht.«

»Wir haben ausreichend Kerzen im Haus.«

Hatte er das eben wirklich gesagt? Es war eine Sünde, den eigenen Vater zu beschimpfen, das wusste Emilia, und das galt für Katholiken wie Lutheraner. Trotzdem hätte sie ihm gerne gesagt, dass er verrückt war und eben seinen Verstand verlor. Wie sollte sie ein Ölgemälde bei Kerzenschein malen? Es war schon bei Tageslicht schwer genug, die richtigen Farbtöne zu treffen. Im Schein einer Kerze war es schier unmöglich.

»Du kannst das«, meinte ihr Vater und drückte zuversichtlich ihre Hand. In jeder anderen Situation hätte dieser

Vertrauensvorschuss sie geehrt, doch nun empfand sie ihn als Belastung.

»Wir reden zu Hause weiter«, sagte sie hastig. Die tratschenden Frauen neben dem Brunnen starrten bereits neugierig zu ihnen herüber. Hatten sie den kleinen Disput mitbekommen? Der sonntägliche Kirchgang war der allwöchentliche Höhepunkt im gesellschaftlichen Leben der Stadt. Für Emilia glich er einem Schauspiel, bei dem man sich selbst in möglichst gutem Licht präsentierte und gleichzeitig seine Mitbürger beobachtete, um hinterher genügend Stoff zum Tratsch zu haben. Als junges Mädchen hatte sie die Vormittage genossen, doch mittlerweile war ihr das Spektakel verhasst. Seit dem Tod ihrer Mutter gehörten sie und ihre Schwester immer öfter zu denjenigen, über die hinter vorgehaltener Hand getuschelt wurde.

Emilia drehte sich suchend nach allen Seiten um. »Wo ist eigentlich Barbara? Sie war doch eben noch da.«

»Eure Schwester ist mit dem Sohn vom Müller weggegangen«, erklärte Martin Schlager, der reichste Tuchhändler der Stadt. Er war verwitwet und einer der begehrtesten Heiratskandidaten unter unverheirateten Frauen. Emilia fühlte sich in seiner Gegenwart unwohl. Sie konnte es nicht genau in Worte fassen, aber irgendetwas an ihm stimmte nicht. Er war nur eine Spur größer als sie, hatte blondes Haar und einen hageren Körper. Seine Gesichtszüge waren eine Spur zu feminin, seine Vorderzähne strahlend weiß, aber viel zu groß. Immer wieder lächelte er, als wollte er der ganzen Welt beweisen, dass er ein glücklicher Mann war. Aber das Lächeln erreichte seine Augen nicht und wirkte aufgesetzt, wie eine Maske, hinter der er sein wahres Ich zu verbergen schien, das weitaus düsterer war, als er preisgeben wollte.

Er stellte sich Emilia in den Weg und verbeugte sich tief. »Wie immer seht Ihr hinreißend aus, Fräulein Emilia. Keine Frau auf dem Platz vermag es mit Eurer Schönheit aufzunehmen.« Seine Worte klangen hohl, fand Emilia.

Seit dem Tod seiner zweiten Gattin war er auf der Suche nach einer neuen Frau, zumal seine bisherigen Ehen kinderlos geblieben waren. In Momenten wie diesem war Emilia froh, dass ihr Vater niemals in der Lage sein würde, eine ausreichend hohe Mitgift für sie aufzutreiben. Martin Schlager würde eine stattliche Summe verlangen. Damit war sie aus dem Spiel, und das war gut so.

»Barbara ist mit Hannes Schütt unterwegs?«, fragte Walter Baumgart. »Schon wieder? Waren die beiden nicht schon letzten Sonntag gemeinsam spazieren?«

Martin Schlager lachte. »Ihr solltet besser auf Eure Töchter achtgeben!« Er zwinkerte Emilia zu. »Sonst tanzen Sie Euch eines Tages auf der Nase herum. Ein Weib braucht eine starke Hand, die es beschützt, ihm gleichzeitig aber auch den rechten Weg weist.«

»Seid versichert, ich kenne meinen Weg selbst sehr gut, Meister Schlager«, widersprach Emilia.

Der Tuchhändler hob die Augenbrauen. »Ihr stoßt Euch an der Vorstellung, geleitet zu werden? Es ist bereits in der Bibel nachzulesen, dass das Weib der klugen Führung des Mannes bedarf«, sagte er. »Erinnert Euch daran, was passiert, wenn Frauen allein handeln. Eva ist das beste Beispiel für Unvernunft. Hätte sie Adam nicht verführt, wären wir immer noch im Paradies.«

»Dann erklärt mir doch, warum Adam Eva überlegen sein sollte«, entgegnete Emilia. »Wenn er so klug war, wie Ihr behauptet, hätte er da den Apfel nicht ablehnen müssen? Was hat es Eva geholfen, ihn an ihrer Seite zu haben?«

Martin Schlager riss erstaunt die Augen auf. Er war es offenbar nicht gewohnt, dass Frauen ihm widersprachen.

»Wir alle wissen, dass das Weib Adam auf listige Weise verführt hat.«

»Weil er sich verführen lassen wollte«, beharrte Emilia.

»Wer weiß!« Jan Vermeyen war zu ihnen getreten und stand nun neben Emilia. »Vielleicht war das Paradies furchtbar langweilig.« Er grinste, und auf seinen Wangen entstanden hübsche Grübchen. »Adam und Eva hatten keine Sorgen, nichts, wofür es sich zu kämpfen lohnte, kein Leiden und keine Schmerzen, die es zu überwinden galt.«

»Worauf wollt Ihr hinaus?«, fragte Martin Schlager.

»Macht uns das Leid nicht erst bewusst, wie glücklich wir sind, wenn wir es nicht verspüren? Eine Aufgabe, der wir uns stellen und die wir erfolgreich meistern, lässt uns wachsen.«

»Ich verstehe immer noch nicht, was Ihr damit sagen wollt.« Martin Schlagers Stimme klang nun ungehalten.

»Möglicherweise wollten sowohl Adam als auch Eva das Paradies absichtlich verlassen.«

»Warum?« Der Tuchhändler starrte den Fremden nun feindselig an.

»Um im Diesseits das echte Leben zu schmecken«, sagte Vermeyen.

»Ihr wollt behaupten, unsere Welt wäre besser als das Paradies? Das ist ja ungeheuerlich.« Martin Schlager plusterte sich empört auf.

»Es ist die bescheidene Hypothese eines Malers«, erwiderte Vermeyen. »Ich bin ein Mann, der durch die Welt zieht, um den wahren Gefühlen auf den Grund zu gehen und sie in Kunstwerken für die Menschen festzuhalten.«

»Ich dachte, dass ein Künstler nach Vollendung strebt«, sagte Emilia. »Wie kann es sein, dass Ihr nach dem Unvollkommenen sucht?« Sie fand Vermeyens Überlegungen interessant.

»Es wäre Anmaßung, nach Perfektion zu streben«, widersprach Vermeyen. »Ich trachte danach, dem eigentlichen Wesen der Gefühle auf den Grund zu gehen. Dabei will ich das Leid ebenso erkunden wie das Glück. Ich bin davon überzeugt, dass das eine ohne das andere nicht existieren kann. Beim Malen bedarf es immer beider Seiten: Wir sehen das Licht nicht, wenn es keinen Schatten gibt, und umgekehrt.«

»Das ist doch ketzerischer Unfug!«, rief Schlager.

Gelassen zuckte Vermeyen mit den Schultern. Der Ärger des Tuchhändlers schien ihn zu amüsieren. Vermutlich hat er ihn gezielt provoziert, dachte Emilia.

»Wie gesagt«, wiederholte er. »Ich bin Künstler, kein Kirchengelehrter. Das Paradies erscheint mir nicht erstrebenswert. Die schönsten und ausdrucksstärksten Bilder entstehen, wenn der Künstler starke Emotionen in seine Arbeit einfließen lässt. Im Paradies waren die Menschen unschuldig. Sie kannten keinen Neid, keinen Schmerz, keine Wollust, keine Begierde.« Er machte eine Pause. »Aber auch kein zärtliches Verlangen, keine Glückseligkeit, kein Hoffen, von der Angebeteten erhört zu werden, und keine freudige Erregung, wenn sie es tut.« Er drehte sich zu Emilia und sah ihr für einen winzigen Moment direkt in die Augen. Sofort schoss ihr das Blut in die Wangen.

Martin Schlager war entrüstet. »Wie könnt Ihr es wagen, derart gefährliche Worte in Gegenwart einer ehrbaren Dame auszusprechen?« Dann wandte er sich an Emilias Vater. »Ihr solltet dafür sorgen, dass Eure Tochter nach Hause geht. Sie ist eine unschuldige junge Frau. Solche Worte verderben sie nur.«

Doch ihr Vater blieb gelassen. »Ich bin selbst Maler. Was Jan Vermeyen sagt, jagt mir keine Angst ein. Er ist unser Untermieter.«

»Er ist Euer …« Weiter kam Martin Schlager nicht. Vor Schreck musste er husten und verschluckte sich dabei.

»Trinkt Dünnbier«, riet Emilia. »Beim Brunnen wird welches verkauft.«

Da traten Elisabeth Hennenkamp und ihre Mutter Hedwig zu ihnen. Elisabeth war Barbaras beste Freundin. Die beiden verbrachten viel Zeit zusammen.

»Darf ich Euch einen Becher Bier bringen?« Elisabeth war eine zierliche, blasse Frau, die unscheinbar wirkte. Ihr Haar war trotz ihres jungen Alters bereits schütter, was sie zu verbergen versuchte, indem sie es zu einem Kranz zusammenflocht und hochsteckte.

»Nicht notwendig, danke.« Schlagers Hustenreiz hatte sich wieder beruhigt.

Es war ein offenes Geheimnis, dass die Familie Hennenkamp auf einen Heiratsantrag von Schlager hoffte. Wann immer sich die Gelegenheit bot, strichen Mutter und Tochter um ihn herum wie Katzen um den heißen Brei.

»War die Predigt nicht wieder sehr erbaulich?« Elisabeth versuchte Martin Schlager in ein Gespräch zu verwickeln.

Emilia nutzte die Gelegenheit und verabschiedete sich. Dann hakte sie sich bei ihrem Vater unter und zog ihn hastig vom Kirchplatz weg. »Lass uns nach Hause gehen.«

Jan Vermeyen folgte ihnen. »Ich hoffe, es ist Euch recht, wenn ich heute auf Euer freundliches Angebot zurückkomme und das Mittagessen gemeinsam mit Euch einnehme.«

»Wenn Barbara gleich nach Hause kommt, spricht nichts dagegen«, meinte Emilia. »Ich bin eine lausige Köchin. Mit dem, was ich am Herd zusammenrühre, hättet Ihr gewiss keine Freude.«

»Warum überrascht mich das nicht?«, meinte er lachend. »Eine Frau, die sich mit dem Mischen von Farben auskennt, interessiert sich wohl nicht für Eintöpfe und Braten.«

»Vorurteile, alles bloß Vorurteile«, entgegnete Emilia und drehte sich weg, damit er das Lächeln nicht sehen konnte, das sich auf ihrem Gesicht ausbreitete.

5

Barbara kam kurz vor dem mittäglichen Zwölfuhrschlag nach Hause. Es war ungewöhnlich für sie, nicht mehr Zeit zum Kochen einzuplanen. Im Eiltempo briet sie Fleischbällchen, die sie bereits am Morgen vor dem Gottesdienst vorbereitet hatte. Dazu gab es Hirse mit Gemüse und frisches Brot. Wie immer schmeckte alles vorzüglich. Barbara war eine wunderbare Köchin – ein Talent, das sie von ihrer Mutter geerbt hatte. Vermeyen nahm sich zweimal nach. Anschließend verabschiedete er sich, um in die Werkstatt zu gehen.

»Ihr arbeitet am Tag des Herren?«, fragte Emilia erstaunt.

»Ja, natürlich. Ich denke, dass es Gott einerlei ist, an welchem Tag ich die Mutter seines Sohnes zeichne.«

»Ach, Ihr arbeitet an einer Mariendarstellung?« Im lutherischen Nürnberg galten Bilder der heiligen Muttergottes in gewissen Kreisen als verpönt. Maria galt zwar immer noch als Mutter Jesu, aber nicht mehr als Gottesmutter, die einer Verehrung würdig war.

»Meine Auftraggeberin ist Katholikin«, erklärte Vermeyen. »Das Haus Habsburg hat sich eindeutig positioniert. Ich darf Maria und alle wunderschönen Heiligen zeichnen, egal ob Männer oder Frauen.« Er griff nach einem letzten Stück Brot, das auf dem Tisch lag.

»Wie malt Ihr Heilige?«, fragte Emilia. »Nehmt Ihr lebende Personen als Vorbilder?«

Vermeyen wandte sich ihr nachdenklich zu. »Es sind nicht die Heiligen an sich, die mich interessieren, sondern die Gefühle, die sie verkörpern. Wenn ich die heilige Barbara male, dann geht es mir um eine Frau, die bereit war, für ihre Überzeugungen, für ihren Glauben zu sterben. Ich versuche, diese Leidenschaft, dieses Feuer einzufangen, und nicht die leidende Figur.« Er machte eine Pause. »Natürlich muss ich mich an lebenden Vorbildern orientieren.«

Walter Baumgart unterbrach das Gespräch, indem er den Stuhl zurückrückte. Er wollte sich offenbar in seine Kammer zurückziehen.

»Vater, willst du nicht auch malen?« Emilia probierte es erneut. »Du könnest es zumindest probieren.«

Müde schüttelte ihr Vater den Kopf. Der Vormittag und das anschließende Mittagessen hatten ihn Kraft gekostet. »Ich muss mich ausruhen.«

Geduckt schlurfte er in seine Kammer. Emilia sah ihm sorgenvoll nach. Um wieder Fuß im Leben zu fassen, brauchte er dringend einen regelmäßigen Alltag. Wenn er den ganzen Tag im Bett verbrachte, würde der Lebenswille nicht zurückkehren.

Als auch Vermeyen sich zurückgezogen hatte, trugen Emilia und Barbara das Geschirr über den Innenhof in die

Küche und erledigten gemeinsam den Abwasch. Emilia lief zweimal zum Brunnen neben dem Gemüsebeet und schöpfte Wasser, das Barbara am Ofen wärmte.

»Du warst nach dem Gottesdienst einfach weg«, sagte Emilia. »Warum hast du nicht gesagt, dass du mit Hannes spazieren gehen willst?« Sie nahm einen sauberen Teller entgegen und trocknete ihn mit einem weichen Tuch ab.

»Ich wusste ja selbst nicht, dass es sich so ergeben würde«, meinte Barbara. »Sein Vater ist dagegen, dass Hannes mich trifft.«

»Wegen der Mitgift?«, fragte Emilia. Sie hatte gehofft, dass Müller Schütt ein Einsehen mit den Liebenden haben würde. Er war ein wohlhabender Mann, der auf eine reiche Schwiegertochter nicht angewiesen war. Sollte er nicht zufrieden sein, wenn sein Sohn glücklich war?

Barbara seufzte niedergeschlagen. Jetzt erst entdeckte Emilia ein Blatt in dem ungewohnt zerzausten Haar ihrer Schwester und nahm es heraus. Barbara errötete beschämt.

»Ihr habt euch geküsst?«, wollte Emilia wissen.

Barbara nickte.

»Was du tust, ist gefährlich«, mahnte Emilia. »Dein guter Ruf steht auf dem Spiel. Stell dir vor, jemand sieht euch beide. Sollte Hannes dich nicht heiraten, wird kein anderer Mann jemals um deine Hand anhalten. Sie werden dich mit den Käuflichen im Frauenhaus am Kornmarkt gleichsetzen.«

»Ich bin doch keine Hure«, empörte sich Barbara.

»Den Lästermäulern ist das einerlei.«

»Ich will ohnehin keinen anderen Mann«, entgegnete Barbara trotzig.

»Das sagst du jetzt«, meinte Emilia. »Das kann sich ändern. Du bist jung.«

»Niemals!«, widersprach Barbara. »Du weißt nicht, wie es sich anfühlt, wenn man einen Mann liebt.«

»Damit hast du wohl recht«, gab Emilia zu. Bis jetzt war sie noch nie verliebt gewesen. Die Männer, die ihr gefielen, waren entweder vergeben oder in unerreichbarer Ferne. Als Sechzehnjährige hatte sie einen Buchdrucker aus Augsburg umwerfend gut aussehend, witzig und charmant gefunden. Sie hatte sich ausgemalt, wie es wohl wäre, wenn er sie küsste. Aber er hatte ihr nichts geschenkt außer einem Lächeln. Nach zwei Monaten hatte er Nürnberg wieder verlassen und war weitergezogen. Seither hatte sie nie wieder für einen Mann etwas Ähnliches empfunden. Mit den Männern, die sich für sie interessierten, wollte Emilia nichts zu tun haben. Die meisten waren geistlos, selbstverliebt und langweilten sie, weshalb sie den Verehrern die Gesellschaft ihrer Farben und Bilder vorzog. Bis jetzt hatte ihr Vater zum Glück auf keiner Ehe bestanden.

»Die Ehe hat nur in den seltensten Fällen mit Liebe zu tun«, sagte Emilia nüchtern. »Sie ist ein Geschäftsvertrag, den ein Mann und eine Frau schließen, um eine Familie zu gründen und für die Zukunft abgesichert zu sein.«

Barbara ließ das Spülwasser aus dem Becken in den Eimer fließen, mit dem Emilia zuvor das Wasser aus dem Brunnen geschöpft hatte. »Ist das wirklich deine Meinung?«

»So ist es nun mal«, entgegnete Emilia schulterzuckend.

Sie hatte sich längst damit abgefunden, dass kein edler Ritter auf einem weißen Ross angeritten kommen, um ihre Hand anhalten und sie in ein Schloss mitnehmen würde. Das waren Märchen, die man kleinen Kindern erzählte, damit sie schneller einschliefen.

Emilia musste an ihre Mutter denken, die früher abends an ihrem Bett gesessen, ihr und Barbara über den Kopf gestreichelt und ihnen wunderschöne Geschichten erzählt hatte. Ihre Mutter hatte sie für immer verlassen. Mit ihrem Tod war auch Emilias Glaube an den Märchenprinzen gestorben.

»Du würdest also jeden Mann heiraten, der um deine Hand anhält?«, fragte Barbara.

»Nein«, sagte Emilia rasch. »Natürlich nicht.« Sie stellte den trockenen Teller ins Regal. »Aber wie viel Spielraum bleibt mir? Eines Tages wird Vater eine Entscheidung treffen. Ich hoffe, dass ich keinen Mann abkriege, der mich schlägt.« Sie musste an Kunigunde denken. Das Leben der Bildwirkerin würde ohne ihren Ehemann viel erfreulicher aussehen.

»Mein Hannes würde mich niemals schlagen«, sagte Barbara überzeugt und richtete ihr Haar.

»Wie hoch ist die Summe, die der Müller als Mitgift verlangt?«

Augenblicklich schwand Barbaras Zuversicht. Ihre Schultern sackten nach vorn. »Zweihundert Gulden.«

»Wie bitte?«, entfuhr es Emilia. »Wie kommt er auf diese hohe Summe? Das ist ja aberwitzig. Mit zweihundert Gulden kann man sich ein kleines Haus in der schönsten Wohngegend Nürnbergs kaufen.«

»Er will eben nur das Beste für seinen Sohn«, verteidigte Barbara den Müller.

»Er ist einfach nur maßlos und geldgierig. Vater kann diese Summe niemals aufbringen.«

Barbaras Augen füllten sich mit Tränen. »Wir könnten das Haus verkaufen. Bestimmt ist es zweihundert Gulden wert.«

Emilia glaubte, sich eben verhört zu haben. »Das Haus verkaufen? Wo sollen Vater und ich dann wohnen?«

»Du wirst ohnehin heiraten müssen, das hast du eben selbst gesagt. Eine von uns beiden kann Vater bei sich aufnehmen.«

»Und womit soll meine Mitgift bezahlt werden, wenn das ganze Geld für deine draufgeht?«

»Du könntest jemanden heiraten, der weniger haben will. Wenn es eh keinen gibt, den du liebst, ist es doch egal.«

Emilia war fassungslos. »Was, wenn ich gar nicht heirate? Wenn ich weiter in Kunigunde Löffelholz' Werkstatt arbeite und in diesem Haus bleibe, bis ich alt und klapprig bin?«

Barbara sah sie mit großen Augen an. Diese Möglichkeit schien ihr gar nicht in den Sinn gekommen zu sein. »Das geht nicht. Jede Frau muss heiraten oder ins Kloster gehen«, sagte sie. »Als Frau kannst du nicht allein für dich sorgen.«

Die Selbstverständlichkeit, mit der ihre Schwester über ihr Leben und das ihres Vaters bestimmen wollte, erschreckte Emilia.

»Du hast selbst vor ein paar Tagen gesagt, dass wir das Haus verkaufen müssen, wenn Vater nicht mehr malt. Wozu also weiter daran festhalten, wenn ich das Geld dringend benötige?«

»Du kannst nicht wirklich wollen, dass wir das Haus verkaufen! Unser Großvater hat seinerzeit hart dafür gearbeitet! Es ist der einzige Wert, den wir besitzen.«

»Ich will den Mann heiraten können, den ich liebe.«

»Dann rede mit deinem Hannes. Er soll seinen habgierigen Vater zur Vernunft bringen. Keine Frau in dieser Stadt wird eine derart hohe Mitgift für seinen Sohn aufbringen. Zweihundert Gulden sind eine aberwitzig hohe Summe.«

Barbara schniefte laut. »Du bist grausam. Immer denkst du nur an dich. Du gönnst mir mein Glück nicht. Elisabeth ist die Einzige, die mich versteht. Sie hat schon vorhergesagt, dass du so reagieren wirst.«

Elisabeth Hennenkamp – diese Frau schien sie heute zu verfolgen. Emilia konnte sie nicht ausstehen und traute ihr nicht über den Weg. Genau wie das Lächeln von Martin Schlager wirkte auch das von Elisabeth unecht. Emilia war sich sicher, dass die Frau zu tratschen begann, sobald man ihr den Rücken zukehrte.

Statt ihrer Schwester zu widersprechen, trat Emilia zu ihr und nahm sie in die Arme. Augenblicklich begann Barbara so hemmungslos zu weinen, dass die Tränen den Kleiderstoff an Emilias Schulter durchtränkten.

Es tat Emilia weh, ihre Schwester so verzweifelt zu sehen. »Ich gönne dir das Glück und wünsche dir von ganzem

Herzen, dass du alles bekommst, was du dir erträumst«, sagte sie sanft. »Das weißt du ganz genau.«

»Warum willst du dann das Haus nicht verkaufen?«, versuchte Barbara es noch einmal.

»Zum einen, weil es Vater gehört, zum anderen, weil es nicht sicher ist, ob und wann ich heiraten werde. Sobald Vater seine Melancholie überwunden hat, wird er wieder regelmäßig malen können. Wir werden genug Geld haben und einen Teil davon zur Seite legen. Wenn Müller Schütt eine vernünftige Summe als Mitgift verlangt, werden wir die aufbringen können, das verspreche ich dir. Bitte Hannes, dass er mit seinem Vater redet. Wenn er ihm erklärt, wie sehr er dich liebt, dann wird sich eine Lösung finden.«

»Meinst du?«

Emilia nickte und versuchte, zuversichtlicher zu wirken, als sie sich in Wahrheit fühlte. Sie kannte Hannes Schütt aus der Lateinschule. Als Junge war er ein ängstliches, bequemes Kind gewesen, das stets nachgegeben hatte und Konflikten aus dem Weg gegangen war. Nie hatte er eine eigene Meinung vertreten. Sobald es Streit gegeben hatte, war er weggelaufen. Nach dem Unterricht hatte er sich mit einem großen Stück Wurst in eine Ecke verzogen, während die anderen Fangen gespielt hatten. Sollte er sich nicht grundlegend verändert haben, sah Emilia schwarz, was das Gespräch mit seinem Vater betraf. Aber sie wollte Barbara nicht die Hoffnung nehmen.

»Dann werde ich mit Hannes reden.« Barbara wischte sich mit dem Handrücken über die laufende Nase.

»Und triff dich nicht mehr in aller Öffentlichkeit mit ihm«, bat Emilia.

»Wie denn sonst?«

»Heimlich, damit es niemand sieht. Oder besser gar nicht. Solange es keine Lösung gibt, solltest du ihn auf keinen Fall küssen.«

Barbara stemmte die Hände in die schmalen Hüften. »Ich wusste, dass du mir mein Glück nicht gönnst.«

Emilia verdrehte die Augen. Sie hatte das Gefühl, das Gespräch drehte sich im Kreis.

»Du wirst einmal als alte Jungfer enden«, schnaufte Barbara. Verärgert schnappte sie den Eimer mit dem Abwaschwasser und stapfte damit in den Innenhof. »Lieber rede ich mit Elisabeth über meine Sorgen.«

Emilia blieb allein in der Küche zurück. Sie hatte sich so bemüht, dass kein Streit entstand. Und dennoch war es wieder passiert. Als sie die letzten Teller abtrocknete, rutschte ihr einer davon aus der Hand. Emilia versuchte, ihn noch zu fangen, aber er fiel auf den Boden und zerschellte in hundert kleine Teile. Entsetzt starrte sie die Scherben an. Es war Jahre her, dass ihr ein Missgeschick dieser Art passiert war. Eine böse Vorahnung beschlich sie.

Die Glocken von St. Sebald hatten erneut geschlagen. Seit über einer Stunde lag Emilia im Bett und lauschte auf die Geräusche im Haus. Vermeyen hatte bis Mitternacht in der Werkstatt gearbeitet, dabei hatte er bloß Skizzen angefertigt. Mit dem Silberstift hätte er genauso gut in seiner Kammer zeichnen können. Aber wie sollte er wissen, dass Emilia ungeduldig darauf wartete, in die Werkstatt zu schleichen?

Er war die Holztreppe hochgekommen, hatte die Tür zu seiner Kammer geschlossen und dann noch eine Zeit lang herumgeraschelt. Nun war es endlich mucksmäuschenstill im Haus. Barbara schien tief und fest neben ihr zu schlafen. Ihr Atem ging regelmäßig.

Emilia schlug die Decke zurück, setzte sich auf und deckte ihre Schwester fürsorglich zu. Dann stand sie auf. Der Holzfußboden war kühl, sie schlüpfte in ihre Leder- schuhe, griff nach ihrem Schultertuch und wickelte sich darin ein. Auf ihr Kleid verzichtete sie, das Unterkleid aus Leinen würde reichen. Auch ihr Haar band sie nicht zusam- men – wozu auch? Es würde sie eh niemand sehen. Ge- schickt schlug sie mit ihrem Zündzeug einen Funken und entfachte damit die in Öl getränkte Wolle, mit der sie den Docht der Kerze aus teurem Bienenwachs zum Brennen brachte. Vorsichtig stellte sie die Kerze in eine Laterne, er- griff sie beim Henkel und schlich zur Tür. Sie lauschte. Nichts rührte sich.

Die Scharniere quietschten verräterisch beim Öffnen der Tür. Das Metall hätte dringend etwas Öl vertragen, doch Barbara schlief selig weiter. Schon als Kind hatte Emilia ne- ben ihrer Schwester im Bett heimlich lesen können, ohne dass diese davon aufgewacht wäre.

Vorsichtig sah Emilia den Flur entlang. Hinter der Tür zu Vermeyens Kammer war es ebenso still wie hinter der ihres Vaters. Auf Zehenspitzen trippelte sie zur Treppe. Die Holzbalken knarrten. Warum war es nur so schwierig, sich geräuschlos zu bewegen?

Emilia stieg die Stufen hinunter, lief über den Innenhof in die Küche, holte aus der Vorratskammer ein paar Eier und kehrte zurück zur Werkstatt. Ein silberner Vollmond sorgte für überraschend viel Licht im Raum. Emilia wünschte, sie könnte auch die Fensterläden zur Straße öffnen, aber das Risiko war zu groß. Vorsichtig warf sie einen Blick durch einen schmalen Spalt. Am Ende der mondbeschienenen Gasse stand ein Mann, der einer Frau unter die Röcke griff. Erschrocken zog Emilia den Laden wieder zu. Der Mann war Siegfried Löffelholz. Daran bestand kein Zweifel. Sie hatte sein glänzendes Gesicht erkannt. Ob auch er sie gesehen hatte? Das Geräusch, das beim Schließen des Ladens entstand, war lauter als gedacht. Emilia wurde übel. Sie fand es schrecklich, dass dieser Mann seine Ehefrau nicht nur schlecht behandelte, sondern sie obendrein mit einer Prostituierten betrog. Wenn er wüsste, dass Emilia ihn gesehen hatte, würde er ihr das Leben in der Werkstatt noch schwerer machen als ohnehin schon. Besorgt lauschte sie nach draußen, doch es blieb still.

Als sich nichts rührte, beruhigte sich ihr Herzschlag wieder. Sie ging zur Staffelei und rückte sie neben eines der Fenster zum Innenhof. Die Laterne stellte sie auf ein Tischchen daneben und nahm behutsam das Tuch von der Leinwand.

Walter Baumgart hatte den Untergrund perfekt vorbereitet und mit einem Silberstift eine Skizze von Sibille Pöltl angefertigt. Auch die Untermalung in den Mitteltönen war fertig. Jetzt galt es, dem Gesicht der Ratsherrenfrau Schicht für Schicht Form und Farbe zu verleihen. Emilia trat zum Regal mit den Farbpigmenten und machte sich ans Mischen. Sie ging dabei nach dem Rezept ihres Vaters vor und verrührte Ei, Wasser und Leinöl zu gleichen Teilen, bevor sie die fein zerriebenen Farbpigmente hinzufügte. Geschickt trug sie die Farben auf einer Holzpalette auf, kehrte damit zur Staffelei zurück und suchte nach dem passenden Borstenpinsel. Mit klopfendem Herzen nahm sie die Farbpaste auf. Eine prickelnde Vorfreude durchströmte ihren Körper. Niemals fühlte sie sich lebendiger als mit einem Pinsel in der Hand.

Fett auf mager – so lautete die wichtigste Regel, die ihr Vater ihr schon als kleines Mädchen beigebracht hatte. Schon damals hatten die Farben wie magische Salben auf sie gewirkt, wie Pasten, mit denen man kleine Wunder erschaffen konnte. Kein Goldschmuck dieser Welt hätte in Emilias Augen wertvoller sein können. Daran hatte sich bis heute nichts verändert.

»Wenn du mit den mageren Farben beginnst«, hatte ihr Vater ihr eingeschärft, »kannst du später mehr Leinöl zugeben und die Farben so mit weiterem Fett anreichern. Umgekehrt ist das nicht möglich.«

Emilias Hand war völlig ruhig, als sie die erste Farbschicht auftrug. Der Duft von Leinöl und Ei stieg ihr in die Nase, und sie sog ihn tief in ihre Lungen. Er bedeutete Freiheit im Geist. Vor der Leinwand war sie ihre eigene Herrin. Sie bestimmte, wohin die Reise mit den Farben ging, und niemand konnte ihr Vorschriften machen.

Emilia dachte an die Begegnung mit Sibille Pöltl am Vormittag nach dem Kirchgang. Welche ihrer Charaktereigenschaften wollte sie hervorheben? Wie viel Farbe sollte sie der Paste beimengen? Wo die Schatten- und wo die Lichteffekte setzen? Schon nach dem dritten Strich hörte sie auf zu denken. Ihre Hand glitt wie von selbst über die Leinwand. Emilia vergaß Raum und Zeit, sie wurde eins mit dem Pinsel und der Farbpalette in ihrer Hand.

Sie war so in ihr Tun versunken, dass sie eine ganze Weile weder den Schatten noch die Geräusche vor dem Fenster wahrnahm. Erst als das Rascheln so laut wurde, dass sie meinte, ein Fuchs oder Marder hätte sich in den Innenhof geschlichen, legte sie den Pinsel zur Seite und trat zum offenen Fenster. Sie ließ ihren Blick durch den Innenhof gleiten, konnte aber nichts Auffälliges entdecken. Dann trat sie an die geschlossenen Fensterläden, die zur Straße hinausgingen, und lauschte konzentriert, doch auch hier rührte sich nichts.

Erneut wagte sie einen Blick durch einen schmalen Spalt zwischen den Holzläden. Die Fenster der umliegenden Häuser waren geschlossen, die enge Gasse menschenleer. Löffelholz hatte sich mit seiner Begleiterin längst aus dem Staub gemacht. Emilia zog die Läden leise zu. Noch einmal raschelte es. Auf einmal fiel die leere Milchkanne polternd vom Schemel neben der Haustür. Emilia öffnete, um besser sehen zu können, und entdeckte die weiß gefleckte Nachbarskatze, die einer Maus hinterherjagte. Erleichtert schloss Emilia wieder die Tür und kehrte zur Staffelei zurück.

Sie betrachtete ihr Werk. Für den ersten Abend konnte sie zufrieden sein. Langsam nahm das Gesicht von Sibille

Pöltl Gestalt an. Eine stolze Bürgerin mit leicht spöttischem Lächeln blickte ihr entgegen. Bevor Emilia weiterarbeiten konnte, musste die oberste Farbschicht trocknen. Daher konnte sie die Leinwand nicht abdecken, aber sie konnte das Gemälde auch nicht einfach offen stehen lassen, denn dann würde Vermeyen es sehen. Also beschloss sie, das Porträt mit in die Kammer zu tragen und stattdessen eine leere, unbehandelte Leinwand unter dem Tuch zu verstecken. Vermeyen würde sicherlich nicht darunterschauen. Sie gratulierte sich selbst zu diesem guten Einfall und säuberte zügig Pinsel und Arbeitsplatz.

Als sie fertig war, schlugen die Kirchenglocken von St. Sebald die vierte Stunde. Höchste Zeit, ins Bett zu gehen. Bereits in zwei Stunden musste sie wieder aufstehen. Müde, aber höchst zufrieden schnappte sie ihre Laterne und kehrte ins Wohnhaus zurück.

6

Am nächsten Morgen fiel es Emilia schwer, aus dem Bett zu kommen.

Barbara schüttelte sie erbarmungslos. »Aufstehen, Emilia, es ist spät!«

Müde rieb sich Emilia die Augen und gähnte.

»Warum steht ein Bild in unserer Kammer?«, fragte Barbara. »Trag es zurück in die Werkstatt. Es hat hier nichts verloren.«

»Wenn ich es in die Werkstatt bringe, wird Vermeyen sich fragen, wer nachts daran gemalt hat. Die Leinwand muss hier trocknen.«

»Na, wer soll schon gemalt haben? Vater natürlich! Warum sollte Vermeyen etwas anderes glauben?«

»Ein Mann, der den ganzen Tag in seiner Kammer verbringt, steht nachts zum Malen auf? Das ist doch unglaubwürdig.«

Barbara zuckte mit den Schultern. »Warum denn nicht? Warum sollte Vermeyen es anzweifeln? Und selbst wenn er es tut? Wie will er etwas anderes beweisen?« Sie schlüpfte in ihr Kleid und bürstete ihr blondes Haar.

»Vermeyen ist nicht dumm. Er weiß, dass Vater keinen Pinsel in die Hand nimmt ...«

Barbara drehte sich zu Emilia um und sah sie direkt an. »Du solltest das Bild ohnehin nicht malen müssen«, sagte sie ernst. »Es schickt sich nicht für eine Frau.«

»Ach ja?« Nun war Emilia vollständig wach. »Was schickt sich denn für eine Frau? In der Küche stehen und kochen? Einen Kräutergarten versorgen? Einkaufen gehen? Heiraten und Kinder kriegen?«

»Du weißt ganz genau, was ich meine.«

»Nein, das weiß ich nicht. Erkläre es mir, bitte!« Emilia setzte sich auf. »Was soll schlecht daran sein, wenn eine Frau malt? Es sind Männer, die diese Regel aufstellen und uns die Kunst verbieten.«

»Nein, Gott stellt die Regeln auf.«

»Gott sagt, dass Frauen nicht malen dürfen?« Emilia kletterte aus dem Bett. »Wo in der Bibel soll das stehen? Ich habe noch nie von so einer Textstelle gehört.«

Barbara hatte ihr Haar zu Zöpfen geflochten, die sie nun hochsteckte. »Was ich sagen will: Du sollst dich nicht um Vaters Bilder kümmern, sondern dir einen passenden Ehemann suchen. Wir haben das Thema doch schon öfter besprochen.«

»Und womit willst du die Anzahlung für das Porträt von Frau Pöltl zurückzahlen?«, fragte Emilia verärgert. »Das Geld ist längst ausgegeben.«

Barbara presste die Lippen so fest zusammen, bis sie blutleer und weiß waren.

»Wir brauchen das Geld«, fuhr Emilia fort. »Genauso

79

wie wir die Miete von Vermeyen und meinen Lohn von Kunigunde Löffelholz benötigen.«

»Wir können das Haus ...«

Ungehalten fiel ihr Emilia ins Wort. »Nein, das werden wir nicht tun. Es ist Vaters Haus. Es gehört ihm. Und sollte er eines Tages sterben, erbe ich es, da ich die Erstgeborene bin.«

Barbaras Mundwinkel zuckten. Ihre Augen füllten sich mit Tränen.

Sofort bereute Emilia ihre Worte. Sie hatte ihre Schwester nicht derart heftig angreifen wollen. »Es tut mir leid.« Versöhnlich stand Emilia auf und machte einen Schritt auf Barbara zu, um sie in den Arm zu nehmen, aber ihre Schwester drehte sich von ihr weg.

»Ich bereite jetzt das Frühstück zu«, sagte sie bitter. »Auch wenn du diese Tätigkeit als minderwertig erachtest – irgendetwas müssen wir essen.«

»Ich habe nicht gesagt, dass das, was du tust, minderwertig ist«, widersprach Emilia.

Doch Barbara verließ wortlos die Kammer und knallte hinter sich die Tür zu. Mit Sicherheit waren nun alle im Haus wach. Emilia hörte, wie ihre Schwester mit lauten Schritten die Treppe nach unten stampfte, die schweren Holzpantoffeln schlugen hart auf die Dielenbretter in der Werkstatt. Barbara stürmte über den Innenhof und riss die Küchentür auf. Erst dann wurde es wieder still.

Wenig später saßen sie schweigend beim Küchentisch und löffelten den Hirsebrei mit getrockneten Früchten, den Barbara in Windeseile zubereitet hatte. Sie war immer noch verärgert, und Emilia wusste, dass es ein paar Stunden dauern würde, bis ihre Schwester sich wieder beruhigt hatte.

Wie sie vermutet hatte, war Vermeyen durch den Streit aufgewacht. Er saß ebenfalls am Tisch, begnügte sich aber mit einem Becher Milch. Neben ihm lagen Skizzen, denen er jedoch keine Beachtung schenkte. Stattdessen musterte er Emilias Hände.

»Ihr habt Farbe unter den Fingernägeln«, stellte er fest.

Emilia zuckte unwillkürlich zusammen, doch sie hatte sich bald wieder im Griff. »Als Bildwirkerin arbeite ich täglich mit Farben«, erklärte sie.

»Ich dachte, dass Ihr Tapisserien webt.«

»Wer, denkt Ihr, färbt das Garn für die Teppiche?«

»Das macht Ihr selbst? Wäre das nicht die Aufgabe der Färber?« Das helle Haar des Malers war feucht, und an den Schläfen kringelten sich ein paar Locken. Er musste schon beim Brunnen gewesen sein, um sich zu waschen. Seine blonden Wimpern und Augenbrauen bildeten einen hübschen Kontrast zu seinem sonnengebräunten Gesicht.

»Wir färben einen Großteil selbst«, erzählte Emilia. »Und ich kann Euch versichern, dass es ein schwieriges Unterfangen ist. Manchmal habe ich den Eindruck, die Maler, die Vorlagen für die Wandteppiche entwerfen, haben keine Ahnung, wie wir Bildwirkerinnen arbeiten.«

»Das verstehe ich nicht.«

»Fürs Färben von Garn und Wolle stehen uns nicht dieselben Farben zur Verfügung wie bei der Ölmalerei.«

Vermeyen wollte etwas erwidern, als die Kirchenglocke

von St. Sebald die siebente Stunde schlug. Rasch sprang Emilia auf und stellte ihre leere Schüssel in den Spülstein. »Ich wasche sie später ab«, sagte sie leise zu Barbara.

Die schnaufte verächtlich. »Ja, sicher, so wie jeden Tag.«

»Auf Wiedersehen, Herr Vermeyen!«, rief Emilia dem Gast zu, denn eilte sie aus dem Haus. Sie würde wieder zu spät kommen. Hoffentlich hatte Siegfried Löffelholz ihre Abwesenheit noch nicht bemerkt.

Emilia hatte Glück. Als sie kam, war Siegfried Löffelholz noch nicht da. Vermutlich schlief er immer noch den Rausch vom Vortag aus. Kunigunde sah Emilia zwar streng an, sagte aber nichts. Sie saß hinter dem riesigen Webrahmen und ließ drei Webschiffchen geschickt durch die Kettfäden gleiten.

»Ihr braucht Euch gar nicht hinzusetzen«, sagte sie zu Emilia. »Wir brauchen neue Grün-, Braun- und Gelbtöne.«

»Wollt Ihr, dass wir schon heute mit dem Färben beginnen?« Emilia war davon ausgegangen, dass sie erst den Entwurf umzeichnen würde. Aber diese Arbeit musste wohl noch warten.

»Ja, bitte. Ende der Woche brauchen wir die neuen Farben. Sonst werden wir den Teppich nicht zeitgerecht abliefern können.« Der blaue Fleck über ihrer Schläfe hatte sich allmählich gelblich gefärbt. Auch heute sah sie erschöpft aus.

»Und der Entwurf?«, fragte Emilia leise.

Kunigunde sah sich rasch um. »Ich bitte Euch, diese Arbeit bei Euch zu Hause zu erledigen. Wenn mein Mann dahinterkommt, bekommen wir alle Ärger.«

Emilia fragte sich, wann sie die Arbeit erledigen sollte, denn Vermeyen stand den ganzen Tag über in der Werkstatt. Aber sie würde schon eine Lösung finden. Notfalls würde sie erneut nachts in die Werkstatt schleichen.

»Wenn wir so viel Garn färben müssen, brauche ich Hilfe beim Pflanzensammeln.« Sie sah zu Katharina, die sofort reagierte.

»Ich kann Emilia zur Hand gehen«, erklärte sie.

Kunigunde verzog leidend den Mund. Die Vorstellung, dass ihre zwei besten Bildwirkerinnen mindestens einen halben Tag nicht weben würden, missfiel ihr. Sie blickte sich um.

Reingard, die das fünfzigste Lebensjahr bereits überschritten hatte, winkte ab. »Ich geh bestimmt nicht sammeln.«

Auch Philippa verweigerte ihre Hilfe, denn sie hatte keine Lust, den ganzen Tag im Wald und auf den Wiesen nach Pflanzen zu suchen, gebückt und womöglich unter wolkenlosem Himmel und bei entsprechender Wärme. Sogar Regine drehte den Kopf weg, so als hätte sie nichts gehört.

Kunigunde seufzte. »Meinetwegen! Aber beeilt Euch. Wir sind mit unserer Arbeit im Verzug.«

Emilia lag auf der Zunge, dass sie zwei weitere Frauen einstellen sollte, dann würde niemand sich hetzen müssen. Aber sie verkniff sich diese Bemerkung. Kunigunde sah so schon mitgenommen genug aus. Wenn es nach ihr ginge, würden längst mehr Frauen in der Werkstatt sitzen. Es war

Siegfried Löffelholz, der gegen eine Einstellung weiterer Bildwirkerinnen war.

Gut gelaunt verließen Katharina und Emilia die Werkstatt. Ein warmer Frühsommertag mit strahlend blauem Himmel kündigte sich an.

»Eigentlich mag ich meine Arbeit«, sagte Katharina. »Wenn Siegfried Löffelholz sich nicht einmischen und uns ständig tyrannisieren würde, wäre alles gut. Doch sobald er in der Werkstatt erscheint, macht das Weben nur noch halb so viel Spaß. Es ist fast wie damals bei Brunhilde Walter. Dort hat auch ständig ihr Mann die Arbeit der Klöpplerinnen kontrolliert.«

Katharina hatte früher bei Brunhilde Walter als Spitzenklöpplerin gearbeitet und nur halb so viel Lohn bei doppelt so langer Arbeitszeit erhalten. Während man als Bildwirkerin künstlerisches Talent brauchte, war es als Klöpplerin vor allem wichtig, die Technik zu beherrschen. Die Klöpplerinnen arbeiteten nach vorgegebenen Mustern und fertigten feinste Spitze an. Die Auftraggeber, meist waren es Schneiderwerkstätten, hatten ganz genaue Vorstellungen davon, wie die bestellte Ware auszusehen hatte.

Emilia stimmte ihrer Freundin zu. Grundsätzlich war Kunigundes Werkstatt ein guter Ort zum Arbeiten. Die Bildwirkerinnen verstanden sich prächtig und lachten viel. Sie unterhielten sich beim Weben über unwichtige Kleinigkeiten, und die Zeit verflog im Nu. Alles wäre gut gewesen, gäbe es Siegfried Löffelholz nicht.

Kunigundes zweiter Ehemann war nicht nur für seine

Frau eine Plage. Sie hätte den gewalttätigen Mann niemals heiraten dürfen, dachte Emilia. Mit ihrer Werkstatt war sie nach dem Tod ihres ersten Mannes finanziell unabhängig gewesen, aber sie hatte dem gesellschaftlichen Druck nachgegeben und Siegfried Löffelholz schließlich erhört. Jetzt war sie in einer Ehe gefangen, die Gewalt und Unterdrückung für sie bedeutete. Sobald er die Werkstatt betrat, erstarrten alle in Angst und Schrecken. Wie oft schon hatte er eine der Bildwirkerinnen unsittlich berührt, abfällige Bemerkungen über sie gemacht oder ihnen mit Gehaltkürzungen gedroht, wenn sie nicht doppelt so schnell arbeiteten.

»Ich habe Löffelholz letzte Nacht unterhalb der Burg mit einer Käuflichen gesehen«, flüsterte Emilia hinter vorgehaltener Hand.

Katharina war entsetzt. »Was hast du nachts auf der Straße verloren?«

»Ich war doch nicht auf der Straße«, wiegelte Emilia ab. »Ich habe durch die Fensterläden der Werkstatt gespäht.«

»Will ich wissen, warum du nachts in der Werkstatt deines Vaters stehst?«, fragte Katharina besorgt. Ähnlich wie Barbara fand sie es gefährlich, dass Emilia malte – wenn auch der Grund ihrer Bedenken ein anderer war. Sie sorgte sich um Emilia und nicht um ihren eigenen Ruf.

»Wahrscheinlich willst du es nicht wissen«, gab Emilia zu.

»Dann lass uns nicht weiter darüber reden. Und dass Siegfried Löffelholz ein Hurenbock ist, das ist nichts Neues«, sagte Katharina und hakte sich bei Emilia ein. »Lass uns bei Veronika Mahr ein paar Semmeln holen. Ich habe getrocknete Äpfel mit. Wenn wir müde sind, legen wir eine Pause ein. Das Wasser im Bächlein hinter der Mühle ist frisch und erquickend.«

»Und wenn uns jemand sieht und bei Siegfried Löffelholz über uns tratscht?«

Katharina stemmte die Hände in die Hüften. »Seit wann bist du so ein Hasenfuß? Wir lassen uns einfach nicht erwischen!«

Emilia wunderte sich über sich selbst. Die finanziellen Sorgen und die Angst um ihren Vater beschäftigten sie mehr, als es für sie gut war. Ständig lebte sie in der Erwartung, dass irgendeine Katastrophe über sie hereinbrechen könnte. Sie wollte so gerne zu ihrer alten Leichtigkeit zurück, aus der Zeit, als ihre Mutter noch lebte und sie sich noch nicht um alle Familienangelegenheiten kümmern musste. In den nächsten Stunden wollte sie ihre Sorgen ablegen.

»Also los, lass uns Semmeln kaufen«, sagte sie.

Veronika Mahrs Bäckerladen lag direkt neben dem Frauentor, durch das man nach Regensburg gelangte. Der Geruch nach frischem Brot, Mehl, Anis und Fenchel stieg Emilia in die Nase. Das Gebäck lag in riesigen Körben hinter und vor einem Verkaufstisch. Eigentlich durfte Emilia keinen Hunger haben, schließlich hatte sie gerade erst gefrühstückt, dennoch knurrte ihr Magen angesichts der verführerisch duftenden Köstlichkeiten. Eben hatte ein Bäckerlehrling frische Rosinenbrötchen von einem Backblech in einen der Körbe geschlichtet.

Maria Bitterzopf, die Frau des Messerschmieds, unterhielt sich mit der Bäckerin. Emilia und Katharina mussten warten. »Habt Ihr schon gehört? Martin Schlager plant eine Hochzeit«, berichtete Maria Bitterzopf.

»Wirklich? Wer ist denn die Glückliche?« Veronika Mahr horchte interessiert auf. »Der Mann soll im letzten Jahr mehr verdient haben als alle anderen Tuchhändler gemeinsam. Er hat gute Kontakte nach Venedig und kauft dort Seide in großen Mengen. Seine Frau wird leben wie eine Fürstin.«

»Man weiß noch nicht, auf wen er diesmal ein Auge geworfen hat«, erwiderte Maria Bitterzopf. Dann senkte sie die Stimme. »Doch ich bezweifle, dass die Auserwählte zu beneiden ist.«

»Wie kommt Ihr denn darauf?«

»Nun, erinnert Euch daran, wie unglücklich seine ersten beiden Ehefrauen dreingeschaut haben. Ich habe sie kein einziges Mal lachen sehen«, meinte Maria Bitterzopf.

»Das muss doch nicht am Ehemann gelegen haben«, entgegnete die Bäckerin. »Die beiden Frauen haben ihm keine Kinder geschenkt, und jeder weiß, wie sehr er sich nach einem Erben für sein Unternehmen sehnt. Das ist doch verständlich. Denkt an all den Reichtum, den er einmal hinterlassen wird. Der Tuchhändler hat sich ein kleines Imperium geschaffen, das will er nach seinem Tod in guten Händen wissen.«

»Aber habt Ihr Euch nie gefragt, wie die beiden Frauen ums Leben gekommen sind? Sie waren beide kerngesund, und dann auf einmal hat es geheißen, sie wären tot. Ist das nicht seltsam?«, raunte Maria Bitterzopf.

Katharina stupste Emilia mit dem Ellbogen an. Sie waren mit einer von Schlagers früheren Frauen, Aenlin Kruger, in der Lateinschule gewesen.

»Ihr glaubt doch nicht etwa, dass Martin Schlager seine Finger im Spiel hatte?« Es war nicht zu übersehen, dass Veronika Mahr den Tratsch genoss.

Unschuldig hob Maria Bitterzopf die Hände. »Ich habe nichts dergleichen behauptet.« Sie legte eine bedeutungsschwere Pause ein. »Und dennoch macht man sich so seine Gedanken«, fuhr sie fort. »Die beiden Frauen waren nicht schwanger und sind trotzdem an unerklärlichen Krankheiten verstorben, und zwar ganz plötzlich. Das ist doch eigenartig.«

»Da habt Ihr natürlich recht. Wie kommt Ihr eigentlich auf die Idee, dass Martin Schlager schon eine Frau auserwählt hat?«, wollte die Bäckerin wissen.

Wieder senkte die Frau des Messerschmieds ihre Stimme, und Emilia spitzte die Ohren. »Er war gestern bei Silberstiel, dem Goldschmied. Dort hat er einen Ring anfertigen lassen, der so wertvoll und kostbar sein soll, dass er alle Vorschriften des Inneren Rats weit übersteigt. Das Schmuckstück ist gut und gerne hundert Gulden wert.«

Die Bäckerin sog lautstark die Luft ein. »Das ist nicht wahr!«

»Doch, wenn ich es Euch sage. Vielleicht ist der Ring sogar noch teurer. Er soll mit Diamanten besetzt sein.«

Veronika Mahr legte sich die Hand an die Brust. »Meiner Seel, so einen Ring würde ich mir auch wünschen.«

Maria Bitterzopf seufzte. »Welche Frau täte das nicht?«

Katharina meldete sich zu Wort. »Ich unterbreche Euer

Gespräch nur ungern«, sagte sie höflich. »Aber wir haben es ein wenig eilig. Können wir zwei von den frischen Rosinenbrötchen haben?«

»Aber natürlich!« Maria Bitterzopf trat zur Seite. Als sie Emilia sah, hellte sich ihr Gesicht auf. Aus ihrer Sicht schien wohl sich neuer Stoff für ergiebigen Tratsch aufzutun. »Fräulein Emilia, wie schön, Euch zu sehen!« Sensationslüstern beugte sie sich zu ihr. »Wie geht es Eurem Vater? Beim Sonntagsgottesdienst hat er gar nicht gut ausgesehen. Er ist doch nicht krank, oder etwa doch?«

»Nein, keine Sorge«, widersprach Emilia. »Er ist wohlauf. Ihn hat bloß eine kleine Magenverstimmung gequält.«

»Oh, ich verstehe. Das kann vorkommen. Mein Hubert leidet auch darunter. Ein paar Fleischknödel zu viel – und schon jammert er über Bauchschmerzen.«

Die Bäckerin lachte. »Euer Hubert sollte besser auf Fleischknödel verzichten. Er hat in den letzten Jahren ordentlich an Gewicht zugenommen.«

Maria Bitterzopf hob entschuldigend beide Hände. »Ich koche halt zu gut.« Sie stimmte ins Lachen ein, aber nur kurz, dann wandte sie sich wieder an Emilia. Ihre Neugier war lang noch nicht befriedigt.

»Eure Schwester scheint ein Auge auf Hannes Schütt geworfen zu haben. Werden die beiden heiraten?«

Emilia hatte befürchtet, dass Barbaras gemeinsamer Abgang mit dem Müllerssohn nicht unbemerkt bleiben würde. Sie musste die Schwester erneut ermahnen. Emilia graute jetzt schon vor dem Gespräch.

»Die beiden verbindet eine alte Freundschaft«, erklärte sie eilig. »Wir waren alle gemeinsam in der Lateinschule.«

»Letzten Sonntag sah es nach mehr als bloß einer Schulbekanntschaft aus.« Maria Bitterzopf zwinkerte wissend.

»Ich weiß nicht, worauf Ihr anspielt«, entgegnete Emilia reserviert. »Meine Schwester verhält sich tadellos. Keine junge Frau in der Stadt ist tüchtiger als sie. Seit dem Tod unserer Mutter versorgt sie pflichtbewusst unseren Haushalt. Wenn sie sich mit Männern unterhält, dann verstößt sie damit gegen keine sittlichen Vorschriften.«

»Man erzählt sich, Ihr hättet einen Untermieter aufgenommen?« Maria Bitterzopf ging auf Emilias Beteuerungen gar nicht ein. »Seid Ihr etwa in Geldnot?«

Katharina stellte sich neben Emilia. »Frau Bitterzopf, ich bitte Euch«, meinte sie tadelnd. »Bestimmt kennt Ihr das Haus der Familie Baumgart. Es ist eines der ältesten und schönsten in der Stadt und verfügt über eine Menge Kammern. Es wäre eine Sünde, würden sie leer stehen. Jede Verschwendungssucht ist Gott ein Gräuel. Erst kürzlich hat der Innere Rat der Stadt einen Erlass ausgegeben, mit dem die Verschwendungssucht weiter eingeschränkt werden soll.«

»Ja, gewiss«, sagte die Frau des Messerschmieds. »Und dennoch ...«

Weiter kam sie nicht, da Katharina ihr das Wort abschnitt und sich an die Bäckerin wandte. »Sind das etwa unsere Rosinenbrötchen?«

Auf dem Verkaufstisch lagen zwei ganz gewöhnliche Semmeln. Veronika Mahr griff in den Korb und nahm zwei süße Brötchen heraus. »Hier, lasst es Euch schmecken.«

Katharina reichte ihr zwei Pfennige. »Danke und auf Wiedersehen«, sagte sie, nahm Emilia am Ellbogen und zog sie mit sich aus dem Bäckerladen.

Kaum, dass sie an der frischen Luft waren, meinte Emilia: »Was für schwatzhafte Weiber! Bestimmt werden sie der ganzen Stadt erzählen, dass wir uns eben Rosinenbrötchen gekauft haben.«

»Und wenn schon«, sagte Katharina. »Nichts daran ist verboten. Und jetzt machen wir uns einen schönen Tag. Vergiss Maria Bitterzopf und Veronika Mahr. Spätestens in einer halben Stunde haben die beiden eine bessere Geschichte aufgeschnappt, mit der sie die Stadt unterhalten werden. Komm! Die Wiesen außerhalb der Stadtmauern warten auf uns. Wir müssen bloß aufpassen, dass Siegfried Löffelholz uns nicht erwischt.«

7

Durch das Frauentor im Südosten verließen sie Nürnberg. Über eine Brücke aus Holz gelangten Emilia und Katharina auf eine mäßig befahrene Straße aus Schotter und Sand. Bei Regen war sie nicht passierbar, weil die Räder der Karren im Matsch und Schlamm stecken blieben, doch jetzt eignete sich der Untergrund perfekt für einen Spaziergang. Rechts und links des Weges wuchs dichter Nadelwald, der nur hin und wieder von kleinen Äckern unterbrochen wurde. Schon nach einer Stunde Fußmarsch erreichten sie einen Hügel, auf dem sich der Wald lichtete. Eine Blumenwiese, von der aus man einen herrlichen Blick auf Nürnberg hatte, erstreckte sich vor ihnen.

»Ich liebe diesen Platz«, sagte Katharina und breitete ihre Arme aus. »Am liebsten würde ich jeden Sommertag hier verbringen, mich ins Gras legen und den Wolken am Himmel zusehen, wie sie vorbeiziehen. Als kleines Mädchen habe ich immer Einhörner gesehen.«

»Heute gibt es keine Wolken und keine Einhörner«, sagte Emilia. »Und zum Hinlegen fehlt uns die Zeit. Wir brauchen Kornblumen, Geißblatt, Bärlauch, Schwertlilien,

Kreuzdorn, Dost, die Rinde der Eberesche, der Weide, Ampferwurzeln, Ritterspornblüten ...«

»Um Himmels willen, hör auf«, fiel ihr Katharina ins Wort. »Mir schwirrt ja schon der Kopf von all den Pflanzen, die du sammeln willst. Das passt doch niemals in unsere kleinen Körbe.«

»Einen Teil davon werden wir am Feldrain und entlang der Pegnitz finden.«

»Lass uns erst mal eine Pause machen«, schlug Katharina vor.

»Wir haben doch noch gar nicht mit dem Sammeln angefangen.«

»Eine kleine Pause schadet nie.«

»Dort hinten steht eine Eiche«, schlug Emilia vor.

»Ein perfekter Platz für eine kleine Rast.«

»Abgesehen davon ergibt Eichenrinde einen wunderschönen Ockerton.«

»Na bitte. Wenn wir die Rinde abgenommen haben, setzt du dich hoffentlich zu mir!« Katharina lief ausgelassen voraus, und Emilia folgte ihr. Sobald sie dem alten knorrigen Baum ein paar Rindenstücke abgenommen hatten, ließen sie sich nieder.

Emilia lehnte sich gegen den Baumstamm. Eine sanfte Brise umspielte ihr Gesicht, und die Blätter über ihr spendeten angenehm Schatten. Es roch nach nahendem Sommer und nach Unbeschwertheit. Letzteres war bloß eine Illusion, der sie sich aber nur allzu gerne hingab.

»Sieh dir diese Aussicht an«, meinte Katharina. »Ist unsere Heimatstadt nicht atemberaubend schön? Ich kann mir nicht vorstellen, an einem anderen Ort auf dieser Welt zu leben.«

Sie deutete auf die acht Meter hohe Stadtmauer, die Stadttore und die Fallgitter. Zwei Mauerlinien umschlossen einen Graben, der dreizehn Meter breit und ebenso tief war. Die Befestigung machte die Stadt schier uneinnehmbar und gab den Einwohnern seit Jahren das Gefühl von Sicherheit.

»Es heißt ja, dass die Stadtmauer über so viele Türme verfügt, wie das Jahr Tage hat«, fuhr sie fort. »Aber es sind bloß hundertfünfzig. Ich habe sie als Kind regelmäßig abgezählt.«

Katharina holte die beiden Rosinenbrötchen aus dem Korb, zog getrocknete Apfelringe aus einem kleinen Leinensäckchen und hielt ihrer Freundin alles hin. »Greif zu!«

Emilia griff nach dem einen Rosinenbrötchen. »Nürnberg ist eine schöne Stadt, da stimme ich dir zu«, sagte sie nachdenklich. »Aber verspürst du nie den Wunsch, auch andere Orte zu sehen? Venedig, Amsterdam oder Madrid?«

»Nein, eigentlich nicht«, sagte Katharina und biss herzhaft zu, während Emilia ein paar Rosinen mit Daumen und Zeigefinger aus dem noch lauwarmen Teig zupfte.

»Wozu auch?«, fuhr Katharina fort. »Ich habe es hier gut. Ich habe mein kleines Häuschen, meine Arbeit, meinen geregelten Lohn, meine Freiheit.« Sie lächelte Emilia an. »Nenne mir den Namen einer einzigen Frau, die mittags mit ihrer besten Freundin auf einem Hügel sitzen kann, ein Rosinenbrötchen isst und das Leben genießt.«

»Da hast du recht«, sagte Emilia. »Aber verspürst du nicht irgendwo tief in dir den Wunsch nach mehr? Glaubst du nicht daran, dass es noch etwas anderes gibt da draußen in der Welt? Etwas, für das es sich zu leben lohnt?«

Verständnislos sah Katharina sie an. »Reicht denn das, was ich aufgezählt habe, etwa nicht?«

Statt einer Antwort verzog Emilia den Mund.

»Träumst du von einem Mann, der dich liebt und auf Händen trägt?« Katharina verdrehte amüsiert die Augen. »Vergiss es, den Märchenprinzen gibt es nicht.«

»Nein! Das meine ich nicht!« Emilia machte eine wegwerfende Handbewegung.

»Was denn dann?«

Emilia ließ ihren Blick in die Ferne schweifen. »Letzte Nacht, als ich an dem Porträt von Frau Pöltl weitergearbeitet habe …«

»Wir haben doch vereinbart, dass wir nicht darüber reden, dass du malst! Die Vorstellung, dass du dabei erwischt werden könntest, gefällt mir ganz und gar nicht. Sie jagt mir Angst ein«, unterbrach Katharina sie.

»Was soll ich denn sonst machen? Einer muss doch das Porträt fertigstellen.«

Augenblicklich schwand Katharinas gute Laune, und auf ihrer Stirn bildeten sich Sorgenfalten. »Was du tust, ist brandgefährlich.«

»Nur, wenn jemand davon erfährt.«

»Du hast einen Untermieter im Haus«, warnte Katharina.

»Das weiß ich doch, und deshalb bin ich doppelt vorsichtig.«

Katharina schien nicht überzeugt zu sein. »Und du teilst dir die Schlafkammer mit Barbara«, fügte sie hinzu.

»Wie meinst du das? Barbara ist meine Schwester. Ich tue das auch für sie.«

»Trotzdem kann sie dir gefährlich werden. Blut allein bedeutet gar nichts.«

Emilia setzte zu einer Verteidigung an. »Barbara ist manchmal ein bisschen schwierig und eigen, aber sie liebt mich, genau wie ich sie.«

»Mag sein, dass sie dich liebt«, sagte Katharina zögerlich. »Aber sie war schon immer ziemlich eifersüchtig auf dich. Ich erinnere mich an Situationen, als wir noch Kinder waren ...«

»Ich bitte dich«, unterbrach Emilia sie. »Trägst du ihr immer noch die Sache mit den Äpfeln nach?«

»Du musstest den Boden eurer Nachbarin schrubben und hast eine gehörige Tracht Prügel kassiert. Viel zu viel, wenn du mich fragst.«

Emilia erinnerte sich nur ungern an den Zwischenfall. Als sie Kinder gewesen waren, hatten sie Äpfel aus dem Garten des Messerschleifers Knofler stibitzt. Da Emilia die Geschickteste von ihnen gewesen war, hatte sie über den Zaun klettern müssen. Gegessen hatten die Äpfel jedoch alle drei. Als die Frau des Messerschleifers sich bei ihrer Mutter beschwert hatte, hatte Barbara Emilia verraten. Frau Knofler hatte auf eine angemessene Bestrafung bestanden. Emilias Mutter hatte sie vor ihren Augen züchtigen müssen, und hinterher hatte Emilia den Küchenboden des Messerschleifers sauber schrubben müssen. Eine erniedrigende Arbeit, da Frau Knofler die ganze Zeit neben ihr gestanden und über sie gewacht hatte. Barbara war nie ein Wort der Reue über die Lippen gekommen. Aber das war doch eine halbe Ewigkeit her, dachte Emilia. Ihre Schwester war mittlerweile eine erwachsene Frau.

»Barbara ist ganz bestimmt nicht eifersüchtig«, versicherte sie. »Worauf sollte sie denn auch eifersüchtig sein?«

»Auf deine Beziehung zu deinem Vater«, sagte Katharina geradeheraus. »Er hat dich immer bevorzugt, weil du sein Talent geerbt hast. Barbara ist für ihn bloß eine gewöhnliche Frau, die sich um den Haushalt kümmert.«

»Meine Mutter war auch eine gewöhnliche Frau, und mein Vater hat sie abgöttisch geliebt. Ihr Tod ist der Grund für seine Schwermut.«

»Mag sein«, meinte Katharina. »Und dennoch glaube ich, dass du gut daran tust, dich vor deiner Schwester in Acht zu nehmen.«

»Das ist völliger Unsinn!« Der Gedanke, dass Barbara ihr schaden würde, war für Emilia so unerträglich, dass sie ihn gleich abschüttelte.

»Wenn du schon Barbara nicht fürchtest, dann behalte wenigstens Elisabeth Hennenkamp im Auge«, meinte Katharina. »Sie ist die beste Freundin deiner Schwester. Die beiden stecken ständig beisammen. Wenn Barbara sich verplappert, wird Elisabeth nicht mit der Wimper zucken und dich verraten. Die Frau tut unschuldig, aber in Wahrheit ist sie ein eiskaltes Biest.«

Katharina richtete den Blick in die Ferne. »Nanu, kommt dort ein Wanderer den Hügel hoch?«

Emilia hielt die Hand über ihre Augen, da die Sonne durch die Blätter der Eiche blitzte.

»Ja«, sagte sie überrascht. Ein großer, schlanker Mann in vornehmer Kleidung kam in ihre Richtung. Den Hut hatte er abgenommen. Das Haar war blond.

»Meine Güte«, stieß Katharina hervor. »Das ist doch dein Untermieter, oder?«

»Stimmt. Was will der denn hier?«

»Vielleicht ist er auf der Suche nach dir?« Katharina zwinkerte Emilia vielsagend zu.

»Unsinn.«

»Auf alle Fälle ist er kein Spitzel von Löffelholz«, meinte Katharina. »Wir können also in Ruhe unsere kleine Rast fortsetzen.«

Emilia beobachtete Vermeyen, der tatsächlich auf sie zukam. Was konnte er von ihr wollen? War er ihr etwa gefolgt? Nervös betrachtete sie ihre Fingernägel. Die Farbreste der letzten Nacht waren immer noch zu sehen. Hastig versuchte sie, sie zu entfernen. Gerade als sie mit den Nägeln halbwegs zufrieden war, stand Vermeyen vor ihr.

»Guten Tag!« Er deutete eine Verbeugung an. »Was für eine erfreuliche Überraschung, zwei so hübsche junge Frauen am helllichten Tag beim Müßiggang anzutreffen.«

»Ihr irrt«, verteidigte sich Emilia. »Meine Freundin und ich sammeln Pflanzen fürs Färben der Wolle. Mit farblosem Faden lassen sich keine Tapisserien weben.«

Vermeyen warf einen Blick in die fast leeren Körbe und verzog sein Gesicht zu einem amüsierten Lächeln. Bis auf Eichenrinde befand sich noch nichts darin.

»Ausgeruht fällt die Arbeit leichter«, mischte sich Katharina ein.

»Hatten wir schon das Vergnügen?«, fragte er.

»Wir sind einander neulich am Markt begegnet.«

»Tatsächlich?«

»Ja, mein Name ist Katharina Schröder, und ich bin Bildwirkerin in der Werkstatt von Kunigunde Löffelholz.«

»Wie schön, Euch kennenzulernen. Ich bin Jan Cornelisz Vermeyen und meiner Profession nach Hofmaler bei Margarete von Österreich.«

»Ich weiß«, sagte Katharina.

Vermeyens Augenbrauen rutschten fragend nach oben.

»Emilia hat mir von Euch erzählt«, beeilte sich Katharina zu sagen.

»Hat sie das?« Vermeyen bedachte Emilia mit einem Blick, den sie nicht zu deuten vermochte. »Ich hoffe, sie hat nur Gutes berichtet.«

Emilia wurde heiß, und der Grund dafür war gewiss nicht die Sonne, denn sie saß noch immer im Schatten der großen Eiche.

»Darf ich mich zu Euch setzen?«

»Nur zu«, sagte Katharina. Emilia wollte protestieren, aber da ließ sich Vermeyen auch schon neben ihnen im Gras nieder. Er streckte ein Bein aus, das andere winkelte er an.

»Was führt Euch an diesen Ort?«, wollte Katharina wissen.

»Die Aussicht. Ich wollte den Platz sehen, an dem Albrecht Dürer die Skizzen zu einem seiner berühmtesten Kupferstiche gemacht hat.«

»Meint Ihr den Stich mit dem heiligen Antonius im Vordergrund?«, fragte Emilia.

»Ihr kennt das Kunstwerk?«

»Jeder in Nürnberg kennt Dürers Werke«, meinte Emilia. »Und da mein Vater viele Jahre in Dürers Werkstatt gearbeitet hat, sind meine Schwester und ich gewissermaßen mit den Bildern des Meisters groß geworden.«

»Ja, natürlich. Daran habe ich eben nicht gedacht«, erklärte Vermeyen.

»Ich habe nie verstanden, warum sich ausgerechnet der Stich mit dem heiligen Antonius so oft verkauft hat und es immer noch tut«, sagte Emilia. »Es gibt eine Menge Werke von Dürer, die so viel besser sind.«

Vermeyen lachte. »Albrecht Dürer war nicht nur ein guter Künstler, sondern auch ein tüchtiger Geschäftsmann. Von seinen Drucken wurden Tausende Exemplare angefertigt und verkauft. Sein Name ist in Italien ebenso bekannt wie in den Niederlanden.«

»Was gefällt Euch an seinen Werken?«, wollte Emilia wissen.

Vermeyen schaute in den Himmel, als könne er dort die Antwort auf die Frage finden. Er überlegte eine ganze Weile, dann sagte er: »Seine Technik. Beim Übertragen seiner Entwürfe auf die Hartholzblöcke hat er die Maserung ignoriert und nicht zwischen Umriss- und Schattierungslinie differenziert.«

»Warum hat er das getan?«, fragte Katharina.

Emilia kam Vermeyen mit der Antwort zuvor: »Es gab

ihm die Möglichkeit, seine Bildideen mit größtmöglicher Freiheit umzusetzen.«

Vermeyen hob erstaunt die Augenbrauen. »Welchen Druck würdet Ihr als Dürers wichtigste Arbeit bezeichnen?«

Ohne zu überlegen, sagte sie: »Apokalypse!«

Vermeyen lächelte. »Ich sehe das genauso.«

»Mindestens ebenso beeindruckend finde ich Dürers Porträts«, fuhr Emilia fort. »Kein Künstler vermochte es, die Eigenheiten seiner Modelle derart liebevoll und zugleich einzigartig herauszuarbeiten wie er.«

Vermeyen pflückte einen langen Grashalm und steckte sich das Ende zwischen die Lippen. Genüsslich begann er, daran zu kauen, während er Emilia musterte. »Dachte ich es mir doch, dass Ihr Euch mit Porträtmalerei auskennt.«

Emilia wich seiner Bemerkung geschickt aus. »Wäre ich die Tochter eines Bäckers, wüsste ich über die Zubereitung von Sauerteig Bescheid.«

»Ich bin davon überzeugt, würde ich Eurer Schwester dieselben Fragen stellen, würden ihr keine Antworten einfallen.« Wieder entstanden diese Grübchen in seinen Wangen, die Emilia schon häufiger aufgefallen waren.

»Nun, Barbaras Interessen liegen in anderen Bereichen«, erwiderte sie.

»Das habe ich bereits bemerkt«, sagte Vermeyen. »Ihr Frühstücksbrei schmeckt vorzüglich. Nirgendwo auf meiner Reise habe ich Köstlicheres gegessen.«

»Das müsst Ihr Barbara sagen. Gewiss freut sie sich darüber.«

»Das werde ich gerne tun, aber worauf ich eigentlich hinauswollte: Es reicht nicht, die Tochter eines Malers zu sein, um sich mit der Malerei auszukennen.«

»Es wäre vermessen, zu behaupten, ich würde mich damit auskennen«, entgegnete Emilia. »Ich bin Bildwirkerin. Stellt mir Fragen übers Weben, dann werde ich Euch Auskunft geben können.«

Vermeyens Lächeln wurde breiter. »Nun, dann erzählt mir vom Färben der Wolle und Garne. Worauf muss man dabei achten? Ich entwerfe nämlich selbst Tapisserien und Wandteppiche.«

»Ihr entwerft Tapisserien und wisst nicht, welche Farbtöne man mit Pflanzen erzielen kann?« Sie beugte sich näher zu ihm. »Darin liegt schon der allergrößte Fehler.«

»Wie bitte?«

»Die Künstler liefern uns die Entwürfe und verlangen von uns Bildwirkerinnen, dass wir die Teppiche genau nach der Vorlage anfertigen. Die Maler machen sich nicht eine Sekunde lang Gedanken darüber, ob das technisch überhaupt möglich ist.« Emilia verschränkte die Arme vor der Brust. »Wenn der Teppich dann nicht mit dem Entwurf übereinstimmt, heißt es, die Bildwirkerinnen hätten ungenau gearbeitet. Dabei liegt es am Entwurf, der schlicht nicht umgesetzt werden kann.«

»Wegen der Farben?«, fragte Vermeyen betroffen.

»Nicht nur«, erklärte Emilia. »Manchmal sind es die Farben, manchmal die Formen. Bei jedem Teppich gilt es, die Struktur und Eigenheit des Stoffs zu nutzen. Nicht alle Bilder eignen sich dazu. Oft wirkt ein Motiv in Öl lebendig, sobald es aber gewebt wird, verliert es an Leuchtkraft und Wirkung.«

»Es sind also die Farben, die Formen und die Struktur des Materials?«, fragte Vermeyen.

Katharina hatte das Gespräch aufmerksam mitverfolgt. »Manchmal stimmt gar nichts«, meinte sie lachend. »So wie bei dem Entwurf, mit dem wir uns momentan abquälen.«

Emilia verzog den Mund. »Fliegende Schweine und Pferde mit Schafsköpfen.«

Vermeyen sah erstaunt aus. »Ist das Motiv eine Apokalypse?«

Nun prusteten Emilia und Katharina gleichzeitig los. Es dauerte eine Weile, bis sie sich wieder beruhigt hatten.

»Leider nicht«, sagte Emilia schließlich und wischte sich eine Lachträne aus den Augenwinkeln. »Der Künstler konnte es einfach nicht besser.«

»Wie heißt der Mann?«

»Johannes Kastel.«

Vermeyen schüttelte den Kopf. »Ich habe den Namen noch nie gehört.«

»Niemand kannte den Künstler, bevor Siegfried Löffelholz ihm einen Auftrag für den Rat der Stadt beschafft hat.«

»Ein Freundschaftsdienst?«

»Es muss so gewesen sein. Eine andere Erklärung gibt es nicht.«

»So etwas kommt leider überall vor«, meinte Vermeyen. Er warf den Grashalm weg und richtete sich auf. »Für welche Farbtöne sammelt Ihr heute Pflanzen? Ich will alles übers Färben erfahren.«

»Dazu reicht ein einziger Nachmittag nicht«, entgegnete Emilia.

»Es könnte aber ein Anfang sein.« Er stand auf und reichte Emilia die Hand, um ihr aufzuhelfen. Sie zögerte kurz, doch dann griff sie danach. Seine Finger waren kräftig wie die eines Handwerkers und nicht wie die eines Künstlers. Er zog sie so schwungvoll hoch, dass sie eine Spur zu nah vor seinem Körper landete. Sie spürte die Wärme, die von seiner Brust ausging, und stellte fest, dass er nach Farbe und Bindemittel roch. Eine Mischung, die Emilia liebte. Wie gerne hätte sie einen weiteren Schritt auf ihn zugemacht! Verwirrt über diesen ungewohnten Wunsch nach Nähe trat sie einen Schritt zurück. Auch Vermeyen wirkte für einen kurzen Moment verunsichert. Lag in seinen Augen etwa dieselbe Sehnsucht, die Emilia eben verspürt hatte?

Katharina raffte ihre Röcke zusammen, und Vermeyen bot sich an, auch ihr aufzuhelfen. Während sie seine Hand ergriff, sah sie zu Emilia herüber. Ob Katharina etwas von der Situation eben mitbekommen hatte?

»Womit fangen wir an?«, fragte Katharina geschäftig.

Emilia strich sich verlegen eine Strähne aus der Stirn, die sich aus ihrer Frisur gelockert hatte.

»Am besten sammeln wir zuerst die Pflanzen für die Grüntöne«, schlug sie vor. »Bärlauch, Geißblatt, Schwertlilien und Kreuzdorn.«

»Was ist mit Waldmeister?«, fragte Vermeyen. »Den habe ich dort hinten gesehen.« Er zeigte zum Waldrand.

»Den nehmen wir auch mit«, sagte Emilia. »Er bringt uns ein wunderschönes, kräftiges Altrosa.«

»Tatsächlich?« Vermeyen schien davon zum ersten Mal zu hören. »Ich hätte gedacht, dass er einen Grünton erzeugt. Woraus gewinnt Ihr denn Rot- und Orangetöne?«

»Malve, Johanniskraut und Ampfersamen.«

Aufmerksam hörte Vermeyen zu und schien sich in Gedanken alles säuberlich zu notieren. Sein Interesse wirkte echt. Immer wieder stellte er Fragen, die Emilia gewissenhaft zu beantworten suchte. Als er etwas abseitsstand und Ringelblumen pflückte, beugte sich Katharina zu Emilia und flüsterte ihr ins Ohr: »Dieser Mann ist nicht nur an den Pflanzen interessiert!«

»Sondern?«, fragte Emilia.

Katharina schüttelte ungläubig den Kopf. »Sein Interesse an dir ist selbst für einen Blinden erkennbar.« Weiter kam sie nicht, denn gerade richtete Vermeyen sich wieder auf und brachte die gepflückten Ringelblumen zu ihnen.

Gemeinsam sammelten sie den ganzen Nachmittag Pflanzen und Rinde. Erst als die Körbe voll waren, machten sie sich auf den Heimweg. Als Vermeyen sie zur Werkstatt begleiten wollte, lehnten Katharina und Emilia ab.

»Nicht nötig, vielen Dank«, sagte Emilia. »Ihr habt uns schon sehr geholfen.«

Die beiden wollten Kunigunde Löffelholz oder den anderen Frauen keinerlei Grund zum Tratsch liefern.

»Schade«, sagte Vermeyen. »Dann werde ich mich wohl wieder an die Arbeit machen. Wir sehen uns beim Abendessen.« Er zog seinen Hut und deutete eine Verbeugung an. Dann verabschiedete er sich und lächelte Emilia zu.

Sobald er außer Hörweite war, bemerkte Katharina: »Du

hast ja ganz rote Wangen bekommen! Ich denke, dass ich in den nächsten Wochen gut auf dich aufpassen muss!«

Emilia senkte verlegen den Blick, denn sie spürte selbst, dass ihr Gesicht schon wieder glühte. »Unsinn«, sagte sie zu ihrer Freundin. Doch insgeheim überlegte sie, wann sie sich das letzte Mal so leicht und unbeschwert gefühlt hatte wie an diesem Nachmittag.

8

Den ganzen nächsten Tag verbrachten Emilia und Katharina mit dem Färben von Wolle und Garn. Dazu wickelten sie das Garn auf Holzschiffchen, damit es sich während des Färbens nicht verknotete. Der sorgfältig aufgerollte Faden kam in den heißen Farbsud, der je nach Pflanze schon eine bis zwei Stunden gekocht hatte. Sobald das Garn den gewünschten Farbton angenommen hatte, wurden die Schiffchen mit langen Holzstielen aus dem Sud gefischt und in ein Essigbad gelegt, um die Farbe zu fixieren. Zuletzt hängten Emilia und Katharina die bunten Woll- und Garnstränge sorgfältig zum Trocknen auf Holzstangen.

Früher hatte Kunigunde bereits gefärbtes Garn von Wollhändlern eingekauft, doch dann hatte sie entdeckt, dass sie den Entwürfen viel eher gerecht werden konnte, wenn sie das Material von den Bildwirkerinnen in ihrer Werkstatt färben ließ, die die Vorlage kannten.

Heute fiel es Emilia schwer, sich auf die Arbeit zu konzentrieren. Sie konnte ihren Blick nicht von Kunigunde lassen, die besonders mitgenommen aussah. Ihr rechtes Auge war vollkommen zugeschwollen und dunkelblau, und Emilia fragte sich, wie sie einäugig am Webstuhl arbeiten konnte. Tatsächlich zog sie sich schon vor dem Mittagessen beschämt zurück.

»Ich muss im Haus noch Arbeiten erledigen«, behauptete sie. Die Frauen in der Werkstatt glaubten ihr nicht, aber außer Emilia fand keine den Mut, Kunigunde auf das blaue Auge anzusprechen.

»Diese Gewalt Euch gegenüber ist nicht recht. Ihr müsst Euch zur Wehr setzen.«

Kunigunde lächelte müde und schwieg. Sobald sie weg war, wandte sich Emilia empört an Katharina. »Siegfried Löffelholz ist ein brutales Schwein. Kunigunde sollte ihre unverheirateten Töchter mitnehmen und die Stadt verlassen. Sie besitzt genug Geld, um damit bis nach Jerusalem zu gelangen.«

»Du stellst dir das so einfach vor«, murmelte Katharina, die gerade nasses Garn zum Trocknen aufhängte. »Solange Kunigunde verheiratet ist, gilt sie als Siegfrieds Eigentum. Er würde nach ihr suchen lassen, und wenn er sie fände, würde nicht nur er sie bestrafen, sondern sie würde auch vor Gericht gestellt und verurteilt. Warum will das nicht in deinen Kopf? Eine verheiratete Frau ist dem Willen ihres Ehemanns ausgeliefert.«

»Weil es nicht recht ist. Niemand sollte das Eigentum von irgendwem sein«, meinte Emilia trotzig und senkte dann ihre Stimme. »Insbesondere nicht von jemandem, der sich mit Käuflichen herumtreibt.«

Ihr Blick fiel auf Reingard, die sich warnend den Finger vor den Mund hielt. Emilia drehte sich um. Weder sie noch

Katharina hatten im Eifer des Gefechts bemerkt, dass Siegfried Löffelholz die Werkstatt betreten hatte. Breitbeinig stand er hinter ihnen, sein fleischiges Gesicht glänzte. Emilia erschrak. Hatte er womöglich ihre Unterhaltung mitgehört?

Er beugte sich ganz nah zu ihr. Sein Atem roch unangenehm nach Zwiebel und Schnaps. Über seine rechte Schläfe und sein Auge zog sich eine rot glänzende Narbe, die nun pulsierte. »Wenn ich noch einmal mitbekomme, dass Ihr Euch in Dinge einmischt, die Euch nichts angehen, sitzt Ihr auf der Straße, und ich sorge dafür, dass Ihr in Nürnberg nicht einmal als Prostituierte geduldet werdet. Habt Ihr mich verstanden?«

Der Hass in seinen Augen jagte Emilia Angst ein. Selbst wenn es nicht ungewöhnlich war, dass Männer sich mit Prostituierten vergnügten, so war es für den guten Ruf eines verheirateten Mannes und angesehenen Patriziers alles andere als zuträglich, wenn über ihn getratscht wurde.

Löffelholz machte sich nicht die Mühe, die Stimme zu senken. Alle in der Werkstatt sollten die Drohung hören, die er gegen Emilia aussprach.

Ihr Herzschlag beschleunigte sich. Solange ihr Vater nicht malte, war die Familie auf Emilias Einkommen angewiesen. Sie konnte es sich nicht leisten, auf die Straße gesetzt zu werden.

»Ob Ihr mich verstanden habt?«, wiederholte er noch lauter.

»Ihr wart nicht zu überhören«, sagte Emilia mit fester

Stimme. Sie wollte dem Mann nicht zeigen, wie sehr sie sich fürchtete, doch das schien ihn noch weiter anzustacheln.

Er trat näher und rüttelte sie brutal an den Schultern.

»Fasst mich nicht an«, zischte Emilia.

»Sonst noch was?« Er schnalzte mit der Zunge.

Emilia schluckte, hielt den Kopf aber aufrecht.

»Lasst Fräulein Emilia los!«, rief Regine. »Sie ist unsere beste Bildwirkerin. Ohne sie werden wir die Tapisserie niemals in der vorgegebenen Zeit fertigstellen.« Die junge Frau, deren traurige Augen sie viel älter erscheinen ließen, als sie wirklich war, stellte sich ihrem Stiefvater entgegen.

Tatsächlich ließ Löffelholz Emilias Arm wieder los. Seine Finger würden blaue Flecken hinterlassen, dachte sie und ahnte, wie schlimm es erst sein musste, wenn er richtig zuschlug.

Wütend machte Löffelholz einen Sprung auf seine Stieftochter zu, die neues Garn aus einem Regal nahm, und holte aus. Seine Hand landete mit einem lauten Klatschen in Regines Gesicht. Die junge Frau taumelte rückwärts und stieß mit Philippas Webrahmen zusammen. Die alte Frau schrie erschrocken auf, die Webschiffchen fielen ihr aus der Hand und auf den Boden.

»Wage es nicht noch einmal, mir zu widersprechen. Beim nächsten Mal schlage ich dich so lange, bis du um Gnade wimmelst und nicht mehr aufstehen kannst.« Seine donnernde Stimme ließ die Luft in der Werkstatt erzittern.

Regine fasste sich an die glühend rote Wange und richtete sich wieder auf. In ihren Augen lagen Verachtung und Hass, während sie schweigend zu ihrem Webstuhl zurückkehrte und sich setzte. Keine der anderen Frauen wagte, etwas zu sagen.

Emilia fühlte sich hilflos. Wie war es möglich, dass Löffelholz ungestraft zuschlagen durfte? Fassungslos sah sie zwischen ihm und Regine hin und her. Noch hatte er sich nicht beruhigt. Der Wahnsinn glühte immer noch in seinen geröteten Augen.

»Lasst Euch das alle eine Lehre sein!«, brüllte er. »Niemand widerspricht mir in meiner Werkstatt. Alles, was Ihr hier zu tun habt, ist arbeiten. Also los, weiter. Wenn ich eine erwische, die müßig herumsitzt, fliegt sie raus.«

Rasch hob Philippa die Webschiffchen wieder auf. Ihre Hände zitterten.

Siegfried Löffelholz genoss seine Macht. Sichtlich zufrieden grinste er. Dann drehte er sich um und stapfte aus der Werkstatt.

Emilia versicherte sich, dass er auch wirklich weg war. Erst dann ging sie zu Regine. »Ist alles in Ordnung? Es tut mir so furchtbar leid, dass du meinetwegen ...«

Weiter kam sie nicht, denn Regine winkte ab.

»Er ist ein Ungeheuer. Seine Schläge tun mir nicht mehr weh, er kann mich damit nicht treffen.«

Emilia verstand nicht. »Aber wie ...?«

»Ich lasse mich von ihm nicht brechen.« Zum ersten Mal sah Emilia keine stille, junge Frau vor sich, sondern eine tapfere Kämpferin, die entschlossen Widerstand leistete. »Mach dir keine Gedanken«, fuhr Regine fort. »Wäre es nicht jetzt passiert, dann hätte er mich am Abend geschlagen. Wenn er in der Stimmung dazu ist, kann ihn nichts und niemand abhalten.«

Emilia schaute auf Regines Wange, die sich sicherlich blau verfärben würde. Bestimmt tat es höllisch weh.

»Soll ich kaltes Wasser holen, damit du das Gesicht kühlen kannst?«

»Nein, es geht schon«, sagte Regine. »Kaltes Wasser macht es nicht besser. Lass uns weiterarbeiten. Denn in einem Punkt irrt er gewaltig. Diese Werkstatt hat immer meiner Mutter gehört, und sie tut es noch immer.«

Es wurde ein ernster und freudloser Arbeitstag. Die Frauen arbeiteten schweigend. Keine von ihnen verspürte Lust auf eine Plauderei. Auf dem Heimweg fühlte Emilia sich so müde und erschöpft wie schon lange nicht mehr.

Als sie die Tür zur Werkstatt ihres Vaters aufsperrte, winkte Vermeyen sie zu sich.

»Guten Abend, Fräulein Emilia, habt Ihr einen Moment für mich?«

Obwohl sie eigentlich gleich in die Küche hatte gehen wollen, nickte sie und trat näher.

Der Künstler saß vor einem Entwurf, den er mit Kohle auf dickes Papier gezeichnet und mit Wasserfarben in mehreren Schichten koloriert hatte. Der Karton zeigte eine üppige Seeschlacht mit riesigen Galeeren, bunten Fahnen, Segeln, Kanonen und Seefahrern. Augenblicklich verflog Emilias Müdigkeit. Sie konnte sich nicht sattsehen, so viele kleine Einzelheiten galt es zu entdecken. Hier ein Soldat, der seinen Gewehrlauf reinigte, dort ein Hund, der bellend übers Schiffsdeck lief.

Vermeyen blickte sie unsicher an. »Was meint Ihr? Sind die Farben in einer Tapisserie umsetzbar?«

Die verschiedenen Abstufungen von Blau, Braun und Ocker, die er verwendet hatte, entsprachen dem Garn, das sie und Katharina heute gefärbt hatten. Auf ihren Händen befanden sich immer noch Spuren davon.

»Die Farben sind nicht das Problem«, sagte sie. »Aber seid Ihr sicher, dass Ihr eine Werkstatt findet, wo man sich darauf versteht, diese aufwendigen Skizzen zu weben?«

»Ich wusste, dass Ihr mir diese Frage stellen würdet.« Rund um seine hellen Augen bildeten sich kleine Lachfältchen. »Ich werde die Papierbögen auf Leinwände aufziehen und in Streifen schneiden. Dann ist die Umsetzung machbar.«

»Warum denn zerschneiden?«, wollte Emilia wissen.

»Ich nehme an, dass Ihr bei Frau Löffelholz mit Hochwebstühlen arbeitet«, sagte Vermeyen.

»Ja, natürlich. Alle großen Tapisserien werden so hergestellt«, antwortete Emilia. »Wir spannen unsere Kettfäden senkrecht und pausen die Umrisse der Zeichnungen auf die Fäden, bevor wir mit dem Weben beginnen.«

»Ich arbeite mit Willem de Pannemaker zusammen. Habt Ihr von ihm gehört?«

Emilia schüttelte den Kopf.

»Seine Werkstatt liegt in den Niederlanden. Die Frauen dort arbeiten an Flachwebstühlen.«

»Wie soll das gehen?«, wollte Emilia wissen. »Die Kettfäden werden waagrecht eingespannt. Nie und nimmer kann man so große Motive mit der Methode auf Wandteppiche übertragen.«

»Wie schon gesagt, ich zerschneide meine Kartons in Streifen«, erklärte Vermeyen.

»Warum nur?« Emilia war ratlos. Die Vorstellung, diese wunderschönen Kartons zu zerstören, fand sie schrecklich.

Vermeyen lachte. »Euer Entsetzen ehrt mich. Aber das Zerschneiden ist notwendig. Die Streifen werden unter die Kettfäden gelegt. So ist kein Abpausen notwendig, und es kann präziser gearbeitet werden.«

»Ich kann mir immer noch nicht vorstellen, wie das gehen soll«, meinte Emilia. »Ich dachte immer, dass man am Flachwebstuhl an der Rückseite der Tapisserien arbeitet.« Sie selbst hatte bisher ausschließlich am Hochwebstuhl gesessen.

»So ist es auch«, bestätigte Vermeyen. »Daher muss der Entwurf spiegelverkehrt sein.«

Emilias Augen weiteten sich. Sie machte wieder einen Schritt rückwärts und betrachtete den Entwurf in neuem Licht. Jetzt erst bemerkte sie, dass die ganze Skizze spiegelverkehrt war.

»Wie schafft Ihr das?«, fragte sie beeindruckt.

»Reine Übungssache«, sagte Vermeyen. »Anfangs muss man umdenken, aber wenn man sich daran gewöhnt hat, ist es ein Kinderspiel.«

»Das ist die größte Untertreibung, die ich je gehört habe.«

»Nein, und ich schwöre Euch, dass Ihr die Technik im Nu erlernen würdet, so Ihr es wolltet.«

»Wie kommt Ihr auf die Idee?«, fragte Emilia. Mit einem Mal befand sie sich auf gefährlichem Terrain.

»Ich halte Euch für eine talentierte Künstlerin, die nicht nur weben, sondern auch zeichnen und malen kann«, sagte Vermeyen.

»Frauen ist das Malen untersagt«, entgegnete Emilia unwirsch.

»Ja, bedauerlicherweise. Die Vorschrift, dass Frauen nicht malen dürfen, halte ich für eine Vergeudung großer Talente.«

Meinte er seine Worte ernst, oder machte er sich über sie lustig? Emilia musterte ihn misstrauisch mit zusammengekniffenen Augen.

»Wenn Ihr wollt, zeige ich Euch nach dem Abendessen weitere Entwürfe«, fuhr er fort. »Ihr werdet sehen, dass das spiegelverkehrte Zeichnen nicht halb so schwierig ist, wie es den Anschein hat.« Sein Lächeln war gewinnend. Tatsächlich schien er sie als Künstlerin ernst zu nehmen. Dabei wusste er doch gar nicht, dass sie malte. Oder ahnte er es? Erst jetzt bemerkte Emilia, dass sie viel zu nah bei ihm stand. Beschämt trat sie einen Schritt zur Seite. Warum nur fühlte sie sich so zu ihm hingezogen?

Sie räusperte sich. »Gerne schaue ich mir Eure Entwürfe an.«

»Das freut mich!«

Bevor Vermeyen ihre glühenden Wangen sehen konnte, verließ Emilia fluchtartig die Werkstatt.

Im Innenhof stieß sie beinahe mit Hannes Schütt zusammen. Der dickliche Müllerssohn hielt den Kopf gesenkt. Sein helles Haar war jetzt schon schütter, sein Gesicht bleich. Alles an ihm wirkte kraftlos. Er erwiderte Emilias Gruß nur halbherzig, ohne ihr dabei in die Augen zu blicken.

Emilia fragte sich erneut, was ihre Schwester an diesem Mann finden konnte. Er hatte sich in den letzten zehn Jahren nicht verändert und sah immer noch wie ein Feigling aus, der lieber log und vor Schwierigkeiten davonlief, als sich ihnen zu stellen. Emilia blickte ihm noch einen Moment hinterher, dann trat sie durch die niedrige Tür in die Küche.

Schon im winzigen Vorraum hörte sie das laute Schluchzen ihrer Schwester. Emilia stellte ihren Korb auf den Boden und eilte zu ihr. Barbara saß tief über den Küchentisch gebeugt. Als sie Emilia kommen hörte, hob sie den Oberkörper. Ihre Augen waren vom Weinen gerötet, die blonden Haarsträhnen hatten sich aus der Frisur gelöst und klebten an ihrer Stirn. Mit dem Handrücken wischte sie über ihre laufende Nase.

»Was ist passiert?« Emilia setzte sich neben ihre Schwester und legte den Arm um sie.

»Hannes hat mit Vater gesprochen.« Zwischen jedem Wort schniefte Barbara laut.

»Und?«

»Vater kann die geforderte Mitgift nicht bezahlen.«

»Will der Müller immer noch zweihundert Gulden?«

Barbara nickte niedergeschlagen.

»Der ist ja größenwahnsinnig!«, rief Emilia.

Augenblicklich veränderte sich Barbaras Gesichtsausdruck. Sie schüttelte Emilias Arm ab. »Die Schütts sind eine reiche Familie. Es ist nur recht, dass sie viel Geld fordern.«

»Es ist unverschämt«, widersprach Emilia.

»Du bist bloß neidisch, weil dich niemand heiraten will.« Wieder wischte sich Barbara über die Nase. Eine hässliche Spur blieb auf ihrem Ärmel zurück.

»Wenn dich dein Hannes so liebt, frage ich mich, warum er nicht noch einmal mit seinem Vater reden kann und ihm Bedingungen stellt. Er ist der einzige Sohn der Familie. Es muss doch möglich sein, eine vernünftige Mitgift auszuhandeln.« Emilia verkniff sich den Zusatz, dass sie Hannes für einen Feigling hielt, der nicht einmal seinem Vater gegenüber seine Meinung vertreten konnte.

»Du hast einfach keine Ahnung«, fuhr Barbara sie an.

Emilia sah sich in der Küche um. »Wo ist Vater?«

»Er ist zurück in seine Kammer gegangen.«

»Wie geht es ihm heute?«

Am Vortag hatte der Vater nach dem Abendessen mit leerem Blick in die Ferne gestarrt, ganz so, als hätte er diese Welt bereits verlassen. Emilia hatte sich große Sorgen um ihn gemacht. Dass er heute ein Gespräch mit Hannes hatte führen können, stimmte sie wieder zuversichtlicher.

»Ich habe keine Ahnung, wie es ihm geht«, sagte Barbara. »Und es ist mir auch völlig egal. Ich habe es satt, dass sich alles immer nur um ihn dreht.«

»Er ist krank.«

»Na und, kann ich etwas dafür?«

Emilia versuchte, Nachsicht mit ihrer Schwester zu

üben. Im Moment dachte Barbara bloß an ihren eigenen Schmerz, das würde sich wieder ändern, sobald sie klar denken konnte.

»Ich sehe nach ihm«, sagte Emilia und stand auf.

Sie ging erneut über den Innenhof und nahm die Holztreppe ins Obergeschoß. Vor der Kammer ihres Vaters blieb sie kurz stehen, dann klopfte sie. Nichts rührte sich. Emilia klopfte lauter, aber es kam immer noch keine Antwort, also trat sie ein.

Ihr Vater saß aufrecht auf seinem Bett. Als er Emilia erblickte, stahl sich ein winziges Lächeln auf sein faltiges Gesicht, das aber sofort wieder erlosch. In der letzten Woche hatte er erneut an Gewicht verloren. Bald würde er sich völlig auflösen, fürchtete Emilia.

»Setz dich zu mir«, bat er mit überraschend fester Stimme und klopfte auf die Matratze neben sich.

Emilia folgte seiner Bitte.

»Hannes Schütt war eben da«, berichtete ihr Vater.

»Ich weiß, Barbara hat mir davon erzählt.«

»Der Mann ist ein Feigling und sein Vater ein maßloser Gierschlund!«

Die Worte entlockten Emilia ein Schmunzeln. Ihr Vater mochte traurig und antriebslos sein, aber gewiss nicht unaufmerksam. Er durchschaute den Müller und seinen Sohn.

»Selbst wenn ich das Geld für die Mitgift hätte, würde ich sie niemals bezahlen«, fuhr er fort. »Deine Schwester hat einen besseren Mann verdient.«

Emilia teilte die Meinung ihres Vaters, dennoch hatte sie

das Bedürfnis, den Mann zu verteidigen, den ihre Schwester so sehr liebte. »Barbara mag Hannes.«

»Pah!« Ihr Vater schnaufte verächtlich. »Barbara hat keine Ahnung, was echte Liebe bedeutet. Sie verrennt sich in Träumereien und droht dabei ihren gesunden Menschenverstand zu verlieren.« Als er das Wort Liebe aussprach, füllten sich seine Augen mit Tränen.

Emilia griff nach seiner knöchernen Hand. Sie war eiskalt, wie immer.

Der Vater drehte sich zu Emilia. »Versprich mir, auf deine Schwester aufzupassen, wenn ich nicht mehr bin.«

»Du bist gesund, Vater, und wirst noch viele Jahre leben. Du musst nur wollen«, widersprach Emilia.

Er antwortete nicht. Sein Schweigen schmerzte sie. Es hatte eine Endgültigkeit, die Emilia einen eisigen Schauer über den Rücken jagte. »Vater, bitte, du wirst noch viele wunderschöne Gemälde malen.«

Wieder keine Antwort. Eine Weile saßen sie schweigend nebeneinander.

»Barbara will, dass ich das Haus verkaufe, damit ich die Mitgift bezahlen kann«, sagte er schließlich. »Ich begreife nicht, wie sie über eine so ungeheuerliche Forderung auch nur nachdenken kann.« Er legte seine andere Hand auf die von Emilia. »Ich will nicht, dass du das Haus jemals verkaufst. Versprichst du mir das?«

Emilia nickte. Sie hatte einen dicken Kloß im Hals, da sie keine Ahnung hatte, wie sie dieses Versprechen halten sollte.

»Ich will, dass meine Enkelkinder eines Tages hier leben.

Das Haus muss in Familienbesitz bleiben. So hat es eure Mutter immer gewollt.«

»Vater, was soll das alles?«, fragte Emilia. »Du bist heute frischer und klarer im Kopf als in den letzten Wochen. Wenn du wolltest, könntest du aufstehen, in die Werkstatt gehen und das Porträt von Frau Pöltl beenden, an dem ich laienhaft weitergearbeitet habe. Warum gibst du mir Anweisungen, was nach deinem Tod geschehen soll? Ich will an diesen Tag nicht denken.«

Er sah sie aus traurigen Augen an. »Ich habe dich und deine Schwester immer geliebt.«

»Vater, bitte hör auf. Deine Worte jagen mir Angst ein.«

»Das müssen sie nicht«, versicherte er. »Es wird alles gut werden. Eines Tages wirst du heiraten, und dann wird dein Ehemann sich um dich kümmern.«

»Wer sagt denn, dass ich heiraten will?«, entfuhr es Emilia. »Im Moment kümmere ich mich um uns alle, und es klappt ganz gut. Wir haben ein schönes Haus, ich verdiene Geld in der Werkstatt, deine Porträts bringen den Rest, und zusätzlich haben wir die Miete von Vermeyen.« Ihre Worte schienen den Vater nicht zu überzeugen. »Außerdem will mich ohnehin keiner haben, wenn ich keine Mitgift in die Ehe einbringe.«

»Gestern war Martin Schlager hier und hat um deine Hand angehalten.«

Emilias Herz setzte einen Moment aus, bevor es doppelt so schnell weiterschlug.

»Das sagst du mir erst jetzt?«

Das Gespräch bei Veronika Mahr kam ihr in den Sinn.

Das Gerücht stimmte also, Schlager wollte heiraten. Und sie war die Auserkorene, die den wertvollen Ring erhalten sollte. Aber warum? Es gab eine Menge Frauen, die viel besser zu dem Tuchhändler passten.

Emilia sah ihren Vater vorwurfsvoll an. Hatte er die Nachricht wirklich vergessen? Oder gab es einen anderen Grund, dass er bis jetzt nichts erzählt hatte?

Sie schluckte. »Was hast du ihm geantwortet?«, fragte sie nervös.

»Dass ich zuerst mit dir darüber reden muss.« Ihr Vater machte eine kurze Pause. »Er wirkte sehr erstaunt, dass ich die Angelegenheit mit dir besprechen möchte.«

Emilia war darüber nicht weiter überrascht. Es war genau das Bild, das sie von Martin Schlager hatte. Nie im Leben hatte sie damit gerechnet, dass er sie als zukünftige Ehefrau auswählen würde. Nach dem Gespräch auf dem Kirchplatz musste er doch wissen, dass sie nicht die nachgiebige Frau war, die er sich gewiss wünschte.

»Hast du ihm gesagt, dass du keine Mitgift zahlen kannst?«

»Das hält ihn von seinen Absichten nicht ab.«

Erstaunt lehnte Emilia sich zurück. Damit hatte sie nicht gerechnet.

»Er meint, dass er Geld genug besitze. Er suche nach einer hübschen, klugen und gesunden Frau, die ihm kräftige Kinder gebären kann.«

»Eine Zuchtstute«, sagte Emilia bitter.

»Es ist doch der legitime Wunsch eines Mannes, gesunde Kinder zu haben«, entgegnete ihr Vater. »Und dennoch stimmt irgendetwas nicht mit ihm.«

»Was meinst du?«

»Ich kann es nicht in Worte fassen, und vielleicht tue ich ihm auch unrecht«, fuhr er fort. »Aber aus irgendeinem Grund halte ich seine Freundlichkeit für eine Maske, hinter der er ein anderes Wesen verbirgt.«

Emilia nickte nachdenklich. »Weißt du, woran seine ersten beiden Ehefrauen verstorben sind?«

»Ich habe nicht die geringste Ahnung.« Ihr Vater legte die Stirn in Falten. »Ist das wichtig?«

Emilia zuckte mit den Schultern. Sie wusste es nicht.

»Man muss dem Tuchhändler hoch anrechnen, dass er nicht so geldgierig ist wie der Müller.«

»Da hast du wohl recht«, gab Emilia zu.

»Willst du Martin Schlagers Ehefrau werden? Er ist wohlhabend und kann dir ein sorgenfreies Leben garantieren. Vielleicht ist er auch bereit, für Barbara aufzukommen.«

Emilia presste die Lippen zusammen und schwieg hartnäckig. Sie hatte sich in Sicherheit gewähnt, solange ihr Vater kein Geld für eine Mitgift aufbringen konnte. Jetzt verhielt sich alles anders als gedacht. Musste sie das Angebot des Tuchhändlers annehmen?

»Ich deute dein Schweigen als Nein«, sagte ihr Vater.

Emilia antwortete immer noch nicht.

»Es wird nicht leicht, Schlagers Angebot abzulehnen.«

»Er ist ein aufgeblasener Mann, der niemals zulassen würde, dass ich male oder weiter in Kunigunde Löffelholz' Werkstatt arbeite«, platzte Emilia heraus. »Du weißt, dass ich ohne Kunst nicht leben kann. Es wäre, als würdest du mir die Luft zum Atmen nehmen. Martin Schlager kann jede andere Frau in dieser Stadt heiraten, und sie würde sich obendrein geehrt fühlen.«

Walter Baumgart tätschelte die Hand seiner Tochter. »Ich habe ihm gesagt, es würde schwierig werden. Ich habe uns eine Woche Bedenkzeit erbeten. Du kannst in Ruhe alle Vor- und Nachteile abwägen. Es ist eine Entscheidung, die du nicht sofort fällen musst.«

»Danke, Vater.« Erleichtert umarmte Emilia ihren Vater. Es war erschreckend, wie dürr er unter seiner Kleidung war.

»Und jetzt geh nach unten und kümmere dich um deine Schwester. Sie ist wegen der Sache mit Hannes Schütt ganz außer sich. Ich will mich ein wenig ausruhen und danach einen kleinen Spaziergang unternehmen.«

»Das ist eine gute Idee«, befand Emilia. Es war Wochen her, dass er allein durch die Stadt spaziert war. Außer den Kirchgängen am Sonntag hatte er die Zeit ausschließlich im Bett verbracht. Heute erschien er ihr tatkräftiger und willensstärker als in den Wochen zuvor. Emilia schöpfte neue Zuversicht. Alles würde gut werden. Hatte er das nicht eben selbst gesagt?

»Bis später«, sagte sie. »Ich hole dich zum Abendessen.«

Abwehrend hob er die Hände. »Ich denke, ich werde später heimkommen. Wartet nicht auf mich.«

»Dann stellen wir dir etwas zu essen in die Küche«, entgegnete Emilia. »Bestimmt fördert der Spaziergang deinen Appetit.«

Ihr Vater schüttelte beharrlich den Kopf. »Ihr müsst mir

nichts hinstellen. Ich werde mir schon etwas zu essen besorgen, sollte ich unterwegs allzu hungrig werden.«

»Wie du willst«, meinte Emilia. Vielleicht würde ihr Vater bei seinem Spaziergang einen Abstecher in eins der vielen Gasthäuser machen. Früher, als Emilias Mutter noch am Leben gewesen war, hatte er häufig den Abend im »Goldenen Horn« verbracht, der Herrentrinkstube nahe der Sebalduskirche, wo nur Ratsmitglieder und Angehörige von ehrbaren Familien der Stadt Zutritt hatten. Emilia hoffte inständig, dass er zu seinen alten Gewohnheiten zurückkehren würde.

9

Barbara war beim Abwasch schweigsam. Sie schien von Schlagers Heiratsantrag nichts zu wissen, was Emilia mehr als recht war. Sie verspürte keinerlei Verlangen, diese Angelegenheit mit Barbara zu besprechen. Gewiss würde sie sie dazu drängen, den Antrag anzunehmen. Schließlich würden sich die wirtschaftlichen Schwierigkeiten der Familie durch eine Heirat mit dem reichen Tuchhändler auf einen Schlag lösen. Und wenn Emilia ganz ehrlich war, wäre es unvernünftig, das großzügige Angebot nicht anzunehmen.

Kaum standen die Teller und Becher wieder in den Holzregalen, zog sich Barbara in die gemeinsame Kammer zurück. Emilia ging in die Werkstatt, wo Jan Vermeyen bereits auf sie wartete. Zu ihrer großen Überraschung trug er sein Wams über dem weißen Hemd und hatte einen Hut auf dem Kopf.

»Nanu, wolltet Ihr mir nicht zeigen, wie man spiegelverkehrt zeichnet?« Sie konnte ihre Enttäuschung nicht verbergen. Offenbar hatte er sein Versprechen schon wieder vergessen und würde sich gleich auf den Weg in eines der Gasthäuser der Stadt machen, um den Tag bei einem Becher Bier oder Wein ausklingen zu lassen.

»Der Abend ist lau und wolkenlos«, sagte er. »Es wäre eine Sünde, ihn in der Werkstatt zu verbringen.«

»Ich verstehe«, sagte Emilia trocken. Sie wandte sich ab, doch er hielt sie zurück.

»Ich hatte gehofft, dass Ihr mir die Ehre erweist und mich auf einen kleinen Spaziergang begleitet. Die Stadttore schließen bei Sonnenuntergang, aber danach kann man die Männer mit ein paar Münzen zum Öffnen überreden.« Er zwinkerte Emilia zu. »Ich spreche aus Erfahrung, ich habe die Zeit bereits zweimal übersehen.«

Emilia wusste selbst, dass die Stadtwachen es nicht so genau nahmen. Wenn sie die Bürger kannten, die nach dem Schließen der Tore Einlass erbaten, ließen sie Nachsicht walten. Für einen Humpen Bier oder einen Krug Wein wurde einem immer ein Seitentor geöffnet.

»Wohin wollt Ihr spazieren?«, fragte Emilia.

»Entlang der Pegnitz gibt es einen kleinen Weg, der sich hervorragend für einen abendlichen Spaziergang eignet«, sagte Vermeyen. »Ich habe einen kleinen Platz entdeckt, von dem man einen herrlichen Blick auf die Stadt und die Burg hat. Sobald die Sonne untergeht, färben sich die Dächer dunkelrot, und die Kirchturmspitzen erstrahlen in einem fast märchenhaften Licht.«

Emilia zögerte. Sollte sie es wagen, den Niederländer zu begleiten? Wenn man sie zusammen sah, stand ihr guter Ruf auf dem Spiel. Erst vor Kurzem hatte sie Barbara vor genau dieser Gefahr gewarnt. Andererseits, was sollte passieren? Er war ihr Untermieter, und wenn jemand fragte, konnte sie glaubhaft versichern, dass sie ihm bloß die Stadt und die Umgebung zeigen wolle. Schließlich war sie eine freundliche Gastgeberin. Wenn Martin Schlager ihr begegnete, würde er seinen Heiratsantrag wohl zurückziehen. Insgeheim hoffte Emilia darauf. Es wäre eine elegante Lösung für diese Angelegenheit.

»Ihr habt mich überredet«, sagte Emilia lächelnd. »Wartet einen Moment, ich hole meinen Umhang.« Rasch lief sie zurück in die Küche, wo sie zuvor ihr Tuch hatte liegen lassen, griff nach dem Schlüsselbund und kehrte voller Vorfreude wieder zurück. Vermeyen hatte sich einen Lederbeutel quer über die Schultern gehängt.

»Was tragt Ihr mit Euch?«

»Lasst Euch überraschen!«

Noch nie hatte Emilia einen Mann so entwaffnend lächeln sehen. Selbst der Buchdrucker, den sie damals so anziehend gefunden hatte, kam ihr im Nachhinein langweilig und uninteressant vor.

Emilia sperrte die Tür der Werkstatt hinter sich zu, und die beiden machten sich auf den Weg. Durch eines der Tore im Norden Nürnbergs verließen sie die Stadt. Ein schmaler Trampelpfad führte zur Pegnitz.

Es war einer jener lauen Frühsommerabende, wie es sie nicht oft im Jahr gab. Die Grillen zirpten um die Wette, Bienen und andere Insekten gaben ihr Bestes, um sie zu übertönen. Der Duft nach Holunderblüten und Pfingstrosen gab einen Vorgeschmack auf den Sommer. Neben dem Fluss wuchsen gelbe Dotterblumen und hohe, violette Lilien.

Emilias Aufmerksamkeit galt Jan Vermeyen, der so nah neben ihr ging, dass sich ihre Hände wie durch Zufall immer wieder kurz berührten. Wie würde es sich anfühlen, wenn er ihre Hand hielte? Ihre Finger streichelte? Emilia schalt sich eine Närrin. Sie versuchte sich ihre Aufregung nicht anmerken zu lassen und bemühte sich um ein Gespräch.

»Wie gefällt Euch Nürnberg?«

»Es ist eine hübsche, reiche Stadt«, sagte Vermeyen. »Ich war überrascht darüber, wie viele Menschen hier leben.«

»Bestimmt seid Ihr schon viel gereist. Welche Stadt hat Euch am besten gefallen?«

»Das ist eine Frage, die schwer zu beantworten ist«, meinte Vermeyen. »Fast jeder Ort auf dieser Welt hat seine Sonnen- und seine Schattenseiten.«

»Was sind denn die Schattenseiten Nürnbergs?«, fragte Emilia mit gespielter Entrüstung.

»Für meinen Geschmack gibt es zu viele Regeln, die der Innere Rat den Bürgern auferlegt«, sagte Vermeyen. »Es gibt sogar eine Kleidungsvorschrift, an die man sich halten muss. Ich habe gehört, dass Patrizierinnen vorgeschrieben wird, wie viel Samt und Seide sie für ihre Kleider verwenden dürfen.«

»Man will die Verschwendungssucht auf diese Weise in Zaum halten«, erklärte Emilia. »Gibt es derlei Vorschriften in anderen Städten etwa nicht?«

»Doch, doch«, sagte Vermeyen. »Man hat sie auch in Pisa, Florenz und Siena aufgestellt.«

»Aber?«

Vermeyen zuckte lachend mit den Schultern. »Niemand dort hält sich daran.«

»Wirklich?« Die Vorstellung, dass es Regeln gab, an die man sich nicht hielt, erstaunte Emilia. Auch in Nürnberg wurden Regeln übergangen, aber dann gerieten die Menschen auch schnell in Verruf.

»Die Kaufleute und Bankiers haben diesen italienischen Städten zu großem Reichtum verholfen und völlig zu Recht ein neues Selbstbewusstsein entwickelt. Ohne ihr Geld wären die großzügigen Palazzi und die Kirchenbauten mit ihren riesigen Kuppeln und unglaublichen Fresken niemals erbaut geworden. Kaufleute haben die Kunstwerke in Auftrag gegeben und finanziert. Familien wie die Medici lassen sich nicht vorschreiben, welche Kleidung sie tragen dürfen.«

Emilia lauschte gebannt. Den Namen Medici kannte sie. Angeblich waren die Medici noch einflussreicher als die Fugger in Augsburg.

»Welche Stadt findet Ihr die schönste von allen?«, wollte sie wissen.

»Venedig!« Vermeyens Antwort kam ohne Zögern.

»Die Stadt mit den vielen Kanälen?«

»Ja, sie ist komplett auf Pfeilern aus Holz errichtet.«

Emilia hatte sich einfache Holzhütten vorgestellt, doch Vermeyen erzählte ihr von riesigen Palästen, Kathedralen, Plätzen und Gärten, die auf Plattformen im Meer standen. Mit leuchtenden Augen berichtete er von Venedig, und Emilia ließ sich von seiner Begeisterung anstecken.

»Eine Meisterleistung der Statik und der Architektur«, schwärmte er. »Es gibt nichts Eleganteres, nichts Erhabeneres, nichts Prunkvolleres als Venedig. Zwischen den Palazzi fährt man mit Gondeln durch die Kanäle.«

Emilia konnte sich das alles beim besten Willen nicht vorstellen. Wie gerne würde sie die Stadt mit eigenen Augen sehen.

Mittlerweile hatten sie einen lauschigen Platz unter einer mächtigen Eiche erreicht. Vermeyen blieb stehen. »Was haltet Ihr von diesem Ort? Sollen wir hier rasten?«

»Gerne.«

Er zog sein dunkelgrünes Wams aus und breitete es im Gras aus. Seiner Aufforderung, sich doch hinzusetzen, leistete Emilia gern Folge. Vermeyen nahm neben ihr Platz und packte seine Ledertasche aus. Ein Weinschlauch und zwei Holzbecher kamen zum Vorschein.

»Ich hoffe, der Wein ist gut«, sagte er. »Ich habe ihn bei einem Händler am Markt gekauft. Angeblich stammt er aus der Toskana.« Er reichte Emilia einen Becher und schenkte großzügig ein.

»Danke, nicht so viel«, bremste sie ihn.

Er griff nach dem zweiten Becher und schenkte ihn nur zur Hälfte ein, während er den anderen Becher selbst nahm und ihr zuprostete.

»Vielen Dank, dass Ihr mich begleitet habt«, sagte er.

Das Licht der untergehenden Sonne spiegelte sich in seinen Augen, und Emilia sah zur Seite, um sich nicht in seinem Blick zu verlieren.

»Danke, dass Ihr mich eingeladen habt«, sagte sie und wunderte sich darüber, wie heiser ihre Stimme auf einmal klang. Sie nahm einen kleinen Schluck vom Wein. Er schmeckte intensiv nach Sonne und Beeren.

Auch Vermeyen trank. »Ein guter Tropfen!«, meinte er zufrieden. Dann holte er ein Stück Brot aus der Tasche, brach es in zwei Teile und reichte Emilia die eine Hälfte. Sie nahm das Brot entgegen und biss ab. Der Wein würde ihr rasch zu Kopf steigen, denn er war schwerer als der mit Wasser verdünnte, den sie sonst trank.

»Habt Ihr Nürnberg jemals verlassen?«, fragte er.

Emilia schüttelte den Kopf. »Leider noch nie.«

Er lachte. »Ich kann mir gar nicht vorstellen, wie es sich anfühlt, immer am selben Ort zu sein.«

»Ihr liebt das Reisen, oder?« Emilia nippte erneut an ihrem Becher. Jetzt schmeckte sie Brombeere und Walnuss heraus.

»Ich kann mir als Künstler nichts Besseres denken«, antwortete er. »Beim Reisen kann ich über den Tellerrand hinausschauen und lerne andere Sprachen, Bräuche, Kulturen kennen. Überall entdecke ich Neues. Manches davon finde ich spannend, anderes abstoßend. Es ist die Vielfalt, die mein Schaffen bereichert. Von überall nehme ich mir ein kleines Mosaiksteinchen mit und setze es in mein nächstes Gemälde, in meinen nächsten Entwurf.«

Emilia hing förmlich an seinen Lippen. Sie beneidete ihn um seine Freiheit. Warum war es Frauen nicht gestattet, ebenso ungebunden durch die Welt zu ziehen?

Er schien ihre Gedanken zu erraten. »Eines Tages werden auch Frauen malen und reisen dürfen. Davon bin ich fest überzeugt. Die Menschen müssen bloß erfahren, welch großartiges Talent in so mancher Frau steckt, dann werden sie nicht mehr darauf verzichten wollen.«

Emilia seufzte. »Schön wär's.«

Vermeyen sah sie ernst an. »Ich weiß, dass es Frauen gibt, die über viel mehr Talent verfügen als so mancher Mann. Diese Fähigkeiten verkümmern zu lassen ist doch Verschwendung.«

Emilia lachte. »Hoffen wir, dass das Argument eines Tages überzeugt. Das der Gerechtigkeit wird nicht ausreichen.«

»Würdet Ihr malen, wenn man Euch ließe?«

»Mag sein«, erwiderte Emilia, war dabei aber auf der Hut.

»Und wie steht es mit dem Reisen? Würdet Ihr andere Länder sehen wollen?«

»Vielleicht«, sagte Emilia. »Aber die Frage stellt sich nicht.«

Er rückte näher. »Ihr seid eine außergewöhnliche Frau.«

»Weil ich mir wünsche, Frauen hätten mehr Freiheiten?«

»Deshalb, und weil Ihr eine großartige Malerin seid.«

Vor Schreck verschüttete Emilia einen Teil ihres Weins. »Wie kommt ihr darauf?«, fragte sie. »Ich bin Bildwirkerin.«

Er verzog den Mund zu einem schiefen Lächeln. »Wir wissen beide, dass Ihr beides seid.«

»Ihr irrt!«, beharrte Emilia.

»Ich habe Euch beim Malen beobachtet und einen Blick auf das Gemälde der Ratsherrin erhaschen können.«

Emilia erstarrte in ihrer Bewegung. Mit einem Mal war die ganz besondere Stimmung zerstört. Sie erinnerte sich an die Nacht in der Werkstatt. Das waren also die Geräusche gewesen, die sie für eine Katze gehalten hatte. Er hatte ihr heimlich aufgespürt. Der Nachgeschmack des Weins in ihrem Mund war plötzlich bitter.

»Was habt Ihr jetzt vor?«, fragte sie bestürzt. »Werdet Ihr mich verraten?«

»Wie bitte?« Er wirkte irritiert. »Warum sollte ich das tun?«

»Weil es Frauen nicht gestattet ist, zu malen.«

»Ich habe doch bereits gesagt, dass ich das für eine der unsinnigsten Regeln halte, die jemals aufgestellt wurden. Im Übrigen habe ich in der Lombardei eine Familie kennengelernt, in der die Töchter eine solide Ausbildung in der Kunst erhalten. Nicht überall denkt man in so starren Rahmen wie in Nürnberg.«

»Wirklich? Wie kann das sein?«

»Es entspricht dem neuen Menschenbild. Auch Frauen sollen eine humanistische Erziehung genießen.«

»Das klingt wie ein Märchen.«

Jan Vermeyen lächelte schief. »So würde ich es nicht bezeichnen. Leider ist es immer noch unüblich, dass Frauen Aufträge erhalten und von ihrer Kunst leben können, aber eine Ausbildung ist ein erster Schritt in die richtige Richtung. Wenn die Bilder gefallen, wird es den Käufern egal sein, ob eine Frau oder ein Mann sie gemalt hat.«

»Wie heißt die Familie?«

»Das Ehepaar heißt Amilcare und Bianca Anguissola. Ich bin ihnen in Cremona begegnet. Beide sind sehr fortschrittlich. Bianca hat versichert, dass all ihre Kinder eine künstlerische Ausbildung erhalten werden.«

»Ich wünschte, dass Mädchen in Nürnberg ebenso gefördert würden.« Emilia zupfte das Brot auseinander, ohne davon zu essen. Wie es sich wohl anfühlen mochte, nicht heimlich in der Nacht malen zu müssen?

Jan stellte nun ebenfalls seinen Becher ins Gras, nahm ihr das Brot ab und ergriff ihre Hände. Seine Finger waren kräftig und warm. Emilias Herz schlug schneller.

»Ich bewundere Euch, Emilia Baumgart.«

»Ihr bewundert mich?«

»Ihr seid nicht nur eine der hübschesten Frauen, die mir jemals begegnet sind, sondern auch die klügste. Euer Geist ist frei, Ihr denkt nicht in Schubladen wie andere Frauen, und Ihr wollt mehr vom Leben als bloß die Rolle, die Euch die Gesellschaft zuteilt.«

Er beugte sich noch näher zu ihr. Emilia sah die Sommersprossen auf seinen Wangen. Die hellen Wimpern wirkten fast golden. In seinen Augen lag eine sanfte Frage. Er schien sie um Erlaubnis zu bitten für den nächsten Schritt.

Wie von selbst neigte Emilia ihren Kopf zu ihm und gab ihm ihr Einverständnis. Ihre Lippen berührten sich, und Emilia genoss ihren allerersten Kuss, der nach Wein, Abendsonne und Leidenschaft schmeckte.

Viel zu schnell verschwand die Sonne hinter den Dächern der Stadt. Bevor es vollkommen finster wurde, brachen sie auf. Emilias Hand lag in der von Jan, und es fühlte sich richtig und gut an. Erst als sie sich der Stadtmauer näherten, ließen sie wieder voneinander ab. Sie redeten über Gemälde, über die Vor- und Nachteile von Pigmenten, über Perspektiven und über Motive. Emilia hätte am liebsten noch stundenlang mit ihm geplaudert, hätte erneut seine Lippen geschmeckt und sich nur zu gern von seinen Händen liebkosen lassen. Im Innenhof ihres Wohnhauses umarmten sie sich ein letztes Mal, dann ging Jan noch in die Werkstatt, während Emilia die Treppen nach oben schlich.

Vor der Tür ihres Vaters lauschte sie eine Weile, doch sie hörte sein wohlbekanntes Schnarchen nicht. Besorgt betrat sie die Kammer und stellte fest, dass niemand dort war. Sie hoffte, dass ihr Vater tatsächlich noch ins Gasthaus gegangen war und es sich dort gut gehen ließ. Es war Monate her, dass er allein das Haus verlassen hatte. Konnte es sein, dass er endlich wieder ins Leben zurückfand? Sie wünschte es ihm so sehr.

Nachdem sie die Tür wieder hinter sich geschlossen hatte, ging sie auf Zehenspitzen weiter zur Kammer, die sie sich mit Barbara teilte. Obwohl Emilia sich bemühte, keinen Lärm zu machen, wachte ihre Schwester auf. Vielleicht hatte sie auch noch gar nicht richtig geschlafen.

»Du musst mit dem Malen aufhören«, mahnte Barbara schlaftrunken. »Du musst doch völlig übermüdet sein.«

»Das wird schon alles gut werden«, beruhigte Emilia sie. Nach diesem wunderschönen Abend hatte sie keine Lust auf ein Streitgespräch. Sie strich ihrer Schwester liebevoll das Haar zur Seite und drückte ihr einen Kuss auf die Stirn.

»Schlaf weiter«, flüsterte sie. »Und träum was Schönes.«

Dass sie selbst nur die süßesten Träume haben würde, davon war sie überzeugt.

10

Katharina und Emilia holten das getrocknete und gefärbte Garn von den Stangen. Während sie es zu ordentlichen Knäueln aufwickelten, betrachtete Katharina ihre Freundin aufmerksam.

»Du hast ihn geküsst«, sagte sie nach einer Weile.

Emilia errötete. »Psst!« Sie legte warnend den Finger an den Mund. Hastig drehte sie sich nach allen Seiten. Hoffentlich hatte niemand Katharinas Worte gehört. Aber Reingard und Philippa waren in ein Gespräch über Enkelkinder vertieft, und auch Regine schenkte ihnen keine Aufmerksamkeit. Wie befürchtet hatte sich die Wange der jungen Frau dunkelblau verfärbt. Emilia fühlte sich mitschuldig daran, dass Siegfried Löffelholz sie geschlagen hatte.

»Also habe ich recht«, bohrte Katharina weiter.

»Ich weiß nicht, ob ich ihn oder er mich geküsst hat«, gestand Emilia. Ihre Wangen wurden noch heißer.

»Das ist ja auch völlig gleichgültig«, meinte Katharina. »Wie war es?«

Offenbar verriet Emilias Blick mehr, als jedes Wort es vermocht hätte, denn Katharina lächelte.

»Ganz eindeutig. Es hat dich erwischt«, sagte sie. »Du bist verliebt.«

»Ich weiß nicht, ob ich verliebt bin«, flüsterte Emilia. »Aber ich finde Jan Vermeyen sehr, sehr anziehend. Wenn ich an ihn denke, fühlt es sich an, als würde sich ein ganzer Schwarm Schmetterlinge in meinem Bauch erheben.«

»Genau das nennt man verliebt sein. Ich habe es gleich gewusst.«

Emilia legte das fertig aufgewickelte Knäuel ins Regal und fing mit einem neuen an.

»Wie wird es jetzt weitergehen?«, wollte Katharina wissen. »Hat er dir einen Heiratsantrag gemacht?«

»Wegen einem Kuss?« Emilia lachte. »Machst du Scherze?«

»Du hast recht«, sagte Katharina. »Für gewöhnlich finden die Küsse erst nach dem Antrag und der Hochzeit statt. Ihr habt den Spieß umgedreht und mit dem Ende begonnen.«

»Es ging überhaupt nicht um Ehe oder Zukunft«, entgegnete Emilia. »Wir haben uns bloß geküsst. Das war alles.«

»Das klingt aber trotzdem sehr schön, wie in einem Märchen.«

Emilia seufzte. »Ja, das war es.«

»Währenddessen war ich am Friedhof und habe ein paar Blümchen gesetzt, damit niemand auf die Idee kommt, ich sei keine trauernde Witwe.«

Emilia schmunzelte.

»Und weißt du, wem ich dort begegnet bin?«

»Natürlich nicht. Sag schon.«

»Dem Pelzhändler Maximilian Koch, dem wir diesen schrecklichen Entwurf für die Tapisserie zu verdanken haben.«

»Kunigunde hat mir neulich erzählt, dass er selbst tief in die Tasche gegriffen und mitbezahlt haben soll«, meinte Emilia. »Der Mann muss blind sein oder einen sehr eigenwilligen Geschmack haben.«

»Das dachte ich auch«, sagte Katharina. »Das Eigenartige ist, dass sowohl sein Äußeres als auch das Grab, das er pflegt, einen äußerst erlesenen Geschmack zeigen. Seine Kleidung ist modern, und die Blumen, die er aufs Grab gestellt hat, harmonierten in Farbe und Form.«

»Ich wusste gar nicht, dass er Witwer ist.«

»Das ist er auch nicht«, entgegnete Katharina. »Er pflegt das Grab seines ehemaligen Geschäftspartners. Der Mann ist vor Jahren auf sehr tragische Weise bei einem Unfall verstorben. Niemand konnte sich erklären, wie er stürzen und sich den Hals brechen konnte.«

»Was du alles weißt!«

»Tja, ich höre mich eben um und laufe nicht blind vor Liebe durch die Stadt.«

Emilia verdrehte die Augen und wollte etwas erwidern, doch da donnerte Siegfried Löffelholz' Stimme quer durch die Werkstatt: »Ihr werdet nicht fürs Tratschen bezahlt!«

»Warum kann der Mann nicht einfach vom Blitz getroffen werden?«, flüsterte Katharina.

Zu Emilias Erleichterung verließ Löffelholz schon nach kurzer Zeit die Werkstatt. Emilia wollte sich heute nämlich dem verbesserten Entwurf für die Tapisserie widmen. Kunigunde hatte sie heute Morgen erneut darauf angesprochen. Anders als ursprünglich vereinbart, würde Emilia die Vorlage hier und jetzt verändern. Den riesigen Bogen nach Hause zu transportieren wäre zu gefährlich. Bestimmt hätte sie jemand auf das eingerollte Bild angesprochen. Solange Siegfried Löffelholz sie beim Zeichnen nicht erwischte, war alles gut. Philippa war mit den Blumen inzwischen schon so weit vorangekommen, dass sie demnächst mit den Tieren beginnen würde. Es war höchste Zeit, dass Emilia die Bratwurstpferde in elegante Fabelwesen verwandelte.

Als sie am späten Nachmittag die Werkstatt verließ, hatte sie Philippa ein graziöses Einhorn übergeben. Emilia wusste, dass Jan heute Nachmittag ein Gespräch mit einem Auftraggeber hatte und wohl erst spät nach Hause kommen würde, daher konnte sie ihn heute vermutlich nicht mehr sehen. Auf dem Heimweg musste sie aber die ganze Zeit an ihn denken. Sie schwebte förmlich auf Wolken, sie winkte den Kindern am Pegnitzufer zu, die gerade aus Steinen einen kleinen Damm bauten, grüßte die Blumenhändlerin, die fast alle ihre Sträußchen verkauft hatte, und warf dem Bettler vor der Kirche einen Pfennig ins verbeulte Blechhaferl.

Als Emilia den Innenhof ihres Häuschens überquerte, riss Barbara sie unsanft aus ihren Tagträumen. Die Schwester schien auf sie gewartet zu haben. Mit finsterem Gesicht blickte sie Emilia an, als diese die Küche betrat.

»Was ist los?«, fragte Emilia. »Ist dir eine Laus über die Leber gelaufen?«

»Eher eine ganze Kuh!«

Emilia setzte sich.

»Du hast mir gar nicht gesagt, dass Martin Schlager dir einen Heiratsantrag gemacht hat«, sagte Barbara gekränkt.

Emilia zog eine Schüssel mit Erdbeeren zu sich, die auf dem Tisch stand, und griff nach einer der Früchte. Barbara musste sie am Nachmittag gesammelt haben.

»Hat Vater es dir erzählt?«

Barbara zog wütend ihre Augenbrauen zusammen. »Natürlich nicht. Niemand in diesem Haus scheint es für wichtig zu halten, mich in wichtige Entscheidungen einzubeziehen. Ich bin ja bloß die Magd, die für den Haushalt zuständig ist.«

»Unsinn, Barbara. Du weißt, dass das nicht stimmt«, widersprach Emilia.

»Ach ja? Und warum erfahre ich dann nichts von dieser wichtigen Neuigkeit, die uns wohl alle betrifft?«

»Warum uns alle?«, fragte Emilia. »Schlager hat um meine Hand angehalten.«

»Er ist nicht nur bereit, für meine Mitgift aufzukommen, sondern will auch Vater wirtschaftlich unterstützen, sodass er das Haus behalten kann. Schlager wird dich zur Frau nehmen, ohne für dich eine Mitgift zu verlangen. Der Mann hat einen Narren an dir gefressen.« Barbara schien nicht zu begreifen, was an Emilia so besonders sein sollte, dass ein Mann derart viel zu geben bereit war.

»Woher weißt du davon?«

»Elisabeth kennt die Köchin von Martin Schlager. Zum Glück habe ich Freundinnen, die mich ins Vertrauen ziehen.

Wenn es nach dir und Vater ginge, müsste ich dumm sterben.«

»Ich frage mich, warum die Köchin über das Hochzeitsangebot ihres Dienstherrn Bescheid weiß und ihr Wissen an eine Fremde weitergibt, die nichts Besseres zu tun hat, als es dir zu erzählen.« Emilia griff nach einer weiteren Erdbeere, doch sie konnte den wunderbar süßen Geschmack nicht genießen.

»Die Wände im Hause Schlager sind wohl dünn. Genau wie überall anders auch«, sagte Barbara und lächelte versöhnlich. »Was für ein Glück, dass der Mann dieses großzügige Angebot macht.«

Emilia schob die Schüssel mit den Erdbeeren weit von sich. Der Appetit war ihr endgültig vergangen. »Ich werde den Antrag nicht annehmen, Barbara.«

»Was soll das heißen?«

»Ich werde nicht Martin Schlagers Frau werden.«

»Du musst ihn heiraten«, beharrte Barbara. »All unsere Sorgen sind damit vom Tisch. Wir haben keine Schulden mehr. Und ich kann Hannes zum Mann nehmen.«

»Mir graut vor diesem Martin Schlager. Etwas Düsteres umgibt ihn«, sagte Emilia. »Gerade du musst das doch verstehen. Du liebst deinen Hannes und willst mit ihm alt werden.«

Barbaras Gesicht verfinsterte sich. »Das machst du absichtlich. Du willst mein Leben zerstören.«

»Nein, das will ich nicht.« Emilia griff über den Tisch nach Barbaras Händen, aber die Schwester zog sie energisch weg.

»Martin Schlager würde mir das Malen verbieten. Er ist ein kalter, herzloser Mann, der mich nach seinen Vorstellungen formen will. Ich würde an seiner Seite eingehen wie eine Pflanze ohne Wasser. Er sucht nach einer Zuchtstute, die ihm Kinder gebärt, nach einer Frau, die er beim Kirchgang stolz präsentieren kann, aber nicht nach einer Gefährtin, mit der er seine Freuden und Sorgen teilt. Soll er doch deine Freundin heiraten.«

»Elisabeth hat er aber keinen Antrag gemacht«, schrie Barbara entrüstet.

Es hatte den Anschein, als würde Barbara nichts von dem hören, was Emilia sagte. »Du machst das nur, damit du wieder einmal deinen Willen durchsetzt«, sagte sie. »Es geht immer nur um dich. Du willst malen, du willst Tapisserien wirken, du willst Vaters Liebling sein. Ich bin immer nur die blöde Küchenhilfe, die billige Magd. Was ich mir wünsche, ist allen in diesem Haus egal.« Sie stand auf. Der Hocker, auf dem sie eben noch gesessen hatte, fiel krachend um. Barbara ließ ihn einfach liegen. »Denkst du, ich habe keine Augen im Kopf? Ich habe genau gesehen, wie der Niederländer dich anstarrt. Vielleicht hast du letzte Nacht in seinem Bett verbracht. Ich traue dir alles zu. Du tust immer nur das, was du willst.«

Emilia schwieg betroffen. Sie hatte mit Ärger gerechnet, nicht aber mit dieser heftigen Reaktion.

»Ich hasse dich, ich hasse dich abgrundtief!«, rief Barbara und stürmte aus der Küche.

Emilia sah ihr eine Weile wie erstarrt nach. Dann begannen die Tränen zu laufen. Noch nie hatte sie sich so verletzt gefühlt. Dabei war sie eben noch so glücklich gewesen.

Jan kehrte anders als geplant schon am frühen Abend zurück und kündigte sich zum Abendessen an. Walter Baumgart hingegen wollte auch heute lieber einen Spaziergang unternehmen, als mit den anderen zu essen. Emilia hielt ihren Vater nicht davon ab. Sie war froh, dass er das Haus nun wieder verließ, auch wenn es nur für einen längeren Spaziergang war. Das Gasthaus hatte er noch nicht besucht, das hatte sie inzwischen von ihm erfahren. Vielleicht würde er ja heute diesen weiteren Schritt zurück ins Leben wagen. Alles erschien ihr besser als seine Einsamkeit in der abgedunkelten Kammer. Auch wenn sie sich gern mit ihm ausgiebig unterhalten hätte. Der Streit mit ihrer Schwester hatte ihr zugesetzt, und sie war immer noch den Tränen nahe.

Jan war der Einzige, der herzhaft zulangte. Als sein Teller leer war, sah er Emilia besorgt an. Erst jetzt schien ihm das Schweigen der beiden Schwestern aufzufallen. Als der Tisch abgeräumt war, bat er Emilia um einen Spaziergang. Nur zu gerne sagte sie zu. Sie trafen sich im Innenhof, begrüßten sich nur mit einem flüchtigen Kuss. Erst als sie die Stadtmauer hinter sich gelassen hatten, wagte Emilia, ihrer Sehnsucht nachzugeben und Jans Hand zu ergreifen. Er zog sie an sich und nahm sie zärtlich in den Arm. Sein Kuss war voller Leidenschaft und löste in Emilia ein Verlangen aus, das ihr bisher fremd gewesen war.

Als seine Lippen ihren Mund wieder freigaben, war Emilia atemlos.

»Du siehst bedrückt aus«, sagte er besorgt.

»Barbara und ich hatten Streit«, gab Emilia zu.

»Worum ging es denn diesmal?« Seine Augenbrauen hoben sich belustigt. »Hält sie dir wieder einmal vor, dass du malst?«

»Schlimmer! Sie will, dass ich den Heiratsantrag von Martin Schlager annehme.«

Augenblicklich änderte sich Jans Körperhaltung. Sein Nacken verspannte sich. Er sah auf sie herab.

»Du hast mir nicht gesagt, dass der Tuchhändler um deine Hand angehalten hat«, sagte er tonlos.

»Ich sah keine Notwendigkeit dazu«, sagte Emilia. »Schließlich habe ich nicht vor, seine Frau zu werden.«

»Es heißt, er sei ein wohlhabender Mann.«

»Wohlhabend, überheblich und selbstverliebt.«

»Ach, es gibt Schlimmeres.«

Sie löste sich aus Jans Umarmung. »Was willst du damit sagen?«

»Dass du es durchaus schlechter erwischen könntest.«

Emilia glaubte, sich verhört zu haben. »Wie bitte?«

Jan suchte erneut nach ihren Händen, aber sie verweigerte sie ihm.

»Emilia, ich empfinde viel für dich. Du bist eine außergewöhnliche Frau, das habe ich ernst gemeint«, sagte er. »Aber ich kann dir nichts bieten. Ich bin reisender Künstler. Das muss dir doch klar gewesen sein, als du dich vorgestern mit mir getroffen hast.«

Obwohl Emilia keine Minute an eine Ehe mit Jan gedacht hatte, war mit einem Mal das Gefühl der Schwerelosigkeit weg. Offenbar war Jan keinen Augenblick bereit gewesen, über etwas Ernsthafteres zwischen ihnen nachzudenken.

»Ich bin ein Freigeist, ein Reisender«, fuhr er fort. »Ein ruheloser Künstler, der ständig auf der Suche nach dem Schönen, dem Erhabenen im Leben ist. Niemals könnte ich sesshaft werden. Nürnberg ist eine nette kleine Stadt. Aber schon jetzt spüre ich, dass die Stadtmauern mir zu eng sind. Außerdem ...« Er schwieg eine Weile. »Weißt du, ginge ich eine Ehe ein, würde ich damit Macht über eine Frau ausüben. Oder zumindest würde ich das so empfinden.«

»Ja, natürlich«, sagte Emilia leise. Dabei konnte sie gar nicht recht begreifen, was er damit meinte. Zum zweiten Mal an diesem Tag bahnten sich die Tränen ihren Weg. Auf keinen Fall wollte sie, dass Jan sie weinen sah. Sie würde sich gewiss nicht vor ihm lächerlich machen. Was war schon zwischen ihnen gewesen? Ein paar leidenschaftliche Küsse, sonst nichts. Sie kam sich wie eine einfältige Magd vor, die wegen ein paar Zärtlichkeiten an die große Liebe glaubte.

»Hast du dir etwa einen Heiratsantrag erwartet?« Er griff sanft nach ihrem Kinn und drehte ihr Gesicht zu sich.

»Nein.« Das war nicht einmal eine Lüge, denn bis zu diesem Zeitpunkt hatte Emilia wirklich nicht darüber nachgedacht, was aus ihrer kleinen Liebelei werden könnte. Sie hatte es aufregend gefunden, einem Mann so nahe zu kommen. Und ja, sie fand Jan nach wie vor sehr anziehend und hatte seine leidenschaftlichen Küsse genossen. Mehr nicht. Warum also kränkte sie seine ablehnende Haltung dermaßen? Hatte sie sich am Ende doch mehr erhofft? Hatte sie in

Jan den Märchenprinzen gesehen, von dem sie wusste, dass es ihn nicht gab?

»Es tut mir unendlich weh, dich leiden zu sehen. Aber ich kann dir nicht mehr anbieten. Ich hoffe, dass du das verstehst.« Er trat näher und küsste sie erneut. Emilia wehrte sich nicht. Und obwohl sie sich körperlich zu ihm hingezogen fühlte, hatte der Kuss plötzlich einen bitteren Beigeschmack bekommen.

11

Am nächsten Morgen musste Emilia zeitig aufbrechen. Sie hatte die ganze Nacht an dem Porträt von Sibille Pöltl weitergemalt. So lange, bis ihr die Farben ausgegangen waren. Jetzt brauchte sie dringend weitere Farbpigmente, denn das Bild hätte schon vor Tagen abgegeben werden sollen. Leider war Farbenhändler Auer heute nicht in der Stadt. So musste sie sich mit Farben vom Apotheker Grünspan begnügen.

Als sie den kleinen, dunklen Laden betrat, in dem es nach Schwefel, Baldrian und getrockneter Kamille roch, standen schon drei andere Kunden vor ihr und warteten. Von der Decke hing ein eingetrockneter Fisch in einem verstaubten Netz. Der Apotheker behauptete, dass es sich um einen kleinen Haifisch handele, den ihm ein Fischhändler verkauft habe. Das Tier sollte die fernen Länder symbolisieren, aus denen die teuren Gewürze und exotischen Heilmittel stammten, die er verkaufte. Angeblich hing in einer Apotheke am anderen Ende der Stadt ein Krokodil von der Decke. Emilia war noch nie dort gewesen. Auf den Anblick des Krokodils konnte sie gut verzichten. Sie fand ja schon den verschrumpelten Fischkörper in Grünspans Apotheke ekelhaft.

Lieber bestaunte sie die Regale an der Rückseite des Ladens, die über und über mit Gläsern und Töpfen gefüllt waren. Emilia vertrieb sich die Wartezeit mit dem Lesen der Etiketten: Sal, Salvia, Cinnamomum und Piper. Apotheker Grünspan verkaufte Gewürze ebenso wie Kräuter und Farbpigmente. Als sie endlich an der Reihe war, nahm sich der alte Mann alle Zeit der Welt.

»Ich habe Euren Vater schon seit Monaten nicht mehr gesehen. Ich hoffe, es geht ihm gut. Malt er noch?«

»Ja, natürlich«, sagte Emilia ungeduldig. »Für wen würde ich sonst den Malachit kaufen?«

»Woran arbeitet er denn im Moment?« Neugierig beugte sich Apotheker Grünspan über den Verkaufstisch. Auf seiner schmalen Nase saß ein breites Drahtgestell mit Gläsern. Seine schwarzen Knopfaugen sahen dahinter doppelt so groß aus, wie sie tatsächlich waren.

»Er fertigt ein Porträt der Ratsherrenfrau Sibille Pöltl an.«

»Ach, die Frau Pöltl.« Der Apotheker verzog missbilligend die Lippen. »Das ist ein eitles Ding, das sich wohl gerne auf der Leinwand verewigt wissen will. Aber das gehört sich nicht. Gott der Herr verabscheut Eitelkeit und Prunksucht.«

»Habt Ihr die Farbpigmente abgewogen?«

»Immer mit der Ruhe, junge Frau.« Mit einer Langsamkeit, die Emilia fast verrückt machte, bewegte sich der alte

Mann in einen Nebenraum und kehrte ebenso bedächtig mit einem großen Tonbehälter wieder zurück.

»Denkt doch darüber nach. Wo kämen wir hin, würden alle sich malen lassen? Die Stuben wären voll mit den Bildern eitler Pfauen.«

»Einen Fingerhut voll, bitte.« Emilia wusste, dass es sich um eine lächerlich kleine Menge handelte, aber sie trug nur eine bescheidene Summe an Münzen in ihrem Geldbeutel mit sich. Anstandslos wog Grünspan das Farbpigment mit seiner präzisen Apothekerwaage ab. »Was malt Euer Vater mit dem Grün?«

»Das Kleid von Frau Pöltl.«

»Ach, ja, das Kleid«, wiederholte der Apotheker missbilligend. »Bestimmt hat sie es extra für das Bild anfertigen lassen. Die Verschwendungssucht in unserer Stadt ist eine Schande. Aber wenn der Innere Rat selbst kein gutes Vorbild bietet, wie sollen sich dann die anderen Bürger an die Regeln der Bescheidenheit halten? Wir werden noch in der Sünde ersticken.«

Emilia wippte nervös auf den Füßen. Wenn der Apotheker sich nicht beeilte, würde sie erneut zu spät in die Werkstatt kommen. Sie hatte sich für heute die Vögel vorgenommen. Der Entwurf musste fertig sein, bevor Siegfried Löffelholz die Werkstatt betrat. Für gewöhnlich schlief er bis kurz vor der Mittagszeit seinen Rausch aus.

Endlich reichte Grünspan ihr das Tütchen mit der gewünschten Ware. Emilia legte die Münzen auf den Verkaufstisch und eilte zur Tür hinaus. Dabei hörte sie, wie der Apotheker hinter ihr schimpfte: »Kein Benehmen, diese jungen

Leute. Laufen aus dem Laden, ohne einen Gruß. Wo soll das nur hinführen?«

Emilia raffte ihre Röcke und lief die Straßen entlang zur Brücke, die über die Pegnitz zur Werkstatt führte. Sie drängte sich an zwei Bäuerinnen vorbei, die schwere Handkarren über die gepflasterten Wege zogen. Sie hoben nicht einmal den Kopf, als Emilia zwischen ihnen vorbeischlüpfte. Am anderen Ufer des Flusses angekommen, stellte sie fest, dass ihr ein Straßenhund gefolgt war. Er drückte sich an ihre Beine und bettelte jaulend um Essen. Emilia wühlte in ihrem Beutel, doch sie hatte nichts für ihn dabei. Da entdeckte der Hund eine Ente, der er kläffend nacheilte. Schon war er verschwunden.

Abgehetzt erreichte Emilia schließlich die Werkstatt. Katharina wartete bereits auf sie.

»Du bist schon wieder zu spät«, raunte die Freundin vorwurfsvoll. »Ich sitze schon seit einer Stunde an meinem Webstuhl. Aber du hast Glück. Siegfried Löffelholz ist noch nicht da.«

Bevor Emilia sich ebenfalls setzte, überprüfte sie das Garn. Das Ergebnis konnte sich sehen lassen. Emilia war mit den Farbtönen zufrieden.

Dann widmete sie sich seufzend dem Entwurf der Vögel. Was mochte sich dieser Johannes Kastel dabei gedacht haben? Ob er wirklich glaubte, Vögel hätten Schweinsköpfe? Emilia griff nach einem Silberstift und verwandelte das kleine Monster in einen graziösen Schwan mit einem langen, eleganten Hals. Ihre Gedanken wanderten zu Jan. Das Gespräch des gestrigen Abends ging ihr noch einmal durch den Sinn. Er mochte sie, daran bestand kein Zweifel. Aber noch viel mehr liebte er seine Freiheit und die Tatsache, keine Verantwortung übernehmen zu müssen.

»Ist alles in Ordnung bei dir?«, fragte Katharina. »Gestern noch dachte ich, du wolltest die Welt vor lauter Freude umarmen, heute scheinst du von der Melancholie deines Vaters angesteckt worden zu sein.«

Emilia schüttelte bloß den Kopf. Sie wollte nicht reden. Plötzlich fiel ihr wieder ein, dass es heute Morgen völlig still in der Kammer ihres Vaters gewesen war. Nicht einmal ein Schnarchen oder Husten hatte sie hinter der verschlossenen Tür vernommen. Wann war er wohl von seinem Spaziergang nach Hause gekommen? Es musste vor ihrer nächtlichen Malstunde gewesen sein, sonst hätte sie ihn durch die Werkstatt gehen sehen.

»Hat Hannes Schütt deiner Schwester wieder zugesetzt, und hat sie all ihren Ärger an dir ausgelassen?«

»Nein, sie haben sich gar nicht mehr gesehen.«

»Fordern die Gläubiger deines Vaters ihre Schulden ein?«

»Nein, es ist alles gut. Ich habe eben Farbpigment beim Apotheker Grünspan gekauft.« Emilia verschwieg, dass es ihre letzten Münzen gewesen waren.

»Was ist es dann?«, wollte Katharina wissen. »Du siehst aus, als hätte es vierzehn Tage lang nur geregnet, dabei strahlt die Sonne, und ein weiterer herrlicher Sommertag liegt vor uns.«

Emilia schwieg weiter. Sie fühlte sich plötzlich so leer und hoffnungslos. Ein bisschen wie damals nach dem Tod ihrer Mutter.

»Hat es mit deinem Untermieter zu tun? Hat er dich verletzt?« Katharina richtete sich auf. Ihr Gesicht verfinsterte sich. »Das ging ja schnell. Dieser Lump!«

Emilia zuckte niedergeschlagen mit den Schultern. Hatte Jan sie verletzt? Sie konnte es gar nicht genau sagen, da sie nicht wusste, was sie sich erwartet hatte. Ach, es war so furchtbar kompliziert.

»Du musst mir alles erzählen«, sagte Katharina, aber noch bevor Emilia dazu ansetzen konnte, betraten zwei uniformierte Männer der Stadtwache die Werkstatt. Sie redeten kurz mit Kunigunde.

»Vielleicht holen sie jetzt Siegfried Löffelholz, weil er zur Abwechslung mal nicht seine Frau und deren Kinder, sondern einen Trinkkumpanen geschlagen hat. Stell dir vor, er wandert ins Gefängnis. Wäre das nicht großartig?«, raunte Katharina leise.

Doch Kunigunde deutete auf Emilia und nickte kaum merklich. Dann zuckte sie entschuldigend mit den Schultern. Offenbar hatte sie keine Ahnung, was die Männer von ihrer Bildwirkerin wollten. Emilias Herz blieb für einen Moment stehen. Was hatte das wieder zu bedeuten? Die Männer kamen direkt auf sie zu.

»Emilia Baumgart?«, fuhr der eine sie an, ein kleiner untersetzter Mann mit hochrotem Gesicht.

Emilia legte Stift und Entwurf zur Seite. »Ja, das bin ich.«

»Ich muss Euch bitten, mitzukommen.«

»Weshalb?«, fragte Emilia.

»Das werdet Ihr gleich erfahren.«

Emilias Gehirn arbeitete fieberhaft. Hatte noch jemand

sie beim nächtlichen Malen beobachtet? Sie hatte die Fensterläden zur Straße geschlossen gehalten. Niemand hatte sie sehen können. Dass sie eben den Entwurf nachbesserte, konnte ihr niemand krummnehmen. Es war leicht zu erklären, dass die Figuren an das Material des Teppichs angepasst werden mussten. Daran war nichts ungewöhnlich. Niemand musste erfahren, wie weit sie sich von der ursprünglichen Zeichnung entfernte.

»Muss ich jetzt sofort mitkommen?«, fragte sie nervös.

»Ja.«

Mit zitternden Händen schob Emilia den Hocker zurück und stand auf. Aus den Augenwinkeln nahm sie den besorgten Blick von Katharina und den anderen Frauen wahr. Sollte sie ihre Sachen zusammenpacken und mitnehmen? Oder würde sie nachher wieder hierher zurückkehren?

»Wie lange werde ich weg sein?«

»Nehmt lieber alles mit«, riet der Größere, der freundlicher war als der andere. Emilia hatte ihn schon öfter gesehen, kannte seinen Namen aber nicht. Es schien ihm unangenehm zu sein, sie aus der Arbeit reißen zu müssen.

»Macht Euch keine Sorgen, ich werde Euch die Zeit nicht vom Lohn abziehen«, versicherte Kunigunde. »Kommt zurück, so schnell es möglich ist.«

Emilia nickte nur. Dann folgte sie den Uniformierten.

»Warum sagt Ihr mir nicht, warum ich mitkommen muss?«

Der Kleinere der beiden starrte sie finster an, während der Große erklärte: »Wir sind verpflichtet, zu schweigen, aber bitte bereitet Euch auf böse Nachrichten vor.«

Emilia schluckte. Es wäre besser gewesen, er hätte nichts gesagt. Jetzt waren ihrer Fantasie Tür und Tor geöffnet. Bestimmt hatte jemand sie angezeigt. Emilia wurde übel.

Es war ein seltsames Gefühl, zwischen zwei bewaffneten, uniformierten Männern zum Rathaus eskortiert zu werden wie eine Verbrecherin. Emilia versuchte die neugierigen Blicke, die ihr von allen Seiten zugeworfen wurden, zu ignorieren. Schon wurde hinter der Hand getuschelt. Veronika Mahr trat aus ihrem Bäckerladen und starrte sie mit offenem Mund an. Innerhalb der nächsten halben Stunde würde wohl ganz Nürnberg darüber Bescheid wissen, dass Emilia Baumgart von den Wachen zum Rathaus geführt wurde. Zum Glück war heute wenigstens kein Markttag, bei dem es weitaus mehr Schaulustige gegeben hätte. Schlimm genug, dass die Bäckerin sie gesehen hatte.

Das Rathaus war ein großer Bau mit zwei Seitenflügeln. Im Erdgeschoss befanden sich Geschäftslokale, die allerdings den wohlhabendsten Kaufleuten vorbehalten waren. Als reicher Tuchhändler zählte Martin Schlager natürlich zu ihnen. Er stand im Eingang zu seinem Geschäft und musterte Emilia aus zusammengekniffenen Augen. Er schien weder entsetzt noch überrascht zu sein. Wusste er mehr als sie?

Im Keller des Rathauses befanden sich die Zellen des Stadtgefängnisses und die Folterkammer, wo man die Gefangenen zum Geständnis zwang, was zum Glück nur selten nötig war. Emilias Nervosität stieg, obwohl sie eigentlich wusste, dass sie sich nichts hatte zuschulden kommen lassen, was sie ins Verlies bringen könnte.

Erleichtert atmete sie aus, als man sie tatsächlich nicht in den Keller führte, sondern über eine breite Steintreppe in den ersten Stock, wo die Ratsstube lag. Hier tagte die Stadtregierung. Nebenan im Hauptgebäude des Rathauses war der Große Festsaal untergebracht, wo sich die Ratsherren zu offiziellen Anlässen und Gerichtssitzungen versammelten. Als Kind hatte Emilia einmal ihren Vater in den Saal begleiten dürfen, wo er als Mitarbeiter von Albrecht Dürers Werkstatt an dem imposanten Deckengemälde mitgewirkt hatte. Emilia konnte sich noch gut an jenen Nachmittag erinnern. Staunend hatte sie unter dem riesigen Kunstwerk gestanden und die Einzelheiten bewundert. Wie ein Schutzwall aus Schönheit und Grazie schien das Gemälde den Saal von allem Ungemach abzuschirmen, das von draußen drohte. Damals wie heute hatte sie sich nichts sehnlicher gewünscht, als eines Tages ähnlich schön malen zu dürfen. Seither war sie nicht mehr in dem Saal gewesen. Es hatte keinen Anlass dazu gegeben.

Doch in diesem Moment konnte Emilia sich nicht an den Kunstwerken erfreuen, die die Halle und den Gang schmückten. Sie hatte kein Auge für die kunstvollen Marmorfiguren, die Ölgemälde und die Reliefs an den Wänden, sondern nahm sie nur im Vorübergehen wahr.

Als die eisenbeschlagene, schwere Holztür zur Ratskammer sich öffnete, raste ihr Herz, und ihre Hände waren feucht. Zu ihrer großen Überraschung saß Barbara wie ein Häufchen Elend vor dem massiven Tisch, an dessen Kopfende drei Ratsherren und der Pfarrer von St. Sebald Platz genommen hatten. Emilia kannte sie alle. Früher, als ihr Vater noch nicht Opfer seiner Melancholie gewesen war, waren die Männer oft bei ihnen zu Gast gewesen: der Pelzhändler Maximilian Koch, der Goldschmied Werner Silberstiel und der Bankier Peter Zeisel. Als Barbara Emilia sah, sprang sie vom Sessel auf und lief auf sie zu. Der Streit der letzten Tage war vergessen. Sie stürzte sich in ihre Arme und weinte bitterlich. Barbaras schmaler Körper zitterte.

»Was ist passiert?«, fragte Emilia bestürzt. Eine böse Vorahnung beschlich sie. Wenn Barbara hier war, sollte dann nicht auch ihr Vater anwesend sein?

»Vater ist tot!«, stieß Barbara zwischen lauten Schluchzern hervor.

»Setzt Euch, Fräulein Emilia.« Der Bankier, ein Mann im Alter ihres Vaters, wies ihr einen der leeren Stühle zu.

Völlig benommen ließ sich Emilia nieder, ohne die eiskalten Hände ihrer Schwester loszulassen. Barbara setzte sich neben sie.

»Eure Schwester hat die traurige Nachricht ja schon übermittelt«, sagte Werner Silberstiel. Sein faltiges Gesicht war ernst und voller Mitleid. »Fischer haben Euren Vater heute Morgen aus der Pegnitz gezogen.«

Emilia konnte nicht glauben, was der Ratsherr eben gesagt hatte. Ihr Vater war doch in seiner Kammer gewesen. Wann hatte er das Haus verlassen? Sie war wie erstarrt.

»Bitte verzeiht, dass wir Euch in der Stunde der Trauer unangenehme Fragen stellen«, fuhr der Goldschmied fort.

»Leider scheint Euer Vater sich selbst ums Leben gebracht zu haben, was eine der schwersten Sünden darstellt.«

»Mein Vater wäre niemals freiwillig aus dem Leben geschieden«, sagte Emilia mit fester Stimme, obwohl sie spürte, wie die Tränen in der Kehle lauerten. »Er hing an seinem Leben. Er liebte meine Schwester und mich und wollte für uns da sein. Es muss sich um einen tragischen Unfall handeln.«

Emilia war bewusst, was ein Selbstmord für die Familie bedeutete. Ihrem Vater würde ein ordentliches Begräbnis verweigert werden, und sie müssten ihn vor der Stadtmauer verscharren wie einen Schwerverbrecher. Er würde keinen Grabstein erhalten und keine Segnung. Außerdem wäre ihr guter Ruf zerstört. Niemand würde mehr mit ihnen zu tun haben wollen, und im schlimmsten Fall würden Barbara und sie ihr Haus verlieren. Ab jetzt waren sie vom guten Willen der Ratsherren abhängig.

»Es heißt, dass er schwermütig war«, sagte der Bankier.

»Er trauerte um unsere Mutter«, erklärte Emilia. »Wärt Ihr nicht auch am Boden zerstört, würde Eure Frau vor Euch das Zeitliche segnen?«

Der Bankier hüstelte beschämt.

»Unser Vater war gebrechlich«, fuhr Emilia fort. »Er hatte wenig Appetit und aß zu wenig. Hin und wieder erlitt er Schwächeanfälle. Bestimmt ist er ausgerutscht, hat den Halt verloren und ist dann von einer der Brücken in die Pegnitz gefallen.« Ihre Augen wurden feucht. Sie wollte in Anwesenheit der Ratsherren nicht weinen, doch die Tränen suchten sich erbarmungslos ihren Weg. »Es ist so schrecklich, ich will es mir gar nicht vorstellen«, sagte sie schniefend. »Er ist ertrunken. Was für ein grausamer Tod.«

»Was hatte Euer Vater zu so später Stunde noch am Fluss zu suchen?«, wollte der Pfarrer misstrauisch wissen.

»Er schlief schlecht. Manchmal lag er die ganze Nacht über wach«, antwortete Emilia. »Kann es ihm jemand verdenken? Große Sorgen lasteten auf seinen Schultern. Er hatte zwei Töchter, die es zu verheiraten galt.«

»Er hat seit Monaten das Haus nur noch zum Kirchgang verlassen. Er hat sich der Melancholie hingegeben. Ein lebensmüder Mann, der nachts an der Pegnitz entlanggeht, kann nur ein Ziel haben«, brummte der Pfarrer. Er war einer jener Gottesmänner, die sich rasch mit dem neuen Glauben hatten anfreunden können. Es hieß, er sei ein Wendehals, ohne Rückgrat und Überzeugung. Sollten morgen wieder die Katholiken predigen, würde er nicht zögern und Maria als Muttergottes verehren.

»Pfarrer Kalmbach, so lasst doch die beiden Frauen aussprechen«, bat der Pelzhändler ruhig. »Ihr seht doch, dass die beiden außer sich sind vor Trauer.« Er wandte sich an Emilia und schaute sie freundlich an. »Ihr schwört also vor Gott und auf unsere Heilige Schrift, dass Euer Vater sich niemals das Leben nehmen wollte?«

»Auf die Bibel, auf Gott und auf alles, was mir heilig ist«, sagte Emilia ernst. »Mein Vater wollte leben.«

Maximilian Koch wandte sich an Barbara und stellte ihr dieselbe Frage.

Emilia drückte ihre Hand. Wenn Barbara jetzt nicht log, dann waren sie verloren. Aber ohne Zögern schwor auch

Barbara auf die Bibel, auf Gott und auf alles, was ihr heilig war.

»Niemals hätte mein Vater sich freiwillig das Leben genommen. Er wollte noch viele Jahre für uns da sein«, beteuerte sie.

»Dann wollen wir Euch glauben«, sagte der Pelzhändler. »Niemand kennt Euren Vater besser als Ihr.« Er stand auf und ging humpelnd zum Fenster. Er litt an einer alten Verletzung, die nie ganz ausgeheilt war.

»Wenn Ihr uns angelogen habt, werdet Ihr Euch eines Tages vor Gott verantworten müssen«, wetterte Pfarrer Kalmbach. »Der Herr sieht alles.«

Emilias Zittern ließ nach. Der geifernde Mann machte sie wütend. »Es gibt nichts, wovor wir uns fürchten müssten.« Sie drückte erneut Barbaras Hand. »Wo finden wir unseren Vater? Wir wollen uns von ihm verabschieden.«

»Wir haben seinen Leichnam in einen Sarg vor den Friedhof gelegt.«

»Ich will, dass er im Totenhaus von St. Sebald aufgebahrt wird, wie es allen ehrbaren Patriziern dieser Stadt zusteht«, forderte Emilia. »Die Totenfrauen sollen ihn waschen und ordentlich anziehen, damit wir uns standesgemäß von ihm verabschieden können.«

»Wir werden es sofort veranlassen«, versprach Maximilian Koch.

Der Pfarrer runzelte verärgert die Stirn. Er war mit dem Verlauf des Gesprächs alles andere als zufrieden. Noch vor ein paar Jahren hätte er eigenmächtig entscheiden können, wie mit einem Selbstmörder zu verfahren war. Mit Sicherheit hätte er dem Maler Walter Baumgart ein ordentliches Begräbnis verweigert. Seit der Innere Rat sich jedoch für den neuen Glauben entschieden hatte, war die Vormachtstellung der Kirche in Nürnberg Geschichte. Pfarrer hatten dieselben Rechte und Pflichten wie alle anderen Bürger und hatten sich der weltlichen Gerichtsbarkeit zu fügen. Wenn die Ratsherren befanden, dass es sich nicht um Selbstmord handelte, dann konnte Pfarrer Kalmbach dem Maler ein ordentliches Begräbnis nicht verwehren.

Emilia hatte den dringenden Wunsch, das Rathaus so schnell wie möglich zu verlassen. Sie brauchte frische Luft. Das alles fühlte sich so unwirklich an, wie in einem schlimmen Traum. Schwankend stand sie auf. »Bitte entschuldigt mich und meine Schwester. Wir würden uns gerne zurückziehen.«

»Selbstverständlich.« Werner Silberstiel nickte nachsichtig. Vielleicht war ihm gerade eingefallen, dass er kürzlich den Auftrag für einen Ring entgegengenommen hatte, der für sie bestimmt war. »Mein allerherzlichstes Beileid.« Er wollte es sich mit der zukünftigen Frau des reichsten Tuchhändlers der Stadt nicht verscherzen.

Noch bevor sie die Tür erreichten, hielt der Bankier sie zurück. »Sobald Ihr Euch gefasst habt, muss ich in einer sehr dringlichen Angelegenheit mit Euch sprechen.« Peter Zeisel war ein zierlicher Mann mit schütterem grauen Haar, das ihm bis über die Schultern reichte. Seine Nase war viel zu breit für sein Gesicht. »Es tut mir sehr leid, doch die Angelegenheit duldet keinen Aufschub.«

Emilia war stehen geblieben und drehte sich zu dem

Bankier um. »Dann sprecht bitte gleich«, forderte sie ungehalten.

»Euch ist bestimmt bekannt, dass Euer Vater Schulden bei mir hatte. Er wollte sie nächste Woche begleichen. Gerne kann ich eine Ausnahme machen und länger auf den längst ausständigen Betrag warten. Aber in diesem Fall müsste ich höhere Zinsen berechnen.«

Emilia hatte nichts von den Schulden ihres Vaters gewusst. Ihr wurde übel.

»Wie hoch ist die Summe?«, fragte sie tonlos.

»Zwanzig Gulden.«

Das war genau der Betrag, den sie für das Porträt von Frau Pöltl bekommen würde. Vielleicht hatte ihr Vater damit die Schulden zurückzahlen wollen. Sie schluckte tapfer die bösen Worte hinunter, die ihr auf der Zunge lagen. Wie konnte der Mann so gefühlskalt sein und sie jetzt mit finanziellen Forderungen belasten?

»Werdet Ihr in der Lage sein, die Summe zu begleichen?« Zeisels Miene war berechnend.

»Ja.«

Überrascht hob der Bankier seine schmalen Augenbrauen. »Das freut mich, zu hören«, meinte er. Emilia erinnerte sich daran, was Veronika Mahr ihr erzählt hatte. Angeblich war der Bankier seit Monaten auf der Suche nach einem passenden Haus für seinen Sohn. Vielleicht hatte er auf das von Emilia und Barbara gehofft. Zwei unverheiratete, junge Frauen mit Schulden kamen ihm wohl gerade recht.

Ohne ein Wort des Abschieds drehte Emilia sich um und

lief die Treppe hinunter. Barbara folgte ihr schluchzend und schniefend.

Schon wieder stand Martin Schlager mit verschränkten Armen vor seinem Geschäft und sah zu ihnen herüber. Kein Wort des Beileids kam ihm über die Lippen, obwohl er mit Sicherheit wusste, was los war. Er musterte sie, so als müsse er sein Angebot neu überdenken. Emilia kam sich vor wie ein Stück Ware, an dem er einen Makel entdeckt hatte. Sie wandte sich ab und eilte davon.

Auf dem Heimweg ließ sie ihren Gefühlen freien Lauf und weinte den ganzen Weg. Im Innenhof setzte sie sich auf die Holzbank an der Hausmauer. Jan war bereits am Morgen nach Bamberg aufgebrochen und wollte über Nacht wegbleiben. Wie schön wäre es, wenn er sie jetzt in den Arm nehmen und trösten würde. Aber beides war nach ihrem letzten Gespräch zum Wunschdenken geworden. Emilia fühlte sich noch elender.

Stattdessen ließ Barbara sich neben ihr nieder und schloss Emilia in die Arme. Noch nie hatte Emilia sich trotz der körperlichen Nähe zu ihrer Schwester so einsam gefühlt wie in diesem Moment. Wie hatte ihr Vater ihnen das antun können? Sie und Barbara waren auf sich gestellt, ohne Geld und ohne konkrete Pläne für die Zukunft. Hatte er sie so wenig geliebt?

Schweigend verharrten die beiden Schwestern Arm in Arm, bis die Sonne schließlich unterging und sie das Gefühl hatten, keine Tränen mehr zu haben, die sie hätten vergießen können.

Erst dann standen sie auf und gingen ihren gewohnten

Tätigkeiten nach. Barbara machte sich ans Kochen, und Emilia ging in die Werkstatt. Es galt, das Porträt von Frau Pöltl so rasch wie möglich fertigzustellen.

12

Da Jan in Bamberg übernachtete, hatte Emilia die Werkstatt für sich allein. Sie arbeitete die ganze Nacht durch. Beim Malen verlor sie jedes Gefühl für Raum und Zeit. Die Trauer rückte in den Hintergrund, und für ein paar Stunden lasteten die Sorgen nicht auf ihren Schultern. Im Schein der Honigkerzen mischte sie Farben an und verrührte sie zu einer sämigen Paste. Sie trug Schicht für Schicht die Ölfarbe auf die Leinwand auf. Mit jedem Pinselstrich, den sie setzte, wurden der Faltenwurf des Kleides plastischer, die Spitze des Kragens präziser und die Augenpartien der Frau des Ratsherrn lebendiger. Immer wieder trat Emilia einen Schritt zurück. Sie schloss die Augen und versuchte sich das Gesicht von Frau Pöltl ins Gedächtnis zu rufen. Als sie sie wieder öffnete, korrigierte und verbesserte sie so lange, bis sie den Eindruck hatte, der Frau mit ihrem Bild gerecht zu werden. Das Malen glich einem Rausch, dem sie sich hingab. Ein Gefühl der Schwerelosigkeit, in dem nur noch eines zählte: das Kunstwerk und das Streben nach Perfektion. Als sie den letzten Farbtupfer setzte, war sie mit ihrem Werk zufrieden.

Die ersten Vögel kündigten den Sonnenaufgang an. Müde reinigte Emilia Pinsel und Farbpalette. Mit dunklen Ringen unter den Augen taumelte sie in die Küche. Ihre Schürze und die Hände waren voller Farbflecken.

»Emilia!« Ihre Schwester war schon aufgestanden. Auch sie sah aus, als hätte sie die Nacht kein Auge zugetan. Sie zeigte auf das Dunkelgrün unter Emilias Fingernägeln. »Du musst das abwaschen!«

Emilia schrubbte die Farbe mit einer Bürste weg.

»Hast du schon Kleidung für Vaters Aufbahrung zusammengelegt?«, fragte sie. »Er soll in seinem besten Sonntagsstaat vor unseren Herrn treten.«

»Ich schaffe es einfach nicht. Ich kann seine Kammer nicht betreten«, schniefte Barbara. »Alles riecht nach ihm. Es ist, als würde er noch leben, und in Wirklichkeit ist er ...« Sie konnte das Wort nicht aussprechen. Auch nach dem Tod ihrer Mutter hatte Barbara es monatelang nicht fertiggebracht, die Gegenstände zu berühren, die Gertrud Baumgart gehört hatten. Was schwierig gewesen war, da Barbara für die Küche und den Haushalt zuständig war. Erst nach und nach war es ihr gelungen, mit dem Verlust umzugehen und den Tod anzunehmen.

»In Ordnung.« Emilia seufzte und legte ihrer Schwester tröstend die Hand auf die Schulter. »Ich hole Vaters Sonntagskleidung.« Sie ging über den Innenhof, erklomm die Stufen in den ersten Stock und betrat die elterliche Kammer. Barbara hatte recht. Es roch nach ihrem Vater. Der Duft der Seife, die er benutzt hatte, hing noch in der Luft. Emilias Kehle schnürte sich zusammen. Er hatte sein Bett ordentlich

166

gemacht, die Decken akkurat zusammengelegt und den kleinen Schreibtisch aufgeräumt. Ein Skizzenbuch, ein Fass Tinte und ein Federkiel lagen daneben. Emilia trat zum Tisch. Mit den Fingerkuppen strich sie liebevoll über das Deckblatt des Skizzenbuchs. Tränen kullerten über ihre Wangen und fielen auf das Buch. Sofort wischte Emilia sie weg.

Sie öffnete das Buch, das ihr so vertraut war. Hier hatte ihr Vater seine Entwürfe für Bilder festgehalten. Früher war es voller Ideen gewesen, Menschen, Tiere, Fabelwesen, in den letzten Jahren waren die Seiten jedoch immer öfter leer geblieben. Ein Briefkuvert steckte zwischen den Seiten. *Für meine Tochter Emilia* stand darauf.

Er hatte ihr einen Brief geschrieben, stellte sie erstaunt fest. Schon immer hatte sie seine Handschrift bewundert. Niemand schrieb so graziös und gleichzeitig gestochen gleichmäßig wie ihr Vater. Die Buchstaben waren nach rechts geneigt und mit kleinen, fröhlichen Schlaufen versehen. Mit zitternden Händen öffnete Emilia den Umschlag und entfaltete das kostbare Papier. Sie fing an zu lesen.

Liebste Emilia. Sie musste innehalten. Es war, als hörte sie die brüchige, schwache Stimme ihres Vaters. In Gedanken saß er neben ihr auf dem Bett und sah sie aus traurigen Augen an.

Ich wende mich an Dich, da Du meinen Schritt eher verstehen wirst als Barbara. Du hast das Herz einer Künstlerin und weißt, wie intensiv es zu lieben vermag und zu welch tiefer Trauer es imstande ist. Der Schmerz ist unerträglich gewor-

den. Ich habe das Gefühl, in einem tiefen, dunklen Brunnen-schacht zu sitzen, aus dem ich nicht wieder herauskomme. Anfangs war da noch ein kleiner Lichtschimmer, doch auch der ist nun verschwunden, und rund um mich ist nur noch Dunkelheit. Ich liebe Dich und Deine Schwester. Das Wissen, dass ich Euch nicht der Vater sein kann, der ich gerne wäre, schmerzt mich zutiefst. Bitte verzeih mir. Wenn Gott gnädig ist, wovon ich überzeugt bin, wird er mir vergeben. Dann werde ich im Licht auf Euch warten. Arm in Arm mit meiner geliebten Gertrud, Eurer wunderbaren Mutter.

Emilia legte den Brief zur Seite. Sie unterdrückte den Impuls, das Papier zu zerknüllen und wütend gegen die Wand zu werfen. Wie konnte ihr Vater sie im Stich lassen? Wenn er sie so liebte, hätte er bei ihnen bleiben sollen. Als vor fünf Jahren ihre Mutter ihre Augen für immer geschlossen hatte, war Emilias Trauer schier grenzenlos gewesen. Doch sie hatte verstehen können, dass Gertrud Baumgart schließlich die Kraft ausgegangen war. Monatelang hatte sie gegen eine heimtückische Krankheit gekämpft, die sie schließlich von innen heraus aufgefressen hatte, wie ein tollwütiges Tier. Jeden Tag war ihre Mutter schwächer geworden, bis sie schließlich nicht einmal einen Löffel Suppe hatte essen können. Als sie schließlich eingeschlafen war, hatte es sich auch für Emilia wie eine Erleichterung angefühlt. Doch was sie jetzt spürte, war eine Mischung aus Wut, Unverständnis und Enttäuschung.

Sie schloss die Augen und wartete, bis ihr Herz wieder ruhiger schlug. Sie musste versuchen, klar zu denken. Barbara durfte das Schreiben niemals finden. Niemand durfte es jemals sehen. Emilia faltete den Brief zusammen und steckte ihn in ihren bestickten Beutel. Dann suchte sie die Sonntagskleidung ihres Vaters zusammen.

Mit schwerem Herzen holte sie das weiße Hemd aus dem Schrank, das ihm in den letzten Monaten so weit geworden war, dazu das dunkle Wams und die Hose. Alles roch nach ihrem Vater. Wenn sie es gegen ihre Nase drückte, war es, als wäre er noch hier.

»Warum?«, flüsterte sie unter Tränen. »Du sprichst von Liebe, aber die hast du wohl nur für Mutter empfunden.« Ihre Stimme ging in den eigenen Tränen unter. Sie stand auf. Die anderen Habseligkeiten würde sie später durchschauen. Im Moment fühlte sie sich nicht stark genug.

Mit der Kleidung unter dem Arm ging Emilia zurück in die Küche. Barbara war im Innenhof damit beschäftigt, die beiden Hühner zu füttern, die in einem Käfig neben der Küche untergebracht waren und seit Jahren zuverlässig Eier lieferten. Hastig zog Emilia den Brief aus ihrem Beutel hervor, riss das Papier in kleine Schnipsel, öffnete das gusseiserne Türchen des gemauerten Ofens und stopfte sie hinein. Sofort griffen die Flammen danach. Emilia sah zu, wie die Schnipsel sich kringelten, dunkel färbten und zu Asche verfielen. Einen Moment lang starrte Emilia in die Flammen. Dann schloss sie das Türchen. Als sie sich wieder erhob, stand Barbara hinter ihr.

»Was hast du eben verbrannt?«

»Eine von Vaters Skizzen zu Frau Pöltls Porträt.« Emilia log, ohne mit der Wimper zu zucken. Erschreckend, wie leicht ihr das inzwischen fiel. »Ich will nicht, dass jemand auf die Idee kommt, ich hätte das Bild gemalt.«

»Willst du es wirklich verkaufen?« Barbara sah sie stirnrunzelnd an.

»Selbstverständlich!«, sagte Emilia. »Wir brauchen das Geld dringender denn je.«

»Was ist mit Martin Schlagers ...«

»Nicht jetzt, Barbara!« Unsanft schnitt Emilia ihrer Schwester das Wort ab. Zu ihrer großen Überraschung ließ Barbara es dabei bewenden.

»Gib mir Vaters Kleidung«, sagte sie leise. »Ich bringe sie zu den Totenfrauen. Vielleicht können wir uns schon heute Abend von Vater verabschieden.«

»Danke.«

Emilia nahm auf ihrem Weg in die Werkstatt nichts von ihrer Umgebung wahr. Es war, als hätte man sie in eine Schicht Daunen gepackt, unter der Geräusche und Licht sie nur gedämpft erreichten. Ihre Füße bewegten sich wie von allein.

Durch das Haupttor betrat sie Kunigundes Werkstatt. Katharina stand am Brunnen und erwartete sie. »Was war los? Ich habe mir so große Sorgen gemacht!«

Emilia erzählte ihr vom Tod ihres Vaters, verschwieg aber auch Katharina den Brief, den sie verbrannt hatte. Zu groß war die Scham darüber, dass ihr Vater sich das Leben genommen hatte.

»Das ist ja schrecklich. Du Arme!« Mitfühlend schloss Katharina sie in die Arme und drückte sie an sich. Die Nähe der Freundin tat Emilia gut.

»Wie soll es jetzt nur weitergehen?«, fragte Emilia ratlos.

»Es wird sich alles fügen«, versicherte Katharina. »Es gibt immer irgendeinen Weg. Zuerst musst du das Begräbnis hinter dich bringen. Dann kannst du weitersehen. Und denk daran, ich bin immer für dich da.«

»Vielen Dank.«

Kurz überlegte Emilia, ob sie Katharina nicht doch die Wahrheit sagen sollte. Aber was wäre dadurch gewonnen?

Benommen ging sie zu ihrem Arbeitsplatz. Das Weben würde ihr für einen Augenblick das Gefühl von Alltag geben. Als sie sah, dass Kunigunde Emilias elegante Schwäne in die Vorlage im Webrahmen eingebaut hatte, blitzte für einen Moment ein winziges Glücksgefühl in Emilia auf. Gerade suchte sie nach den passenden Farbtönen und wickelte entsprechendes Garn auf kleine Holzschiffchen, da legte sich ein Schatten über ihre Hände. Siegfried Löffelholz stand breitbeinig vor ihr. Sein Gesicht hatte sich in eine Fratze der Boshaftigkeit verwandelt.

»So, so, die Tochter des Selbstmörders will sich an meinen Webstuhl setzen.«

Emilia zuckte unter seinen Worten zusammen. Woher wusste er Bescheid? Hatte einer der Ratsherren mit ihm gesprochen? Löffelholz war ein Ratsherr, aber kein Mitglied des Inneren Rats.

»Mein Vater hatte einen Unfall«, sagte sie leise. »Bitte tretet zur Seite, Ihr steht mir im Licht. Ich kann so nicht arbeiten.«

»Ihr werdet hier gar nichts mehr tun. In meiner Werkstatt dulde ich nur Frauen mit tadellosem Ruf. Töchter von Sündern sind unerwünscht.«

»Mein Vater hatte einen Unfall«, wiederholte Emilia.

»Ich glaube Euch kein Wort.« Er zeigte zum Eingang. »Und jetzt raus hier!«

»Ihr setzt mich auf die Straße? Wovon sollen meine Schwester und ich leben, wenn ich kein Einkommen habe?«

»Schaut Euch in den Badehäusern um oder im Frauenhaus am Kornmarkt. Vielleicht findet Ihr Arbeit als Käufliche.« Er schob sein Becken nach vorne und sah sie mit gierigen Augen an, so als könnte er es kaum erwarten, einer ihrer ersten Kunden zu werden.

Emilia hatte das Gefühl, als würde er sie mit Blicken ausziehen. Schützend verschränkte sie die Arme vor der Brust.

»Ich will mit Eurer Frau sprechen.« Die Worte kosteten sie all ihre Kraft. Wo war Kunigunde nur? Sie war doch sonst immer hier.

»Habt Ihr mich nicht gehört? Ihr seid entlassen. Verschwindet, und zwar auf der Stelle! Raus hier!« Seine Stimme donnerte durch die Werkstatt.

Philippa und Reingard duckten sich vor Schreck und zogen die Köpfe ein.

Katharina hingegen stand auf und wagte es, dem wütenden Mann zu widersprechen.

»Ihr könnt Emilia nicht entlassen«, sagte sie tapfer. »Ohne ihre Hilfe wird die Tapisserie niemals fertig. Es fehlen uns jetzt schon mindestens zwei Bildwirkerinnen. Wir sind zu wenige, um die Tapisserie rechtzeitig fertigzustellen.«

Auch Regine erhob sich und trat näher: »Wir müssen Änderungen an der Vorlage vornehmen. Und diese Kunst beherrscht nur Emilia.«

»Welche Änderungen? Wovon redest du?« Er starrte eine Frau nach der anderen an. »Es werden keinerlei Änderungen vorgenommen. Schon gar nicht von einem Weib. Das Bild meines Schwagers wird genau so gewebt, wie er es vorgesehen hat.«

Sein glänzendes Gesicht war dunkelrot, in seinen Augen loderte die Wut. Woher kam dieser Hass? Unmöglich konnten Emilia und Katharina ihn ausgelöst haben.

»Wenn Ihr Emilia auf die Straße setzt, dann gehe ich auch«, sagte Katharina und legte den Arm um Emilias Schultern, um ihre Entschlossenheit zu demonstrieren.

»Was?« Die Frage kam von Philippa. »Wer soll dann die Teppiche weben?«

»Verschwindet beide. Auf der Stelle. Ich will Euch nie wieder in meiner Werkstatt sehen!«, brüllte Siegfried Löffelholz und spuckte Emilia an. »Und wagt Euch nicht einmal in die Nähe. Sobald ich Euch sehe, hetze ich die Hunde auf Euch.«

Emilia wischte sich den Speichel aus dem Gesicht und sah Katharina verständnislos an. Ihre Freundin brauchte das Geld doch genauso dringend wie sie. Doch Katharina wirkte völlig ruhig. Sie holte ihren Korb und ihr Tuch, hakte sich bei Emilia unter und zog sie mit sich. Erhobenen Hauptes verließen die beiden die Werkstatt.

Schweigend gingen sie durch die Gassen, und erst als sie die Brücke erreicht hatten, die über die Pegnitz führte, blieben sie stehen. Sie stützten sich aufs hölzerne Geländer und schauten aufs Wasser hinunter.

»Katharina! Hast du dir das wirklich gut überlegt?«, fragte Emilia leise.

»Nein, natürlich nicht.«

»Jetzt haben wir beide keine Arbeit und kein Einkommen mehr.«

Katharina zuckte mit den Schultern. »Kunigunde wird uns zurückholen«, meinte sie. »Es bleibt ihr gar nichts anderes übrig. Ohne unsere Hilfe kann sie die Aufträge niemals abarbeiten. Wenn wir zu zweit gehen, können wir mehr bewegen. Und die Tapisserie fürs Rathaus wird ohne dich niemals was. Du hast zwar die fliegenden Schweine verändert, aber das reicht noch lange nicht aus, um einen hübschen Wandteppich zu weben.«

»Ich hoffe so sehr, dass du recht hast«, meinte Emilia nachdenklich.

»Das hoffe ich auch!« Katharina zog ihre Freundin zu sich und drückte ihr einen Kuss auf die Wange. »Alles wird gut. Es muss einfach gut werden. Alles andere wäre nicht gerecht.«

»Es gibt keine Gerechtigkeit.«

»Vielleicht ja doch!«

Emilia wünschte, sie könnte die Zuversicht der Freundin teilen. »Was wirst du tun, wenn Kunigunde nicht auf uns zukommt?«

»Dann werde ich wieder Spitzen klöppeln. Brunhilde Walter wird erfreut sein, wenn ich in ihre Werkstatt zurückkehre. Bestimmt hat sie auch für dich einen Platz.«

Katharinas zuversichtliche Sicht auf das Leben tat Emilia gut. Vielleicht hatte die Freundin recht. Emilia hatte Fähigkeiten, die sie nutzen konnte. Sie musste sich von der Vorstellung befreien, von Kunigunde abhängig zu sein. Dabei blickte sie aufs Wasser. Die regelmäßigen Wellen beruhigten ihren Herzschlag. Sie atmete tief und hörbar aus.

»Besser?«, fragte Katharina.

»Ein bisschen«, meinte Emilia.

»Sehr gut. Und jetzt lass uns Rosinenbrötchen erstehen. Süßes hilft einfach immer.«

»Aber nicht bei Veronika Mahr. Die Vorstellung, dass sie uns ausfragt, ist mir unerträglich.«

Katharina lachte. »Um Himmels willen. Natürlich nicht. Zum Glück gibt es auch Bäcker in der Stadt, die weniger geschwätzig sind.«

Sie überquerten die Pegnitz.

»Denkst du, dass ich ohne Ehemann mein Leben bewältigen kann?«, fragte Emilia. »So wie du?«

Statt zu antworten, biss sich Katharina auf die Lippen.

»Du glaubst es nicht«, sagte Emilia niedergeschlagen.

»Ich fürchte, dass die Menschen es dir schwer machen werden. Solange dein Vater lebte, war es einfacher. Du konntest sagen, dass du dich um ihn kümmern musst. Aber so wird es sowohl für dich als auch für Barbara schwierig. Ich kenne nur Frauen, die ihre Körper verkaufen oder ins Kloster gehen, die nie verheiratet waren. Aber vielleicht bist du die erste, die weder das eine noch das andere machen wird.«

»Du brauchst auch keinen Ehemann«, sagte Emilia.

»Wir wissen beide, dass es nicht darum geht, was wir Frauen brauchen«, entgegnete Katharina.

»Das heißt, ich muss erst mal einen Mann überleben, um frei sein zu dürfen. Das ist doch völlig absurd.«

»Stimmt«, sagte Katharina niedergeschlagen. »Und ungerecht obendrein.«

»Ich brauche nicht nur ein Rosinenbrötchen, sondern einen ganzen Korb voll.«

»Das lässt sich machen. Komm.« Mit einem traurigen Lächeln zog Katharina die Freundin mit sich.

Als Emilia nach Hause kam, hatte sie zwar ein Rosinenbrötchen gegessen, doch sie war immer noch niedergeschlagen. Sie überlegte, wie sie ihrer Schwester beichten sollte, dass sie ihre Anstellung verloren hatte. In Zukunft würde auch der mickrige Lohn aus der Werkstatt wegfallen.

Zu ihrer Überraschung erwartete Jan sie im Innenhof. Er saß auf der Holzbank neben dem Kräuterbeet. Sobald er Emilia erblickte, sprang er auf. Sein blondes Haar hing ihm in die gebräunte Stirn. Er sah sie mitfühlend an.

»Barbara hat mir alles erzählt. Es tut mir so unendlich leid.« Er nahm sie in den Arm, und sie ließ es geschehen. Als sie seine Nähe spürte, traten ihr die Tränen in die Augen. Sie weinte still und benetzte sein Hemd mit ihren Tränen. Jan streichelte ihr zärtlich durchs Haar. So verharrten sie eine Weile. Seine Umarmung tat ihr gut, aber was half es, wenn er schon in ein paar Wochen Nürnberg wieder verlassen wollte? Er würde in eine neue Stadt aufbrechen und dort einer anderen Frau seine Zuneigung schenken.

Emilia löste sich aus seinen Armen und trat einen Schritt zurück. Sie brauchte keine Umarmung, die ihr nur ein paar Minuten Trost spendete. Nein, sie musste ihr Leben neu ordnen und das finanzielle Durcheinander, das ihr Vater hinterlassen hatte, für sie und Barbara regeln.

»Danke«, sagte sie reserviert und trocknete ihre Tränen.

»Wie kann ich dir und deiner Schwester helfen?«

»Indem du deine Miete fristgerecht bezahlst.«

»Natürlich. Kann ich denn sonst nichts für euch tun?« Er klang ein wenig gekränkt.

»Was stellst du dir vor? Wie sollst du mir schon helfen?«, fragte sie vorwurfsvoll. »Du hast mir kürzlich gesagt, was du vom Leben erwartest und wie du es zu gestalten gedenkst. Dabei spielen weder eine Frau noch Nürnberg eine Rolle.«

Emilia wünschte sich, er würde ihr widersprechen. Aber tief in ihrem Inneren wusste sie, dass er sie enttäuschen würde.

Jan schwieg.

Sie konnte ihn verstehen, schließlich kannten sie sich noch viel zu kurz, um gemeinsame Pläne zu schmieden. Aber sie brauchte jemanden, der ihr zur Seite stand und auf den sie sich verlassen konnte. Einen Menschen wie Katharina.

»Ich könnte dir beim Fertigstellen des Gemäldes helfen«, schlug Jan schließlich vor.

Sollte das ein Scherz sein? Das Porträt war bereits fertig, und es war gut geworden.

»Danke, aber das ist nicht nötig.« Sie kehrte ihm den Rücken zu und ging zur Küche. Wann hatte sie sich zuletzt so hoffnungslos gefühlt? Erschöpft ließ sie sich auf einem Stuhl in der Küche nieder, legte das Gesicht in die Hände und schloss die Augen. Mit einem Mal überfiel sie eine bleierne Müdigkeit. Die vielen durchgearbeiteten Nächte rächten sich. Morgen würden Barbara und sie von ihrem Vater Abschied nehmen. Danach würden sie ihn auf dem Friedhof neben ihrer Mutter beisetzen lassen, was erneut mit Ausgaben verbunden war. Geld, das sie nicht hatten.

Selbst wenn sie das Gemälde an Ferdinand Pöltl verkauft hatte, würde es nur die Schulden decken. Wenn Kunigunde sie nicht zurückholte, würde sie ab morgen keinen Verdienst mehr haben. Sie konnte auch keine Gemälde mehr malen und verkaufen, da ihr Vater tot war.

Vielleicht war es wirklich das Beste, sie verkauften das Haus. Ihr Leben war mit einem Schlag trostlos geworden. War es das, was ihr Vater empfunden hatte? Diese bodenlose Dunkelheit?

13

Die Totenfrauen hatten ihr Bestes gegeben. Trotzdem sah Walter Baumgarts Leichnam fürchterlich entstellt aus. Emilia konnte in dem vom Wasser aufgedunsenen Körper ihren Vater kaum noch erkennen. Zurückgeblieben war nichts als eine leblose Hülle.

Barbara verabschiedete sich schnell von ihrem Vater. In nur wenigen Minuten sagte sie Lebwohl und verließ dann fluchtartig die dunkle Kapelle. Emilia brauchte länger. Sie setzte sich auf einen kleinen Holzschemel, rückte ihn ganz nah zu ihrem Vater und sprach in Gedanken mit ihm. Jeder Satz war eine Frage, die mit »Warum?« begann. Es war bitter, dass sie auf keine von ihnen jemals eine Antwort erhalten würde. Wie war es möglich, dass ein Mann, der behauptete, sie und ihre Schwester zu lieben, sie einfach im Stich ließ? Wie musste er sich gefühlt haben, dass er glaubte, es gäbe keinen anderen Ausweg als das eigene Ende? Dieses tiefe, dunkle Tal, von dem er gesprochen hatte? Wie war es wohl gewesen, darin festzustecken? Emilia fröstelte.

Nach einer Stunde kehrte Barbara zu ihr zurück. Wortlos half sie Emilia auf die Beine. Es war längst alles gesagt.

Ein letztes Mal strich Emilia ihrem Vater über die bleiche Wange. Dann ließ sie sich von Barbara nach draußen ziehen. Mit ein paar ihrer letzten Münzen bezahlte sie die Totenfrauen. Sie brauchte noch Geld für die Totengräber und den Pfarrer. Als sie wieder im Sonnenlicht waren, fand Barbara ihre Worte wieder.

»Ich frage mich die ganze Zeit, was Vater zu so später Stunde noch an der Pegnitz gesucht hat.«

»Bestimmt konnte er nicht schlafen, das war alles«, antwortete Emilia. »Denk nicht mehr darüber nach, es schmerzt bloß und bringt uns keinen Schritt weiter.«

Barbara setzte zu einer Erwiderung an, dann ließ sie es bleiben und nickte nur stumm.

»Ich werde heute Abend das Porträt von Frau Pöltl abgeben. Noch glaubt man uns, dass Vater es fertig gemalt hat, bevor er starb.« Sie liefen über den Hauptplatz, vorbei am Brunnen, wo Kinder spielten.

Mit einem Mal wirkte Barbara verlegen. Beschämt schaute sie auf den Boden. »Es gibt da etwas, das ich dir sagen muss ... Es geht um Elisabeth ...«

Emilia blieb stehen, ergriff die Hände ihrer Schwester und sah sie ernst an. »Mach dir keine Gedanken über die bösen Worte, die in den letzten Wochen zwischen uns gefallen sind«, sagte sie. »Wir sind Schwestern, wir halten zusammen, und wir haben uns lieb. Gemeinsam werden wir eine Lösung für alle Schwierigkeiten finden.«

»Es sind nicht nur die bösen Worte.« Barbaras Augen füllten sich mit Tränen. »Ich habe dich immer lieb gehabt, und trotzdem habe ich ...«

»Psst!« Emilia legte ihren Finger auf Barbaras Lippen. »Alles vergeben und vergessen. Komm, lass uns nach Hause gehen.« Es war nicht der passende Zeitpunkt für große Entschuldigungen. Im Moment standen so viele andere Schwierigkeiten an. So viel musste geregelt werden. Für klärende Gespräche war später Zeit.

Als sie in die enge Gasse einbogen, kam ihnen ein groß gewachsener, dürrer Mann mit pelzverbrämten Mantel entgegen. Emilia erkannte ihn sofort. Gerne wäre sie Martin Schlager ausgewichen, aber er hatte sie bereits entdeckt und kam direkt auf sie zu. Wie immer lächelte er, doch die nach oben gezogenen Mundwinkel wirkten wie eine leere Grimasse.

»Emilia Baumgart, Barbara Baumgart, lasst mich Euch mein tiefes Beileid aussprechen.« Er verbeugte sich vor ihnen.

»Vielen Dank«, sagte Barbara.

»Ich habe von den bösen Gerüchten über den Tod Eures Vaters gehört und bin erleichtert, dass sich nichts davon bewahrheitet hat.«

»Unser Vater starb bei einem tragischen Unfall«, erklärte Barbara.

»Ich bin darüber unsagbar betrübt.«

Emilia glaubte ihm kein Wort.

Barbaras Traurigkeit wich einer Nervosität. Sie blinzelte Martin Schlager an. »Dürfen wir Euch eine Erfrischung in unserem bescheidenen Innenhof oder in der guten Stube anbieten?«

Emilia stieß ihr unauffällig in die Rippen. Hatte Barbara

den Verstand verloren? Eben noch hatte sie sich für die bösen Worte in der Vergangenheit entschuldigt, und nun fiel sie ihr in den Rücken.

Martin Schlager schien auf eine Einladung dieser Art gewartet zu haben.

»Sehr gerne«, sagte er und grinste.

Er trat näher zu Emilia, die nach hinten auswich. Den Tuchhändler umhüllte ein stechender Geruch nach teurem Moschus, den sie ebenso aufdringlich fand wie den Mann selbst.

Gemeinsam gingen sie an der Werkstatt vorbei, wo sie Jan bei der Arbeit antrafen. Er unterbrach das Zeichnen, sobald sie den sonnendurchfluteten Raum betraten, und grüßte höflich. Emilia konnte nicht erkennen, was in seinem Inneren vor sich ging. Kannte er den Tuchhändler? Sie bot Jan ebenfalls einen Becher vom selbst gebrauten Bier an, doch er lehnte die Erfrischung dankend ab. Als sie die Treppe zu den Wohnräumen hochstiegen, widmete er sich wieder seiner Arbeit.

In der getäfelten Stube bot Emilia dem Tuchhändler einen Platz am Tisch an.

»Ihr habt ein hübsches, geschmackvoll eingerichtetes Heim«, lobte er. »Man sieht, dass Ihr einen ausgeprägten Sinn für das Schöne habt.«

»Es ist das Werk unserer Großeltern und Eltern«, sagte Emilia. »Sie haben das Haus gebaut und eingerichtet.«

»Ich weiß, ich weiß! Aber das schönste Haus ist nichts wert, wenn das Innenleben nicht zum Verweilen einlädt.« Seine Worte sollten schmeicheln, doch Emilia konnte sich nicht daran erfreuen. Ihr ekelte vor dem Mann, der ihr das Gefühl vermittelte, dass alles, was er von sich gab, Berechnung war.

»Ich hole die Getränke«, sagte Barbara und ließ Emilia mit dem Tuchhändler allein zurück.

»Der Tod Eures Vaters macht mich untröstlich«, wiederholte Schlager. »Dies sind gewiss schwere Stunden für Euch und Eure Schwester.«

»Ja, natürlich.«

»Kurz vor seinem Tod habe ich mit Eurem Vater ein sehr wichtiges Gespräch geführt. Leider konnte er mir keine Antwort mehr geben. Ich nehme an, dass er Euch darüber in Kenntnis gesetzt hat.«

Emilia wurde heiß. Sie hatte befürchtet, dass der Tuchhändler das Thema ansprechen würde. Allerdings hatte sie nicht damit gerechnet, dass er es so schnell tun würde. Sie wollte Zeit gewinnen.

Unterdessen rückte der Tuchhändler näher. Der Moschusgeruch wurde intensiver. Emilia lehnte sich, so weit es ging, nach hinten.

»Ich bin Witwer.« Er räusperte sich. »Seit geraumer Zeit suche ich nach einer passenden Ehefrau.«

Am liebsten wäre Emilia aufgestanden und davongelaufen. Sie wollte nicht hören, was er zu sagen hatte. Warum konnte nicht sie das Bier holen? Barbara hätte sie nicht mit Martin Schlager allein lassen dürfen. »Es kann Euch nicht entgangen sein, dass ich Euch seit geraumer Zeit mit wachsendem Interesse beobachte.«

Nervös knetete Emilia ihre Hände. Sie wünschte, sie

könnte einfach rufen: »Halt! Ich will das nicht hören!« Aber die Höflichkeit und die Vernunft verboten es ihr. Sie blieb ruhig sitzen.

»Ihr seid eine gut aussehende und kluge Frau, die kräftig wirkt. Stark genug, um mir gesunde Kinder zu gebären, die ebenfalls klug, schön und voller Lebenskraft sind.«

Er suchte keine Frau, er suchte eine Zuchtstute. Auch diesen Gedanken behielt Emilia klugerweise für sich. Stattdessen presste sie die Lippen fest aufeinander.

»Ich kann bei aller Bescheidenheit nicht verleugnen, dass ich einer der wohlhabendsten Männer der Stadt bin.« Stolz schob er den Brustkorb vor und richtete sich auf. »Ich bin auf die Mitgift einer Frau nicht angewiesen. Wichtig ist mir, eine Frau zu wählen, die mich mit gesundem Nachwuchs beschenkt. Ich will, dass sie alle Zähne im Mund hat und auf sich achtgibt. Weiters müssen die Herkunft und der Ruf tadellos sein. Ich suche eine Frau, die aus einer angesehenen Patrizierfamilie stammt. Eine Frau, die klug und geistreich ist, eine, auf die ich stolz sein kann.« Er lächelte großzügig. »Um es kurz zu machen: Ich habe bei Eurem Vater um Eure Hand gebeten, und er hat mir große Hoffnungen gemacht, dass Ihr mein Angebot annehmen werdet.«

Er log, ohne mit der Wimper zu zucken. Ihr Vater hatte sich eine Bedenkzeit erbeten. Emilia bemühte sich um einen geschmeichelten Gesichtsausdruck. Sie hob die Augenbrauen und schwieg.

»Um Euch zu beweisen, wie ernst es mir ist, wäre ich bereit, die Mitgift Eurer Schwester zu bezahlen, damit sie den

Sohn des Müllers heiraten kann. Mir ist zu Ohren gekommen, dass die beiden einander sehr zugetan sind.«

»Das ist überaus großzügig von Euch«, sagte Emilia.

»Sollten Schulden auf Eurem Haus lasten, würde ich die selbstverständlich auch übernehmen. Das Haus ließe sich bestimmt auch gut verkaufen.« Er ließ seinen Blick durch die Stube schweifen. »Wobei es wohl unklug wäre, ein Haus in dieser Wohngegend zu Geld zu machen. Man sollte es für zukünftige Generationen behalten.«

Emilia schloss für einen Moment die Augen. Das alles war ein Albtraum. Er überlegte bereits, wie er ihr Haus am besten nutzen konnte. Gleichzeitig machte er ihr ein sehr großzügiges Angebot. Konnte sie das ausschlagen? Nahm sie es an, würde sie alles verlieren, was ihr wichtig war. Sie würde Schlagers Gefangene werden. Ein Vogel in einem goldenen Käfig. Sie müsste das Bett mit ihm teilen und ihm jedes Jahr ein Kind gebären, so lange, bis ihr Körper nicht mehr konnte. Und sollte sie nicht schwanger werden? Welches Schicksal würde sie dann ereilen? Was war den beiden ersten Ehefrauen widerfahren?

Emilia überfiel ein eisiger Schauer. Sobald sie Schlagers Frau war, würde sie das Malen aufgeben müssen und nie wieder zeichnen oder weben dürfen. Wieder erfasste sie die Wut auf ihren Vater. Wie hatte er sie in diese missliche Lage bringen können?

Schlager missinterpretierte ihr Schweigen. Er ergriff ihre Hände. Emilia zuckte unter der Berührung zusammen. Seine Finger waren feingliedrig. Sie hatten noch nie körperliche Arbeit verrichten müssen.

»Ihr seid überwältigt von meinem Angebot«, sagte er vermeintlich einfühlsam.

Emilia fehlten tatsächlich die Worte angesichts seiner Fehleinschätzung. Der Mann war von sich selbst so eingenommen, dass er es nicht einmal in Erwägung zog, dass sie sein Angebot ablehnen könnte.

»Ja, das bin ich«, log sie. »Ihr müsst mir jedoch verzeihen, dass ich Euch nicht sofort eine Antwort geben kann. Ich bin in tiefer Trauer und bitte Euch um ein paar Tage Bedenkzeit.«

Er hob befremdet seine Augenbrauen.

»Ich habe eben meinen Vater verloren. Es wäre nicht recht, würde ich mich vermählen, bevor er zu Grabe getragen wurde.« Emilia sah ihn eindringlich an. »Das müsst Ihr bitte verstehen.«

Für einen Moment schien Schlager tatsächlich beschämt. Vielleicht war er doch nicht völlig anstandslos.

»Bitte verzeiht mir«, sagte er und ließ ihre Hände wieder los. »Das war gedankenlos. Natürlich warte ich ein paar weitere Tage ab.«

Emilia nickte dankbar.

»Es gäbe nur böses Gerede, würdet Ihr vor dem Begräbnis meinen Antrag annehmen.«

Aha, daher wehte der Wind. Er fürchtete um seinen guten Ruf.

»Es ist die Ungeduld, die mich drängt«, fuhr er fort. »Ich kann es kaum erwarten, Euch zur Frau zu nehmen. So lange schon warte ich auf ein gesundes, hübsches Weib und gesunde Kinder.«

Erneut griff er nach ihrer Hand, führte sie zu seinen vollen Lippen und hauchte einen Kuss drauf. Emilia unterdrückte den Impuls, ihm die Hand zu entziehen. Die Vorstellung, dass er auch andere Stellen ihres Körpers berührte, war entsetzlich.

In diesem Moment kehrte Barbara zurück in die Stube, in den Händen ein Tablett mit drei Bechern, einem Krug, frischem Brot und dem letzten Rest Butter, der noch in der Speisekammer war. Schlager ließ Emilias Hand wieder los.

»Das Bier ist selbst gebraut und das Brot in unserem Ofen gebacken«, erklärte Barbara stolz.

»Es freut mich, dass unter diesem Dach so tüchtige Hausfrauen zu finden sind«, meinte Martin Schlager.

»Das ist ganz allein Barbaras Werk«, sagte Emilia hastig. Er sollte nicht glauben, dass sie kochen oder backen konnte.

»Das stimmt doch gar nicht«, log Barbara. »Ohne deine Hilfe würde ich das alles niemals schaffen.«

Offenbar hatte die Aussicht, doch noch zu einer Mitgift zu kommen, Barbaras Verstand durcheinandergebracht. Anders waren ihre Worte nicht zu erklären. Emilia verdrehte die Augen.

»Ich kann Euch versichern, Fräulein Emilia, dass Ihr als meine Ehefrau keinen Finger in der Küche rühren werdet. Ich habe Bedienstete, die dafür zuständig sind.«

Barbara lachte. Es klang gekünstelt. »Nein, so was. Ihr habt gerade um die Hand meiner Schwester angehalten. Was für eine große Freude!«

Gerne hätte Emilia gesagt, dass Barbara statt ihrer den Antrag annehmen könne. Stattdessen verschränkte sie die

Arme vor der Brust, beobachtete, wie er sich über das Butterbrot und das Bier hermachte, und hoffte, dass er bald genug haben und wieder gehen würde. Tatsächlich brach er schon bald auf.

»Leider erlaubt es meine Zeit nicht, länger Eure Gastfreundschaft zu genießen.« Er stand auf. »Die Geschäfte rufen. Ihr entschuldigt mich.«

Mit einem bedauernden Lächeln verbeugte er sich. Emilia versteckte beide Hände hinter dem Rücken, damit er nicht auf die Idee kam, sie erneut zu ergreifen oder gar zu küssen. Sichtlich enttäuscht darüber verließ er die Stube.

In der Werkstatt hörte Emilia, wie er sich von Jan verabschiedete. Kaum, dass er außer Hörweite war, klatschte Barbara in die Hände. »Ist das nicht großartig? All unsere Probleme sind beseitigt.«

»Wie bitte?«

»Ich habe alles mit angehört. Schlager bleibt bei seinem großzügigen Angebot. Er bezahlt unsere Schulden. Er kommt für meine Mitgift auf, wir können das Haus behalten. Du wirst eine der wohlhabendsten und angesehensten Frauen der Stadt. Ich hatte solche Angst, dass er es sich nach Vaters Tod anders überlegt.«

Emilia sah ihre Schwester fassungslos an. »Meinst du das alles im Ernst?«

»Ja, natürlich.« Barbara sah sie nun ernst an. »Du musst zugeben, dass es ein großes Glück ist. Der liebe Gott hat uns den Mann geschickt.«

»Hast du dir schon einmal überlegt, woran seine ersten beiden Frauen gestorben sind?«

»Ich dachte, sie seien im Kindbett ums Leben gekommen.«

Emilia schüttelte den Kopf. »Sie waren nie schwanger.«

Barbara zuckte mit den Achseln. »Ja, dann werden sie wohl krank gewesen sein. Ein böser Husten, ein Fieber. Was weiß denn ich.«

»Schlager hat mit Sicherheit gesunde Frauen ausgesucht.«

»Auch die kräftigste Frau kann krank werden. Denk an unsere Mutter, die so elend dahingesiecht ist.«

Emilia schwieg.

Nach einer Weile meinte Barbara: »Versuch, das Gute an der Sache zu sehen. Du wirst nie wieder Geldschwierigkeiten haben. Es gibt eine Menge Frauen in der Stadt, die dich darum beneiden würden.«

Emilias Augen füllten sich mit Tränen. Zu ihrer Überraschung versuchte Barbara nicht, ihr weiteren Honig ums Maul zu schmieren. Sie legte den Arm um sie und zog sie zu sich.

»Siehst du eine andere Möglichkeit?«, fragte sie sanft.

»Nein«, gab Emilia zu.

Sie hatte nicht bemerkt, dass Jan die Treppe hochgekommen war und jetzt mit gebückter Körperhaltung im Türrahmen stand. Er hatte alles mitangehört. Würde ihm etwas an ihr liegen, wäre jetzt der Zeitpunkt gekommen, zu handeln. Aber er schwieg. Sein Gesicht war ausdruckslos. Emilia wusste, dass Barbara recht hatte. Es blieb ihr nichts anderes übrig, als den Tuchhändler zu heiraten. Nur mühsam hielt sie die Tränen zurück.

14

Mit höchster Sorgfalt hatte Emilia das Porträt in ein weiches Tuch gewickelt. Es sollte beim Transport durch die Stadt keinen Schaden erleiden und keinen neugierigen Blicken ausgesetzt sein. Die letzte Ölschicht war getrocknet, höchste Zeit, es loszuwerden, bevor das Haus verpfändet wurde.

Emilia klopfte an die Pforte von Ratsherr Pöltl. Er bewohnte eines der größten und prächtigsten Patrizierhäuser der Stadt, das über drei Stockwerke verfügte und mit zahlreichen Holzschnitzereien und Erkern versehen war. Rechts und links vom Eingang rankten sich üppig blühende Rosenstöcke die Wände hoch. Eine Magd mit sauberer Schürze öffnete Emilia und führte sie in die geschmackvoll eingerichtete Stube mit dunkler Holzvertäfelung an der Decke und an den Wänden. Eine Anrichte, die einem Kaiser angemessen gewesen wäre, stand an einem Ende des Raums. Das Möbelstück verfügte über mindestens zwanzig Schubladen, die alle mit kostbaren Einlegearbeiten verziert waren. Neben der Tür befand sich ein riesiger Kachelofen, dessen Fliesen mit mehrfarbigen Darstellungen aus der Bibel bemalt waren. Zwei Porträts hingen an der Wand neben dem Ofen. Das eine zeigte den Ratsherrn Pöltl, das andere seinen ältesten Sohn. Beide Gemälde wirkten stümperhaft im Vergleich zu Emilias Werk. Sie war erleichtert. Mit der männlichen Konkurrenz konnte sie ohne Weiteres mithalten.

»Setzt Euch, bitte!« Frau Pöltl winkte sie zu einem der Stühle, ließ ihr Wein und Brot servieren und schielte dabei ungeduldig auf das verpackte Porträt. Emilia reichte es Ferdinand Pöltl. Er nahm das Tuch vorsichtig ab und stellte das Kunstwerk auf die Eckbank.

Für einen Moment war das Ehepaar sprachlos. Herr Pöltl sah zu seiner Frau, dann wieder zum Porträt. Emilias Zuversicht schwand. Hatte sie sich selbst überschätzt? Entsprach das Bild doch nicht den Erwartungen?

Sibille Pöltl fand als Erste die Sprache wieder. »Euer Vater war wirklich ein begnadeter Maler«, sagte sie ergriffen und legte die Hand an die Brust. »Was für eine Ehre, dass ich sein letztes Modell sein durfte.«

»Und was für ein trauriger Verlust, dass er nicht mehr unter uns weilt«, ergänzte Ferdinand Pöltl. »Jammerschade, dass er nicht auch noch ein Porträt von mir anfertigen kann.« Er sah verstohlen zur Wand und schien zu überlegen, wo er das Porträt seiner Frau hinhängen sollte, damit sein eigenes nicht so mickrig daneben aussah.

Erleichtert atmete Emilia auf. Diese Hürde wäre geschafft. Gleichzeitig empfand sie Traurigkeit. Wie einfach wäre ihr Leben, dürfte sie einfach zugeben, dass sie das Porträt gemalt hatte. Sie würde auf der Stelle einen weiteren Auftrag erhalten.

»Das Bild wird einen Ehrenplatz erhalten«, versprach Sibille Pöltl sichtlich gerührt. Ferdinand Pöltl erhob sich und ging zur Anrichte, um aus einer der kleinen Laden einen Samtbeutel zu holen, mit dem er zurückkehrte.

Ohne mit der Wimper zu zucken, bezahlte er den offenen Betrag und legte noch einen Gulden obendrauf. Emilia zählte die Münzen in ihren eigenen Geldsack. Er war noch nie so schwer gewesen.

»Wir wissen, wie schwierig die Lage für Euch und Eure Schwester ist«, sagte er mitfühlend.

Emilia widersprach nicht. Mit dem Geld für das Kunstwerk würde sie heute noch die Schulden begleichen. Dank der Großzügigkeit der Pöltls blieb ihr immerhin ein Gulden, mit dem sie und Barbara einige Zeit auskommen würden. Und dann?

»Es heißt, dass Ihr nicht mehr für Kunigunde Löffelholz arbeitet. Stimmt das Gerücht?«

»Leider, ja. Man hat mich auf die Straße gesetzt.«

»Wie konnte Siegfried Löffelholz nur so hartherzig sein?«, empörte sich Sibille Pöltl. Emilia fiel auf, dass die Aussprache der Ratsherrengattin ein wenig undeutlich war, und sie fragte sich, wie viel vom schweren Rotwein, der vor ihr auf dem Tisch stand, die Frau bereits getrunken hatte.

»Der Mann versteht nichts von der Kunst«, fuhr Frau Pöltl fort. »Wie kann er auf die Tochter eines großen Malers verzichten? Gewiss habt Ihr das Talent Eures Vaters geerbt.«

Emilia senkte bescheiden den Kopf.

»Wenn es Kunigunde Löffelholz nicht bald gelingt, wieder das Sagen in ihrer eigenen Werkstatt zu bekommen, wird der gute Ruf dahin sein«, fuhr Frau Pöltl fort. »Man hört die hässlichsten Geschichten.«

»Sibille, bitte mäßige dich«, forderte ihr Ehemann. »Es geht uns nichts an, wie das Ehepaar Löffelholz die Werkstatt führt.«

»Das mag schon sein«, gab Frau Pöltl zu. »Aber denk an die Tapisserie. Die Stadt hat eine Menge Geld für einen Entwurf ausgegeben, den du noch nicht einmal zu Gesicht bekommen hast.«

»Die Ratsherren Löffelholz und Koch haben gewiss die richtige Entscheidung getroffen«, verteidigte sich Ferdinand Pöltl. »Dass Frau Kunigunde sich einen wohlhabenden Ehemann ausgesucht hat, ist nicht verwunderlich. Das Leben einer Geschäftsfrau ist eben kein Honigschlecken. Siegfried Löffelholz ist ein beinharter Verhandler und hat dem Rat eine beträchtliche Summe für die Tapisserie entlockt.«

Emilia biss sich auf die Zunge. Mit Siegfried Löffelholz an der Seite war Kunigundes Leben gewiss nicht einfacher geworden.

Sibille Pöltl nahm einen weiteren Schluck aus ihrem Weinbecher. Ihr Ehemann beobachtete sie mit wachsendem Unmut.

»Wenn es stimmt, was man hört, dann ist der Entwurf der Tapisserie eine einzige Katastrophe«, bemerkte Frau Pöltl. »Stimmt das?«

Emilia schluckte. Sie bewegte sich auf gefährlichem Terrain. Woher bezog Frau Pöltl ihr Wissen? Hatte eine der Bildwirkerinnen getratscht?

»Ich bin bloß eine bescheidene Bildwirkerin. Es steht

mir nicht zu, die Entwürfe von Johannes Kastel zu beurteilen«, gab sie diplomatisch zurück.

»Aber gewiss habt Ihr eine Meinung.«

Emilia knetete nervös ihre Hände. »Der Entwurf ist ungewöhnlich«, sagte sie vorsichtig. »Möglich, dass Siegfried Löffelholz den Entwurf, der von seinem Schwager stammt, nicht ganz vorurteilsfrei betrachtet.«

Frau Pöltl kicherte zufrieden hinter vorgehaltener Hand. Offenbar waren das genau die Worte, auf die sie gehofft hatte.

»Wollt Ihr damit andeuten, dass Löffelholz den Auftrag bloß erteilt hat, um seinem Schwager einen Gefallen zu tun?«, fragte Ratsherr Pöltl.

Emilia schluckte noch einmal. Hatte sie sich etwa zu weit aus dem Fenster gelehnt?

»So eine Behauptung würde ich niemals wagen«, sagte sie. »Aber ich weiß aus eigener Erfahrung, dass ich die Bilder meines Vaters wohlwollender betrachte als die anderer Künstler.«

»Nun, es ist ja auch ein Genuss, die Bilder Eures Vaters anzusehen«, sagte der Ratsherr und betrachtete voller Stolz das Porträt seiner Frau.

Emilia wollte Kunigunde nicht schaden, daher ruderte sie zurück: »Ich denke, dass die Weberinnen in Frau Löffelholz' Werkstatt auch aus einem etwas verunglückten Entwurf ein Kunstwerk schaffen können. Sie verfügen über ausreichend Erfahrung.«

»Ich verstehe nicht, warum die Bildwirkerinnen nicht selbst die Motive für die Teppiche zeichnen, die sie weben.

Reingard hat mir gesagt, dass Ihr durchaus dazu in der Lage wärt.« Sie richtete ihren Zeigefinger auf Emilia.

»Da hat Reingard aber übertrieben«, antwortete Emilia rasch. Sie war es also gewesen, die geplaudert hatte. Emilia dachte an die Entwürfe von Jan, die großen Kartons mit den Szenen von Seeschlachten und Kämpfen. Wie gerne würde sie sich auch an Zeichnungen von diesen Ausmaßen wagen.

»Sibille, ich bitte dich.« Ferdinand Pöltl wurde zunehmend ärgerlich. »Mach dich nicht lächerlich. Deine Worte klingen gerade so, als wolltest du sagen, dass Frauen Kunstwerke erschaffen könnten.«

Frau Pöltl nahm einen weiteren Schluck von ihrem Wein. »Was meint Ihr dazu?« Sie wandte sich an Emilia, die sich von Minute zu Minute unwohler fühlte. »Könnt Ihr den Entwurf von diesem Kastel verändern? Angeblich hat Kastel fliegende Schweine gezeichnet – und Pferde, die wie Schafe aussehen.«

Was hatte Reingard sich nur gedacht? Hatte sie am Ende mit Sibille Pöltl zu tief ins Glas geschaut und war dann allzu redselig geworden? Emilia wog ihre Antwort sorgfältig ab.

»Möglicherweise könnte ich etwas nachbessern«, sagte sie vorsichtig. Vielleicht würde Ferdinand Pöltl ein gutes Wort für sie einlegen. Dann würde sie ihre Anstellung wiederbekommen, und womöglich müsste sie Martin Schlager doch nicht heiraten. Ein winzig kleiner Hoffnungsschimmer tat sich am Horizont auf.

Zu spät registrierte sie Ferdinand Pöltls finsteren Blick. Die Vorstellung, dass eine Frau sich anmaßte, den Entwurf eines Mannes zu verändern, missfiel ihm offenbar.

»Es bedarf dafür keines besonderen Talents«, ergänzte Emilia rasch. »Manchmal sind gewisse Änderungen notwendig, um die Motive vom Entwurf auf den Teppich zu bekommen. Bisweilen bedarf es anderer Farben, oder Konturen müssen an die Struktur des Stoffes angepasst werden.«

Ihre Worte zeigten Wirkung. Die Gesichtszüge des Ratsherrn entspannten sich wieder.

Emilia nutzte die entstandene Pause. Bevor Sibille Pöltl sie erneut in ein Gespräch verwickelte und sie sich zu unvorsichtigen Bemerkungen hinreißen ließ, die sie hinterher bereute, verabschiedete sie sich lieber.

»Ich muss jetzt leider gehen. Bestimmt wartet meine Schwester zu Hause auf mich. Wir durchleben gerade schwierige Zeiten.«

»Ja, natürlich. Wann wird Euer Vater beigesetzt?«

»Morgen.«

»Dann wünschen wir Euch viel Kraft für den morgigen Tag. Danach wird alles leichter werden«, meinte Sibille Pöltl. Sie wirkte wieder einigermaßen nüchtern.

Mit einem vollen Geldbeutel verließ Emilia das Haus. Als sie wieder auf der Straße stand, fühlte sie sich erleichtert und enttäuscht zugleich. Es war das erste und letzte Bild, das sie selbst gemalt und verkauft hatte. Wie sollte sie weiterleben, ohne in die Welt der Farben eintauchen zu können? Sobald sie vor der Leinwand stand, vergaß sie ihre alltäglichen Sorgen. Hier zählte nur noch das Motiv, das Bild, in das sie versank. Ab jetzt würde es diese Rückzugsmöglichkeit nicht mehr geben. Emilia hatte nicht nur ein Porträt abgegeben, sondern auch ihren Lebensinhalt. Eine beängstigende Leere breitete sich in ihr aus.

Auch die nächsten Tage brachten keine Erleichterung. Emilia fühlte sich immer noch, als befände sie sich in einem bösen Albtraum, aus dem sie nicht aufwachte. Im Gegenteil. Die dunklen Wolken über ihr brauten sich noch dichter zusammen. Sie lieferte die Schulden beim Bankier Zeisel ab, der ihr den Schuldschein ihres Vaters überreichte, ihr dabei aber den Eindruck vermittelte, als wäre damit noch nicht alles ausgestanden. Gab es weitere Schulden, von denen er noch nichts erzählt hatte? Wollte der Bankier sie nur schützen, bis ihr Vater beerdigt war? Emilia wagte nicht, ihn danach zu fragen, sondern verließ das Haus des Bankiers, so schnell sie nur konnte.

15

Das Begräbnis ihres Vaters fand im kleinen Rahmen statt. Die Gerüchte, er hätte sich vielleicht doch das Leben genommen, hielten sich hartnäckig, und vermutlich fanden viele es deshalb unrecht, ihn am Friedhof von St. Sebald zu begraben. Jedenfalls wagten es nur wenige, zur Beerdigung zu kommen. Als Emilia am Tag des Begräbnisses den Bäckerladen von Veronika Mahr betrat, verstummten augenblicklich alle Gespräche. Emilia kaufte drei Semmeln und verließ fluchtartig den Laden.

Jan war neben Katharina einer der wenigen, der zur Beisetzung gekommen war. Doch seine kühle Haltung verletzte Emilia viel mehr, als wenn er dem Begräbnis ferngeblieben wäre. Sobald das letzte Gebet gesprochen und der Sarg in der Erde war, verließ Jan den Friedhof. Er wich Emilia aus und mied den Augenkontakt zu ihr. Hinterher konnte sich Emilia weder an die Rede des Pfarrers noch an die Minuten danach erinnern. Pfarrer Kalmbach hatte sich geweigert, die Totenmesse zu lesen. Ein junger Hilfspfarrer aus einem anderen Stadtteil hatte die Aufgabe übernommen. Kalmbachs Weigerung war Wasser auf die Mühlen der bösen Zungen.

Nach dem Begräbnis liefen Barbara und sie schweigend nach Hause. Katharina begleitete die beiden. In der Küche weinten sie zu dritt. Als Katharina ging, trockneten auch Barbara und Emilia ihre Tränen. Dann versuchte jede, ihren Aufgaben nachzugehen und so zu tun, als würde der Alltag weitergehen.

Jeden Tag wartete Emilia, dass Kunigunde sie zurück in die Werkstatt holen würde, aber anders, als Katharina es prophezeit hatte, ließ sich die Bildwirkerin nicht blicken.

»Wenn Kunigunde sich bis übermorgen nicht meldet, werde ich wieder als Spitzenklöpplerin bei Brunhilde Walter anfangen. Leider zahlt sie nur die Hälfte vom Lohn, den wir bei Kunigunde erhalten haben«, erklärte Katharina bei einem Spaziergang. »Ich werde meinen Gürtel enger schnallen müssen. Soll ich Brunhilde fragen, ob sie dich auch einstellt?«

»Ich habe keine Ahnung vom Klöppeln«, antwortete Emilia. »Allein die Vorstellung, den ganzen Tag irgendwelche Spitzen zu klöppeln, ist mir zuwider.«

»Es geht ja nicht darum, dass du die Arbeit liebst«, meinte Katharina. »Allerdings könnte es schwierig werden. Ich bin mir gar nicht sicher, ob sie überhaupt eine unverheiratete Frau einstellen würde.«

»Lass gut sein. Ich finde schon was«, sagte Emilia. Sie bemühte sich, zuversichtlicher zu klingen, als sie sich fühlte. »Rede du lieber mit Kunigunde. Vielleicht nimmt sie dich zurück. Siegfried Löffelholz hat es ja bloß auf mich abgesehen.«

»Niemals«, entgegnete Katharina. »Ich habe schließlich meinen Stolz.«

»Bereust du deinen Schritt?«, fragte Emilia.

»Dass ich gemeinsam mit dir gegangen bin?« Katharina sah Emilia ernst an. »Nicht einen Augenblick. Und eigentlich rechne ich immer noch damit, dass Kunigunde uns zurückholt. Sie kann es sich nicht leisten, ohne uns zu arbeiten. Wie gesagt, zwei Tage gebe ich ihr noch. Wie will Kunigunde die Tapisserie ohne unsere Hilfe fertigstellen? Der Ruf ihrer Werkstatt steht auf dem Spiel.«

»Siegfried Löffelholz wird es nicht zulassen. Er hasst mich. Ich habe zu oft hinter seinem Rücken über ihn geschimpft.«

Katharina lachte. »Nicht nur hinter seinem Rücken. Ich denke, dass er es hin und wieder gehört hat. Aber das war gut so. Er sollte viel öfter hören, dass es nicht recht ist, wie er sich verhält.«

»Außerdem habe ich ihn mit der Käuflichen gesehen. Das kann er mir nicht verzeihen«, erinnerte Emilia.

»Ja, das war ein unglücklicher Zufall«, gab Katharina zu. »Aber warte ab. Noch ist nicht das letzte Wort gesprochen.«

Auch in den nächsten zwei Tagen ließ Kunigunde Löffelholz nichts von sich hören, und Katharina nahm schließlich die Stelle bei Brunhilde an. Emilia versuchte, ebenfalls Arbeit zu finden, jedoch ohne Erfolg. Niemand wollte eine unverheiratete Frau anstellen. Von den Kunststickerinnen wurde sie empört weggeschickt.

»Wir sind eine anständige Werkstatt«, hatte die Besit-

zerin geschimpft und damit angedeutet, dass Geschäfts-
frauen, die eine unverheiratete Frau anstellten, unanständig
seien. Während Emilia die Stadt durchkämmte und auch in
zwei Wirtsstuben nachfragte, ob Hilfe in der Küche benötigt
würde, begann Barbara, die Kammer des Vaters auszuräumen.

Als Emilia abends müde und enttäuscht nach Hause zu-
rückgekehrt war und mit Barbara am Küchentisch saß,
klopfte der Bankier Zeisel an die Tür.

»Herr Zeisel? Was können wir für Euch tun?«

»Darf ich reinkommen?«

Nur widerwillig ließ Emilia den Bankier eintreten. Sie
ahnte, dass sein Besuch nichts Gutes bedeutete. Er trug ein
dunkles Wams aus feinem Stoff. Es war schlicht und zeugte
trotzdem vom Reichtum seines Besitzers.

Wie die Abende davor war Jan nicht im Haus. Seit Walter
Baumgarts Tod nahm er die Mahlzeiten in einem der Gasthäuser ein. Das zarte Band, das sich zwischen ihnen ent-
sponnen hatte, war entzweigerissen, bevor es richtig wachsen konnte. Emilia blieb keine Zeit, darum zu trauern, zu
groß war ihre Sorge um die Zukunft.

Emilia führte den Bankier in die Stube.

»Ich hoffe, ich komme nicht ungelegen.« Sein berech-
nender Gesichtsausdruck strafte ihn Lügen. Es schien ihm
völlig einerlei zu sein, ob sein Besuch passend war oder
nicht.

Emilia bot ihm einen Platz auf der Eckbank an, während
Barbara den leeren Krug mit Dünnbier füllte.

»Was führt Euch zu uns?«, fragte Emilia. »Die ausständigen Gulden habt Ihr erhalten. Unsere Schulden sind damit beglichen.«

»Leider waren sie nur ein Teil der Verbindlichkeiten, die Euer Vater eingegangen ist«, sagte Peter Zeisel.

»Wie bitte?«

»Ich habe Euch bisher damit nicht behelligen wollen, weil ich mir nicht mehr sicher war, ob tatsächlich noch ein zweiter Schuldschein existiert. Leider habe ich jetzt Gewissheit. Euer Vater hat bei meinem verstorbenen Schwager eine weitere Summe aufgenommen. Gestern habe ich den Schuldschein dazu in den Unterlagen meines Schwagers gefunden.«

Das war es also gewesen, was er Emilia verheimlicht hatte, als sie die zwanzig Gulden bezahlt hatte.

Emilia sah Barbara fragend an, die ratlos den Kopf schüttelte. »Davon weiß ich nichts«, sagte sie.

Emilia wurde schwindelig. Sie setzte sich.

»Euer Vater hat sich vor Jahren eine beträchtliche Summe von meinem Schwager geliehen, die er bisher nicht zurückgezahlt hat. Nach dem Tod meines Schwagers habe ich sein Unternehmen übernommen. Einen Teil der Unterlagen habe ich noch nicht zur Gänze durchgearbeitet. Daher dieses Missverständnis. Bitte verzeiht mir.«

»Wann soll das gewesen sein?« Barbara trat näher und setzte sich. »Wann und wofür hat Vater sich weiteres Geld geliehen?«

»Ich nehme an, dass Euer Vater Euch nicht mit seinen Sorgen belasten wollte.«

»Vater hätte uns davon erzählt.« Emilia erinnerte sich an

das letzte Gespräch mit ihm. Ihre Kehle schnürte sich zusammen.

Der Bankier griff nach dem vollen Becher und leerte ihn in einem Zug. Mit dem Handrücken fuhr er sich über den Mund.

»Er hat damit die Rechnungen von Doktor Grabner bezahlt.«

Barbara vergrub das Gesicht in den Händen. »Mutters Behandlungen«, sagte sie tonlos.

Nun erinnerte sich auch Emilia wieder. Bis zuletzt hatte Walter Baumgart darauf gehofft, dass ein Wunder seine todkranke Frau heilen konnte. Fast täglich war der Arzt da gewesen, hatte Gertrud Baumgart so oft zur Ader gelassen, bis ihr abgemagerter Körper dermaßen schwach gewesen war, dass kein reinigender Prozess sie mehr hatte retten können. Emilia hatte nie nachgefragt, woher das Geld für die Behandlungen gestammt hatte. Jetzt bekam sie die Antwort.

»Um wie viel Geld handelt es sich?«, fragte sie benommen.

»Weitere zwanzig Gulden.«

Der Raum fing an, sich zu drehen. Die Tatsache, dass sie heute noch nichts gegessen hatte, rächte sich. Ihr wurde übel. Woher sollten sie das Geld nehmen?

Peter Zeisel brach die Stille: »Ich sehe, dass Ihr in Bedrängnis seid. Deshalb will ich Euch ein großzügiges Angebot unterbreiten.«

Barbara nahm die Hände vom Gesicht und sah Emilia an.

»Ich bin bereit, Euer Haus zu einem guten Preis zu kaufen.«

»Niemals!«, entfuhr es Emilia.

Barbara stieß sie mit dem Fuß unter dem Tisch an. »Wir werden darüber nachdenken«, meinte sie.

Doch Emilia widersprach: »Das werden wir nicht. Vater wollte, dass das Haus im Familienbesitz bleibt.«

»Dann hätte er uns nicht so viel Schulden hinterlassen dürfen«, wandte Barbara ein.

Peter Zeisel rieb sich genüsslich die Hände. Der Schlagabtausch der Schwestern schien ganz nach seinem Geschmack zu sein.

»Wie viel wollt Ihr für das Haus bezahlen?«, fragte Barbara.

»Zweihundert Gulden.«

»Pah«, stieß Barbara hervor. »Das Haus ist mindestens dreihundert wert.«

»Ich sehe, Ihr habt bereits Erkundigungen eingeholt.« Der Bankier hob die Augenbrauen. »Zweihundertfünfzig Gulden und die Tilgung der Schulden. Das ist mehr als großzügig.«

»Wir werden uns darüber beraten«, versprach Barbara.

Emilia presste die Lippen zusammen. Sie wollte das Versprechen nicht brechen, das sie ihrem Vater gegeben hatte. Aber blieb ihr etwas anderes übrig?

Der Bankier schob den leeren Becher zur Seite. »Euer Bier schmeckt vorzüglich«, sagte er. »Euer künftiger Ehemann darf sich freuen.« Dann erhob er sich und verließ die Stube mit einem knappen Gruß.

Kaum war er gegangen, legte Emilia die Arme auf den Tisch und ließ ihren Kopf darauf sinken.

»Vielleicht sollten wir das Haus tatsächlich verkaufen«, meinte Barbara leise.

Emilia antwortete nicht.

»Du willst Martin Schlagers Heiratsantrag nicht annehmen«, fuhr Barbara fort. »Gleichzeitig hast du deine Anstellung bei Kunigunde Löffelholz verloren. Eigentlich bleibt uns gar nichts anderes übrig. Wenn wir zweihundertfünfzig Gulden bekommen, kann ich damit die Mitgift bezahlen. Du würdest bei Hannes und mir wohnen, und dir blieben noch fünfzig Gulden, von denen du gut leben könntest, vielleicht findest du ja auch eine neue Stellung.«

Emilia stellte sich ihr Leben im Haus ihrer Schwester vor. Sie liebte Barbara, aber sie wollte nicht die geduldete Schwägerin sein. Die Rolle, die man ihr über kurz oder lang zuschieben würde, wäre erbärmlich. Hannes Schütt und sein Vater waren nicht die großzügigen Männer, die einer unverheirateten Frau Freiheiten zugestanden. Rasch würde man die fünfzig Gulden von ihr einfordern, und danach würde jede Magd ein besseres Leben führen. Während sie die letzten Tage durch die Stadt gewandert war, hatte sie alle Möglichkeiten durchgedacht und war immer wieder zum gleichen Schluss gekommen. Sie würde Martin Schlagers Heiratsantrag annehmen müssen. Die Hiobsbotschaft über weitere Schulden hatte ihren Entschluss nun endgültig besiegelt.

»Ich werde das Angebot des Tuchhändlers annehmen«, sagte Emilia mit fester Stimme.

»Aber du willst ihn doch nicht heiraten.« Barbaras Kopf schoss nach oben.

»Die Ehe ist eine Gemeinschaft, die man aus wirtschaftlichen Gründen eingeht. Dass jemand so viel Glück hat wie unsere Eltern, ist die Ausnahme.« Sie quälte sich ein Lächeln ab. »Wenn ich Schlager heirate, kann wenigstens eine von uns beiden glücklich werden. Er kommt für deine Mitgift auf, und wir können das Haus behalten. Es wird im Familienbesitz bleiben.«

Barbara stand auf und schlang beide Arme um ihre Schwester. Still betete Emilia zu Gott. Sie machte sich jedoch wenig Hoffnungen, dass er sie erhörte. Wäre er ihr wohlgesonnen, hätte er schon einige Gelegenheiten gehabt, hilfreich in ihr Leben einzugreifen. In den letzten Tagen war alles weggebrochen, was für sie Bedeutung gehabt hatte. Sie würde nicht mehr malen, nicht mehr weben, nicht mehr mit Katharina und den anderen Frauen in der Werkstatt lachen. Und sie würde Jan nie wieder küssen. Stattdessen würde sie ein freudloses Dasein an der Seite des Tuchhändlers fristen. Emilia hatte nie zu Selbstmitleid geneigt und stets nach Lösungen für ihre Schwierigkeiten gesucht. Warum fiel es ihr im Moment so schwer, einen Lichtblick zu sehen? Alles fühlte sich grau und so trostlos an wie ein verregneter Nachmittag, an dem die Sonne alle Farben verschluckte.

16

Am nächsten Morgen schrieb Emilia Martin Schlager einen kurzen Brief, in dem sie seinen Heiratsantrag annahm. Sie gab den Umschlag einem Botenjungen, der ihn drei Gassen weiter ablieferte. Schon eine halbe Stunde später stand der barfüßige Junge wieder vor der Tür und brachte Emilia das Antwortschreiben. Der Tuchhändler hielt sich kurz und zeigte sich über ihre Entscheidung wenig überrascht. Damit die Vermählung rasch stattfinden könne, sollte Emilia einen Termin bei einer Schneiderin vereinbaren, sich ein prächtiges Hochzeitskleid nähen lassen und die Rechnung an seine Adresse schicken.

Emilia betrachtete die auffallend gleichmäßige Handschrift. Jeder Buchstabe sah aus wie gedruckt, und die Schrift wirkte so wenig lebendig wie Schlagers maskenhaftes Gesicht. Emilia graute vor ihrer Zukunft mit dem Tuchhändler, und wieder musste sie an die beiden früheren Ehefrauen denken, die in jungem Alter und so überraschend gestorben waren.

Als sie mit Barbara darüber sprach, meinte die nur: »Du

schläfst zu wenig und siehst Gespenster.« Hoffentlich hatte ihre Schwester recht.

Emilia trat in den Innenhof und lehnte sich für einen Moment gegen die Hauswand, die bereits von der Sonne erwärmt war. Während sie versuchte, alle düsteren Gedanken aus ihrem Kopf zu vertreiben, bemerkte sie Jan nicht, der aus der Werkstatt gekommen war.

»Guten Morgen«, sagte er.

Emilia erwiderte den Gruß. Auch Jan sah müde und mitgenommen aus. Offenbar hatte er in den letzten Tagen wenig geschlafen und viel gearbeitet. Sein Blick fiel auf den Brief in Emilias Hand.

»Ein weiterer Heiratsantrag?« Die Frage klang beiläufig. »Der Mann ist hartnäckig, das muss man ihm lassen. Wenn er sich etwas in den Kopf gesetzt hat, scheint er mit allen Mitteln dafür zu kämpfen.«

»Kein Heiratsantrag.« Emilias Kehle schnürte sich zusammen.

»Der Tuchhändler hat aufgegeben? Das kann ich mir nicht vorstellen.« Jan stellte sich ganz dicht zu ihr. Sie nahm den wohlbekannten Duft nach Leinöl und Farbe wahr, der ihm anhaftete. Die Ärmel seines Hemdes waren hochgekrempelt, dennoch befanden sich dunkelgrüne Farbspritzer darauf.

»Ich habe Martin Schlagers Antrag angenommen«, sagte Emilia. »Es ist sein Antwortscheiben. Ich soll mir ein Hochzeitskleid schneidern lassen.«

Jans Augen wurden hart. »Der Mann kann es wohl nicht erwarten, dich vor den Traualtar zu schleppen.«

»Ich hatte keine andere Wahl«, sagte Emilia bitter. »Mein Vater hat uns Schulden hinterlassen, ich habe meine Arbeit verloren und werde so schnell keine neue finden. Niemand will die Tochter eines vermeintlichen Selbstmörders einstellen. Kunigunde war die Einzige in der ganzen Stadt, die eine unverheiratete Bildwirkerin in ihrer Werkstatt weben ließ. Aber auch das ist jetzt vorbei. Martin Schlager hat mir ein großzügiges Angebot gemacht. Ich musste es annehmen.«

»Ja, natürlich!« Er betrachtete seine Finger. »So viel Geld kann man natürlich nicht ausschlagen.«

Der spöttische Unterton in seiner Stimme machte Emilia wütend. Seine Reaktion war nicht in Ordnung. Jan hatte ihr eine klare Absage erteilt. Jetzt so zu tun, als wäre sie berechnend oder geldgierig, war ungerecht.

»Du hast selbst gesagt, dass ich es schlechter hätte erwischen können.«

»Habe ich das?«

»O ja!«, gab Emilia wütend zurück.

»Nun denn.« Er zuckte mit den Schultern und wandte sich ab. »Ich werde übermorgen die Stadt verlassen.«

»Übermorgen schon?« Emilia hatte gewusst, dass Jan gehen würde, aber dass es so bald sein würde, schmerzte sie. Alles an seinem abweisenden Verhalten tat weh.

»Keine Sorge, ich werde die Miete für den ganzen Monat bezahlen, wie vereinbart.«

Ohne sie anzuschauen, drehte er sich um und ging zurück zur Werkstatt.

Traurig sah Emilia ihm nach. Es fühlte sich an, als würde etwas in ihr zerbrechen.

Sie wünschte, das Gespräch wäre anders verlaufen. Sie sehnte sich danach, von ihm in die Arme genommen, getröstet zu werden. Mit jeder Faser ihres Körpers wollte sie ihm nah sein. Und doch war zwischen ihnen beiden nun alles gesagt.

Niedergeschlagen kehrte sie zurück in die Küche. Sie ließ sich am Küchentisch nieder und legte den Kopf in beide Hände. Es war nicht recht, dass sich ein Mensch zu einem anderen hingezogen fühlte, der diese Gefühle nicht erwiderte. Emilia war zum Weinen zumute, doch mit Erstaunen stellte sie fest, dass nun wohl der Zeitpunkt gekommen war, an dem keine Tränen mehr in ihr waren. Sie hatte sie alle vergossen.

Jan reiste frühmorgens ab, ohne sich zu verabschieden. Die Monatsmiete lag wie versprochen in einem ledernen Täschchen auf dem Tisch in der Stube. Emilia suchte vergebens nach einem Abschiedsbrief. Auch in der Kammer, die er bewohnt hatte, lag kein Gruß an sie. In der Werkstatt fand Emilia zwei Skizzen, die er achtlos zur Seite gelegt hatte. Mehrmals hatte er mit dem Silberstift nachgebessert, so lange, bis sich die Linien mehrmals kreuzten und das Papier unbrauchbar geworden war. Emilia strich die zwei Bögen sorgfältig glatt. Neben einem vergessenen Pinsel war es das Einzige, was ihr von Jan geblieben war.

Sie versuchte, die Linien zu einem Bild zusammenzusetzen. Die Skizzen zeigten das Gesicht einer jungen Frau. Sie erkannte die Augenpartie, die vollen Lippen und die Locken, die sich in ihrer Stirn kräuselten. Es war ihr Gesicht, aber es entsprach ihr nur zum Teil. Es fehlte etwas. Auch Jan schien das gemerkt zu haben und war deshalb unzufrieden gewesen. Er hatte versucht, sie zu zeichnen. Aber dann hatte er keine Lust mehr verspürt, sich eingehend mit ihrem Gesicht zu beschäftigen. Emilia schluckte und legte die Papierbögen zur Seite.

Während ihre Stimmung sich auf einem Tiefpunkt befand, schwebte Barbara förmlich durch den Tag. Sie war bester Laune und sang, während sie sich um den Kräutergarten im Innenhof kümmerte, flocht ihr blondes Haar zu besonders hübschen Zöpfen und steckte Feldblumen hinein. Sie probierte ein neues Rezept für einen Früchtekuchen aus, den sie großzügig an die Nachbarn verteilte.

Die Nachricht, dass der reiche Tuchhändler Martin Schlager die Tochter des verstorbenen Malers Walter Baumgart heiraten würde, verbreitete sich wie ein Lauffeuer in der Stadt. Das Gerücht stimmte also. Schon in ein paar Tagen würde Hochzeit gefeiert werden. Augenblicklich verstummten die bösen Gerüchte über Walter Baumgarts Tod. Sogar in der Bäckerei Mahr wurde Emilia freundlich empfangen.

»Fräulein Emilia, was für eine schöne Nachricht. Ihr werdet den Tuchhändler Schlager heiraten. Ihr seid die glücklichste Frau in dieser Stadt. So ein feiner, reicher Mann. Ihr habt ausgesorgt«, sagte die Bäckerin. »Und es heißt, dass Ihr schon ein Hochzeitskleid schneidern lasst.« Sie lachte. »Nun, als Frau eines Tuchhändlers sitzt Ihr ja künftig an der Quelle und werdet die allerschönsten Stoffe tragen.«

Auch die anderen Leute in der Stadt begegneten Emilia auf einmal mit Respekt. Noch war sie nicht mit dem reichen

Tuchhändler verheiratet, aber die Kaufleute sahen in ihr schon jetzt die wohlhabende Hausfrau.

Als Emilia beim Metzger auf die Haushälterin von Martin Schlager traf, war ihr, als würde die Frau sie mitleidig ansehen. War etwas dran an den Gerüchten, dass Schlager zum Jähzorn neigte? Dass sich hinter seinem freundlichen Wesen etwas Böses verbarg? War sie jetzt schon zu bemitleiden?

Nun, es war zu spät. Emilia hatte dem Heiratsantrag zugestimmt. Die Ehe würde all ihre finanziellen Probleme regeln.

Während der nächsten Tage fiel es ihr schwer, sich zu konzentrieren. In ihrem Kopf spielte sie immer wieder die Gespräche mit Jan durch. Wie hatte sie sich nur so in ihm täuschen können? Er hatte sie leidenschaftlich geküsst, ihr versichert, dass sie eine außergewöhnliche Frau sei, und jetzt lief er einfach davon, damit sie einen anderen Mann heiratete?

In Emilias Magen saß ein Knoten, der sie am Essen hinderte. In ihrer Kehle war ein Kloß, der ihr das freie Atmen erschwerte. Ständig war ihr zum Heulen zumute. Nachts konnte sie nicht schlafen. Sie vermisste Jan, und noch viel mehr als alles andere vermisste sie das Malen.

Als sie zur Anprobe bei der Schneiderin stand, meinte diese beim Abnehmen der Maße: »Ihr solltet mehr Essen, meine Liebe. Ihr besteht ja nur noch aus Haut und Knochen. Wo sind Eure hübschen Rundungen? Wenn Ihr noch weiter abnehmt, wird Euer Zukünftiger es sich wieder anders überlegen.«

Gerne hätte Emilia ihr geantwortet, dass das gar nicht mal so schlecht wäre. Aber die Schneiderin hätte sie wohl kaum verstanden.

Nur Katharina schien zu wissen, wie sie sich fühlte. »Noch kannst du einen Rückzieher machen. Noch bist du nicht verheiratet«, sagte die Freundin ernst.

»Das kann ich nicht tun. Schlager bietet Barbara und mir eine gesicherte Zukunft. Allein kann ich den Schuldenberg meines Vaters nicht bezahlen.«

»Ich weiß«, sagte Katharina. »Ich hoffe nur inständig, dass Schlager ein anständiger Mann ist. Menschen, die dauernd lächeln, kommen mir verdächtig vor.«

»Ich hoffe auch, dass er sich nicht als ein Siegfried Löffelholz entpuppt«, meinte Emilia leise.

»Kunigunde hat mich gebeten, wieder in die Werkstatt zurückzukehren. War sie auch bei dir?«

»Was? Das erzählst du mir jetzt erst?« Emilia konnte es kaum fassen. Katharina hatte also recht gehabt. Bei Emilia war Kunigunde allerdings nicht gewesen. Emilia freute sich für ihre Freundin, auch wenn es schmerzte, selbst nicht gefragt worden zu sein.

»Sie wird von deiner bevorstehenden Hochzeit gehört haben.«

»Ja, so wird es wohl sein«, sagte Emilia niedergeschlagen. »Wäre sie rechtzeitig gekommen, hätte ich den Antrag vielleicht gar nicht annehmen müssen.«

»Hättest du bei Kunigunde denn genug Geld verdient, um den Schuldenberg zu bezahlen?«

»Wahrscheinlich nicht«, gab Emilia zu.

»Würde Martin Schlager erlauben, dass du bei Kunigunde arbeitest?«

Emilia schüttelte den Kopf. »Der Tuchhändler hat ziemlich eindeutig gesagt, was er sich von mir erwartet. Ich soll auf mich aufpassen, gesund leben und ihm viele kräftige Kinder gebären. Sobald er den gewünschten Nachwuchs hat, wird er hoffentlich sein Interesse an mir verlieren.«

Katharina schnaufte verärgert. »Mir wird schlecht.«

»Mir auch«, fügte Emilia hinzu.

»Lass uns über etwas anderes reden«, schlug Katharina vor. Aber egal, was Katharina auch erzählte, Emilias Stimmung wollte sich nicht bessern. Sie wusste, dass sie bald alles verlieren würde, was ihr im Leben Freude bereitete.

17

Nachts lag Emilia stundenlang wach, lauschte auf Barbaras Atem, der regelmäßig ging, und starrte an die dunklen Holzbalken an der Decke.

Das Fenster der Kammer stand weit offen. Der Vollmond warf sein silbernes Licht auf den Holzfußboden. Draußen waren zwei kämpfende Katzen zu hören, dann war es wieder still. Es war die dritte Nacht in Folge, in der Emilia nicht schlafen konnte. Erschöpft schlug sie die Decke weg und stand auf. Es hatte keinen Sinn. Sie würde trotz der bleiernen Müdigkeit keine Ruhe finden. Genauso gut konnte sie in die Werkstatt gehen und malen. Sie sehnte sich nach ihren Farben und der Leinwand, die ihr in der Vergangenheit geholfen hatten, düstere Gedanken zu vertreiben. Sobald sie Martin Schlagers Ehefrau war, würde sie nie wieder einen Pinsel in die Hand nehmen.

Barfuß schlich sie zur Tür und stieg im Nachthemd die Treppe hinunter. Die Bretter knarrten leise unter ihren nackten Füßen. Als Emilia die Werkstatt betrat, stieg ihr der vertraute Geruch von Ölfarbe und Leinwand in die Nase. Der Duft ihrer Kindheit, die Erinnerung an glücklichere Tage.

Sie schluckte. Doch sie wollte jetzt nicht weinen, sondern malen, ein letztes Mal.

Entschieden öffnete sie die Fensterläden zum Innenhof. Die zur Straße ließ sie verschlossen. Geschickt schlug sie einen Funken mit ihrem Zündzeug und stellte mehrere Kerzen auf. Es war die pure Verschwendung. Erst als sie ausreichend Licht hatte, machte sie sich daran, Farbe anzurühren. Sie suchte nach einer leeren Leinwand und einem Spiegel. Noch nie hatte sie sich an ein Selbstporträt gewagt. Jans Versuch, sie zu zeichnen, spornte sie an. Natürlich kannte sie ihr Gesicht. Sie hatte sich schon mehrere Male im Spiegel ihrer Schwester angesehen und wusste, dass sie eine gut aussehende Frau war. Aber was war es, was sie ausmachte? Neugierig schaute Emilia in den Spiegel. Sie sah eine tieftraurige junge Frau, deren Augen voller Tränen waren, die sie nicht weinen wollte, da in den letzten Tagen schon so viele geflossen waren. Was lag hinter der Traurigkeit? Verbargen sich dort Neugier und Lebenshunger? Der Wunsch danach, noch mehr von der Welt zu entdecken, als Nürnberg zu bieten hatte? Waren da Trotz und Kampflust?

Emilia betrachtete sich mit den Augen einer Fremden. Sie schob die Traurigkeit zur Seite wie einen schweren Vorhang und erforschte ihr Gesicht. Es war, als sähe sie sich das erste Mal wirklich. Sie entdeckte die Sehnsucht einer Liebenden und die Neugier eines Kindes. Die Offenheit einer Künstlerin und die Angst einer Frau, sich einem Mann auszuliefern, der ihrer nicht würdig war.

Nichts in ihrem Gesicht strahlte Verbitterung aus, und das war gut so. Mit jedem Blick, den sie sich selbst zuwarf, mochte sie sich ein Stück mehr. Die Worte von Pfarrer Kalmbach kamen ihr in den Sinn: *Eitelkeit ist eine Sünde.* Aber war es eitel, sich selbst besser kennenzulernen? Seiner eigenen Seele auf den Grund zu gehen?

Emilia griff nach dem Silberstift ihres Vates. *Die Lehre über menschliche Gefühle ist ebenso wichtig wie die der Farben. Ein guter Maler braucht die ganze Palette davon. Vom berauschenden Glück bis zum todbringenden Schmerz. Er muss alle Emotionen durchlebt haben, um sie auf der Leinwand zu verewigen.* Emilia lächelte bei der Erinnerung an die Worte ihres Vaters. Es war, als stünde er hinter ihr und betrachtete ihr Werk mit Stolz. *Jeder große Künstler muss sich zuerst einmal selbst kennenlernen. Albrecht Dürer hat unzählige Selbstporträts angefertigt. Er hatte keine Angst vor sich selbst. Die meisten Menschen verstecken sich. Es bedarf viel Mutes, sich selbst anzunehmen.*

Walter Baumgart hatte kein einziges Bild von sich selbst angefertigt. Vielleicht wusste er, dass er für diese Aufgabe nicht gewappnet war. Emilia schluckte. Sie war aus einem anderen Holz geschnitzt als ihr Vater. Sie würde sich an diese Aufgabe heranwagen. Sie wollte sich selbst ergründen. Mit allen Ecken und Kanten. Schonungslos ehrlich. Genau wie Albrecht Dürer es getan hatte.

Mit klopfendem Herzen fing sie an, mit lockerer Strichführung, aus dem Handgelenk, wie ihr Vater es sie gelehrt hatte. *Striche werden nicht ausradiert, sie werden übereinandergelegt.* Es war erstaunlich einfach. Als habe sie ihr ganzes Leben nichts anderes getan, zeichnete sie eine Skizze. Emilias Trauer verwandelte sich in Zufriedenheit. Was sie tat, fühlte sich richtig an. Das Bild, das entstand, machte ihr keine

Angst. Im Gegenteil. Es war, als begebe sie sich auf eine Reise. Die Traurigkeit in ihren Augen hatte ihre Berechtigung, denn sie würde verlieren, was ihr im Leben wichtig war. Doch der Betrachter sollte auch erkennen, was dahinterlag.

Sobald die Skizze fertig war, machte sie sich an die Farben. Schicht für Schicht legte sie sie auf die Leinwand. Wie in einem Rausch malte sie sich selbst. Ihr Haar war unfrisiert und offen. Die roten Locken umgaben ihre Wangen wie ein glühender Rahmen. Ihre Stirn war in Falten gelegt, in ihren Augen kämpften Traurigkeit und Leidenschaft. Erst als der Himmel draußen langsam hell wurde, beendete Emilia ihr Tun. Sie trat einen Schritt zurück. Die dunklen Farbschichten fehlten noch, aber jetzt schon war zu erkennen, dass sie schonungslos ehrlich war. Ein winzig kleiner Hoffnungsschimmer lag in ihrem Blick. Der Wunsch nach einem Wunder. Doch Emilia war vernünftig genug, um zu wissen, dass es das nur in Erzählungen gab.

Erschöpft stellte Emilia das Gemälde mit der Front zur Wand. Sie reinigte die Pinsel, räumte Farbpalette, Schüsseln und Mörser wieder in die Regale. Innerhalb kürzester Zeit herrschte wieder die gewohnte Ordnung in der Werkstatt. Nichts deutete darauf hin, dass eine junge Frau die ganze Nacht lang wie eine Besessene gemalt hatte.

Als Emilia fertig war, ging die Sonne hinter den Dächern Nürnbergs orangerot auf. Die ersten Vögel hießen sie mit zartem Gesang willkommen. Emilia war klar, dass nicht nur ein neuer Tag anbrach, sondern ein neues Leben.

»Wo warst du?«, fragte Barbara schlaftrunken. Sie rieb sich müde die Augen, als Emilia in die Kammer zurückkehrte.

»Ich konnte nicht schlafen.«

Barbara setzte sich auf und betrachtete Emilias Nachthemd, das voller Farbflecken war. Sie verzog missbilligend den Mund. »Vor deiner Hochzeit wirst du dir ein neues Hemd nähen lassen müssen«, meinte sie. »Mit dem da kannst du jedenfalls nicht in Schlagers Bett steigen.«

Emilia zuckte zusammen. Immer noch ließ sie die Vorstellung, das Bett mit dem Tuchhändler zu teilen, erschaudern.

Barbara machte rasch eine wegwerfende Handbewegung. »Ach, egal«, sagte sie. »Bestimmt wird er dir ein hübsches Hemd schicken. Genau wie er ein Hochzeitskleid für dich anfertigen lässt. Der Mann hat Geld wie Heu.« Sie lachte. Dann stand sie auf, zog sich an und ging in die Küche. Wollte Barbara sie mit ihrer übertrieben guten Laune aufmuntern? Der Versuch scheiterte kläglich.

Emilia blieb noch einen Moment in der Kammer. Am liebsten wäre sie ins Bett gekrochen, hätte sich hingelegt und den fehlenden Schlaf nachgeholt. Aber dazu war keine Zeit. Es galt, die Kammer ihres Vaters auszuräumen. Die Kleidungsstücke, die er besessen hatte, würde Emilia als Almosen spenden. Seine Kleidertruhe wollte Barbara mitnehmen. Die anderen Habseligkeiten mussten aufgeteilt werden.

Emilia schlüpfte aus ihrem Nachthemd und zog sich an. Müde steckte sie ihr Haar hoch. Unten in der Werkstatt klopfte jemand laut gegen die Tür. Emilia nahm den Lärm nur mit halbem Ohr wahr. Als sie mit ihrer Frisur fertig war, stürmte Barbara aufgeregt in die Stube. Ihr Gesicht war bleich. Mit angstgeweiteten Augen starrte sie Emilia an.

»Was ist passiert?«, fragte Emilia. Ihr Herz begann zu klopfen.

»Die Stadtwache ist da.«

»Schon wieder? Was wollen sie denn diesmal?«

»Sie wollen dich mitnehmen«, sagte Barbara tonlos.

»Warum?«

Barbara knetete ihre Hände. Sie wagte nicht, Emilia anzusehen. Was war los?

»Jemand hat dich angezeigt«, presste sie hervor.

»Angezeigt?«, wiederholte Emilia fassungslos. »Weshalb? Was habe ich verbrochen?« Sie hatte letzte Nacht sorgsam darauf geachtet, dass niemand sie sehen konnte. Alle Fensterläden zur Straße waren verschlossen gewesen. Jan würde doch wohl kaum vor seiner Abreise ...? Oder etwa doch?

»Elisabeth Hennenkamp hat Vorwürfe gegen dich erhoben.«

»Deine gute Freundin?« Emilia verstand immer noch nicht.

Barbara nickte und sah Emilia immer noch nicht an. Stattdessen schluchzte sie leise und wischte mit dem Handrücken über ihre Augen.

»Ich wollte es dir vor ein paar Tagen sagen, aber du wolltest mich nicht aussprechen lassen.«

Emilia erinnerte sich vage an das Gespräch, bei dem Barbara sich bei ihr entschuldigen wollte. »Was wolltest du mir sagen? Ich verstehe das alles nicht.« Emilia versuchte, klar zu denken, was ihr bei ihrer Müdigkeit schwerfiel.

»Es ist alles meine Schuld. Es tut mir so furchtbar leid!«, platzte Barbara heraus. Sie schlug sich beide Hände vors Gesicht und weinte nun bitterlich.

»Was soll deine Schuld sein?«, fragte Emilia.

»Ich dachte nicht, dass Elisabeth so böse sein wird. Sie ist eine Schlange. Aber das habe ich zu spät erkannt. Ich wollte einfach mit jemandem reden.«

Aus der Werkstatt drangen polternde Geräusche nach oben.

»Was machen die Männer da unten?« Emilia drängte an Barbara vorbei.

Doch die hielt sie zurück. »Bleib hier«, sagte sie.

»Was hat Elisabeth gemacht?«, wollte Emilia wissen.

»Sie hat dem Inneren Rat gesagt, dass du das Bild von Frau Pöltl gemalt hast.« Barbara hob endlich den Kopf. Ihre Augen waren voller Tränen.

»Woher wusste sie …?« Weiter kam Emilia nicht. Mit einem Schlag wurde ihr alles klar. Barbara hatte sie an ihre Freundin verraten. Das war es, wofür Barbara sich hatte entschuldigen wollen.

»Elisabeth hat keinerlei Beweise«, sagte Emilia. »Solange du mich nicht an den Inneren Rat verrätst, ist alles gut.« Ihr schwante, dass das noch nicht alles war. Barbaras Gesicht hellte sich nicht auf.

»Angeblich gibt es Zeugen, die dich belasten«, schluchzte Barbara. »Die Männer wollten mir nichts sagen.

Sie durchsuchen gerade die Werkstatt nach weiterem belastenden Material.«

Emilia erschrak. Ihr Selbstbildnis. Es stand an der Wand.

»Mein Gott«, flüsterte sie. »Du hast die Männer in die Werkstatt gelassen.«

»Sie sind bewaffnet«, entschuldigte sich Barbara. »Was hätte ich tun sollen?«

»Ich bin verloren.«

»Nein, das bist du nicht!«, rief Barbara. »Ich werde alles wiedergutmachen. Ich werde Elisabeth bitten, die bösen Vorwürfe zurückzunehmen. Sie werden es nicht wagen, der zukünftigen Frau von Martin Schlager einen Prozess zu machen. In wenigen Wochen bist du eine der reichsten Frauen der Stadt.«

Barbaras Worte erreichten Emilia nicht. In ihren Ohren pfiff es laut. Die Wände drohten, auf sie herabzustürzen. Beim Malen war sie eben noch im Rausch des Glücks gewesen, doch nun landete sie auf dem Boden der Realität. Welche Zeugen gab es? Jan musste gegen sie ausgesagt haben. Das war der härteste Schlag von allen.

»Was ist da oben los? Kommt runter!« Eine dunkle Männerstimme drang aus der Werkstatt nach oben.

Emilia drehte sich um und bat Barbara, ihr Kleid im Rücken zu schnüren.

»Alles wird gut werden«, schniefte ihre Schwester. »Ich verspreche es, ich bringe das ganze Schlamassel wieder in Ordnung.«

Emilia antwortete nicht. Sobald ihr Kleid geschnürt war,

schob sie Barbara schweigend zur Seite. Ihre Schwester hielt ihre Hand fest.

»Emilia, bitte«, flehte sie. »Du musst mir glauben, dass ich das nicht wollte.«

Emilia gab sich einen Ruck. »Natürlich glaube ich dir«, sagte sie tonlos. Dann ging sie nach unten. Ihr Herz raste, aber sie versuchte, ihre Unruhe nicht zu zeigen. Es waren die gleichen Wachmänner wie vor ein paar Wochen.

»So sieht man sich wieder«, sagte der Kleinere gehässig.

Der Größere hielt ihr Selbstporträt in den Händen. »Ich nehme an, dass Ihr das gemalt habt.« Er schaute zuerst das Bild an, dann Emilia. »Gar nicht mal so schlecht, wenn man bedenkt, dass Ihr ein Weib seid.«

»Weiber dürfen nicht malen«, warf der Kleine wichtig ein. Er fasste Emilia unsanft am Oberarm.

»Lasst mich los«, zischte sie unwirsch und wich aus. »Ich bin keine Verbrecherin. Ich komme auch so mit Euch mit.«

»Wir haben den Befehl, Euch zum Rathaus zu führen. Wer garantiert, dass Ihr uns nicht davonlauft?«

»Wohin soll ich denn fliehen?«, fragte Emilia spöttisch.

»Wir nehmen sie in die Mitte«, meinte der andere großzügig. »Das wird als Beweismittel beschlagnahmt.« Er nahm das unfertige, noch feuchte Selbstporträt mit. Die helle Partie an der Stirn war bereits verwischt. Die Ölfarbe befand sich nun auf seinen Fingern. Es fühlte sich an, als hätte er sie geschlagen.

Und wieder wurde Emilia von den Wachmännern ins Rathaus begleitet. Die Leute blieben stehen und zeigten mit ausgestreckten Fingern auf sie. Es wurde hinter vorgehaltener Hand getuschelt und laut getratscht.

»Ist das nicht die junge Baumgart? Die soll doch den reichen Tuchhändler Schlager heiraten.«

»Warum wird sie abgeführt? Hat sie etwa Dreck am Stecken?«

»Na, da kann Schlager aber froh sein, dass sie noch nicht sein Weib ist. Da hätte er sich statt einer Prinzessin eine hässliche Hexe ins Bett geholt.«

Emilia versuchte, die gehässigen Bemerkungen zu ignorieren. Erhobenen Hauptes ging sie zwischen den beiden Wachmännern an den lästernden Nürnbergern vorbei. Dabei nahm sie unwichtige Details wahr. Das dunkelblaue Kleid des blonden Mädchens, das sie neugierig anstarrte. Den Spitzenkragen der Mutter, die das Kind an den Schultern packte und wegdrehte, so als sei Emilia die Gemahlin des Teufels, die Verderben brachte, sobald man sie ansah. Beim Brunnen vor St. Sebald entdeckte sie Katharina. Die Freundin hatte offenbar gerade eingekauft, denn sie hielt einen vollen Korb in der Hand. Ängstlich lief sie auf Emilia zu.

»Mein Gott, Emilia, was ist passiert?«

»Geht sofort aus dem Weg!«, herrschte der kleinere Wachmann sie an und stieß Katharina unsanft zur Seite.

»Aua!«, schrie sie übertrieben laut und rieb sich den Oberarm. »Seit wann darf man Witwen in aller Öffentlichkeit schlagen?«

Der Wachmann murmelte eine Entschuldigung.

Katharina nutzte sein Zögern aus. »Lasst meine Freundin sofort los!«, schimpfte sie. »Sie ist eine ehrbare Jungfer und wird demnächst den Tuchhändler Schlager heiraten. Der Mann wird Euch die Hölle heißmachen, wenn er erfährt, was Ihr tut.«

»Lasst das mal unsere Sorge sein. Tretet zur Seite!« Der Große wedelte mit der Hand vor Katharinas Gesicht.

»Das werde ich nicht!« Mutig stemmte Katharina beide Hände in die Hüften und baute sich vor den Männern auf. »Ich werde erst weichen, wenn Ihr meine Freundin gehen lasst. Das alles muss ein großer Irrtum sein.« Ihr mutiges Vorgehen irritierte die Wachmänner. Sie sahen einander ratlos an.

»Macht keinen Ärger. Wir haben einen Befehl. Wenn Ihr uns hindert, nehmen wir Euch auch mit«, donnerte der Kleinere.

»Ihr führt unschuldige Witwen und Jungfern ab? In welcher Stadt wohnen wir?« Sie sah sich um. Einige der Schaulustigen blickten betroffen zu Boden.

»Es wird nicht lange dauern«, flüsterte Emilia und versuchte, zuversichtlicher zu klingen, als sie sich fühlte. »Ich werde das Missverständnis aufklären.«

Katharina wirkte immer noch besorgt, machte aber einen Schritt zur Seite.

»Wenn du am Nachmittag nicht zu Hause bist, werde ich ins Rathaus kommen«, sagte sie, griff nach der Hand ihrer Freundin und drückte sie herzlich.

Emilia schöpfte wieder ein wenig Mut.

Abermals betrat sie das Rathaus. Über die breite Steintreppe ging es ins erste Stockwerk. Wieder erwartete man sie nicht im Großen Saal mit den wunderschönen Deckengemälden von Albrecht Dürer, sondern in der Ratsstube, wo die Stadtregierung regelmäßig tagte. Angeblich verband ein geheimer Gang die Folterkammer, das Verlies und die Ratskammer. Es hieß, dass die Ratsherren und Richter über die Urteile der Angeklagten beratschlagten, während die Folterknechte den Armen die Geständnisse entlockten. Sollte Emilia sich Sorgen machen, weil sie ausgerechnet hier erwartet wurde? Oder war es purer Zufall, weil der Große Saal gerade für einen Empfang geschmückt wurde?

Der kleinere Wachmann öffnete die Tür und hielt sie Emilia auf. Sie trat ein. Hinter einem lang gestreckten Tisch saßen Pfarrer Kalmbach, der Pelzhändler Maximilian Koch, der Bankier Peter Zeisel, der Goldschmied Werner Silberstiel, der Apotheker Grünspan, der Drahtzieher Ferdinand Pöltl und Martin Schlager nebeneinander aufgereiht. Seitlich am Tisch hockten Elisabeth Hennenkamp und ihr Vater, ein kleiner grauhaariger Mann, dem die ganze Angelegenheit unangenehm zu sein schien. Nervös rutschte er auf seinem Stuhl hin und her.

Emilia blickte von einem zum anderen. Vergeblich suchte sie in einem der Gesichter nach einem wohlwollenden Lächeln. Auch von Martin Schlager war keine Hilfe zu erwarten. Sein Gesicht war finster. Das aufgesetzte Lächeln war verschwunden, der Blick aus seinen Augen eiskalt.

»Emilia Baumgart, setzt Euch.« Der Pelzhändler wies ihr den Stuhl zu, der sich auf der gegenüberliegenden Seite des Tisches befand. Sie nahm mit weichen Knien Platz. Sobald sie saß, begann ihr Herz zu rasen. Ihre Hände waren feucht und zitterten nervös. Emilia legte sie in den Schoß. Niemand sollte sehen, wie aufgeregt sie war. In einer der Ecken des Raums erkannte sie ein Gitter, das in den Boden eingelassen war. Bei ihrem letzten Besuch hatte sie es nicht wahrgenommen. Bevor sie sich fragen konnte, was es damit auf sich hatte, ergriff der Goldschmied das Wort.

»Ich nehme an, Ihr wisst bereits, weshalb Ihr hier seid?«

»Ich habe nicht die leiseste Ahnung.« Emilia hielt sich aufrecht und bemühte sich um eine klare Stimme.

»Man beschuldigt Euch, ein Gemälde an das Ehepaar Pöltl verkauft zu haben, das angeblich aus der Hand Eures verstorbenen Vaters stammte. In Wahrheit habt Ihr selbst es gemalt.«

Emilia richtete ihren Blick auf den Ratsherren Pöltl. »Seid Ihr mit dem Gemälde unzufrieden? Gefällt es Euch nicht mehr?«

Pöltl plusterte sich auf. Seine Hängebacken wackelten. »Es tut nichts zur Sache, ob ich Gefallen an dem Bild habe oder nicht. Ihr habt uns belogen und betrogen. Das Geschäft ist somit ungültig. Ich verlange mein Geld zurück.«

»Mein Vater hat das Bild Eurer Ehefrau in der Nacht fertiggestellt, bevor er tödlich verunglückte.«

»Das ist eine Lüge!« Elisabeth Hennenkamp sprang von ihrem Stuhl auf. Ihre Stimme überschlug sich. Vor Aufregung waren ihre blassen Wangen gerötet. Ihr Haar hatte sie zu einem Kranz gebunden. Die straffe Frisur konnte nicht darüber hinwegtäuschen, wie schütter ihr Haar war. In wenigen Jahren würde sie nur noch ein paar Strähnen am Kopf haben.

»Barbara, die Schwester der Angeklagten, hat mir versichert, dass Emilia das Porträt gemalt hat«, fuhr sie fort.

»Warum hätte meine Schwester so eine Lüge erzählen sollen?«, entgegnete Emilia.

»Ruhe!«, forderte der Bankier Zeisel. Er wandte sich an den Apotheker Grünspan. »Was habt Ihr uns zu berichten?«

»Emilia Baumgart hat am Morgen nach dem Tod ihres Vaters grünes Farbpigment bei mir gekauft. Farbe, die für das Porträt nötig war.« Der alte Mann sah Emilia über den Rand seiner Brille hinweg an. Warum fiel er ihr in den Rücken? Sie hatte stets alle Rechnungen beglichen und war nie unhöflich zu ihm gewesen.

»Wie erklärt Ihr den Kauf der Farbe?«

Emilia verstand das alles nicht. Wer profitierte von diesem Verhör? Ratsherr Pöltl war mit dem Gemälde zufrieden. War es nicht völlig egal, wer es gemalt hatte? Hauptsache, es war schön! Auch Apotheker Grünspan hatte keinerlei Vorteil, wenn er sie anschwärzte.

»Ich habe die Farbe für meinen Untermieter Jan Vermeyen besorgt«, log Emilia, ohne mit der Wimper zu zucken. Jan war nicht hier. Er hatte nicht gegen sie ausgesagt, wenigstens diese Enttäuschung blieb ihr erspart.

»Sie lügt schon wieder.« Elisabeth blieb zwar sitzen, aber sie starrte Emilia hasserfüllt an. »Sie hat das Bild nachts gemalt. Ich habe sie selbst dabei beobachtet.«

»Bitte redet nur dann, wenn Ihr gefragt werdet!«, wies Bankier Zeisel Elisabeth in die Schranken.

»Wie kann es sein, dass Ihr nachts durch die Straßen Nürnbergs lauft?«, fragte Emilia.

Elisabeth presste die Lippen so fest aufeinander, bis sie blutleer waren. Sie hatte Emilia bestimmt nicht beobachtet. Das war eine glatte Lüge.

»Kann Euer Untermieter bestätigen, was Ihr behauptet?«, fragte der Bankier Zeisel.

Emilia musste verneinen. »Meister Vermeyen ist bereits abgereist.«

»Ha, da hört Ihr es selbst. Die Frau lügt, sobald sie den Mund aufmacht!« Elisabeth hatte die Sprache wiedergefunden.

»Ihr sollt schweigen und bloß antworten, wenn Ihr gefragt werdet!«, herrschte Zeisel sie an.

Nun stand Martin Schlager schweigend auf. Seine maskenhafte Miene verriet nicht, was in seinem Inneren vor sich ging. Er umrundete den Tisch und trat auf den großen Stadtwächter zu. Wortlos nahm er ihm das Selbstporträt ab und musterte es. Niemand im Raum wagte etwas zu sagen. Alle Augen waren auf ihn gerichtet. Schier endlos studierte er das Gemälde. Dann hob er den Kopf und richtete seinen eisigen Blick auf Emilia.

»Habt Ihr das gemalt?«

Emilia schluckte hart. »Nein«, log sie tapfer.

»Dann frage ich Euch, wer hat dieses Gemälde von Euch angefertigt? Es zeigt Euch in äußerst unsittlicher Form. Mit offenem roten Haar, fast schon wie eine Hexe. Das Bild ist schamlos.«

Seine Stimme war ruhig, aber es schwang eine Drohung mit. Emilia spürte die Gefahr.

»Mein Vater hat das Bild begonnen«, sagte sie.

»Die Farbe ist noch feucht.« Schlager hielt seinen Zeigefinger auf das gemalte Auge und verwischte es zur Unkenntlichkeit. Den farbbeschmierten Finger hielt er anklagend in die Höhe.

»Vielleicht hat Meister Vermeyen ein paar Farbschichten darübergelegt, bevor er in den Süden aufbrach«, fuhr Emilia fort.

Martin Schlager verzog seine wulstigen Lippen zu einer Grimasse und schob das Bild an die Wand, als sei es hässlicher Abfall.

Dann trat er näher zu Emilia und beugte sich zu ihr. »Ich bin enttäuscht«, sagte er. Sein Gesicht war knapp vor ihrem. Sie konnte seinen schlechten Atem riechen. »Niemand belügt mich ungestraft.«

Angeekelt versuchte Emilia, sich wegzudrehen.

»Ich wollte ein unbeflecktes und ehrbares Weib. Eine Frau, die ihre Rolle in der Gesellschaft einnimmt, so wie Gott es vorgesehen hat.« Er drehte sich zu Pfarrer Kalmbach.

Der Geistliche stimmte ihm sofort zu: »Das Weib hat dem Manne untertan zu sein. Als Frau ein Bild von sich selbst zu malen ist verwerflich und die pure Sünde.«

»Wo in der Bibel steht das?«, fragte Emilia trotzig.

Martin Schlager richtete sich auf und spuckte auf den Boden, ganz knapp an Emilia vorbei. Dann drehte er sich um und kehrte zu seinem Platz zurück. Im nächsten Moment war der Hass aus seinen Augen verschwunden. Er sprach liebenswert wie immer.

»Meine Verlobung ist bis auf Weiteres aufgehoben. Ich verlange die lückenlose Aufklärung dieses Falls und unterstütze Elisabeth Hennenkamps Anklage. Der Rat soll Emilia Baumgarts Tun genau untersuchen. Sollte sich herausstellen, dass sie sich mehrerer Verbrechen schuldig gemacht hat, muss sie mit aller Härte bestraft werden. Es kann nicht sein, dass die Frauen in dieser Stadt sich der Lasterhaftigkeit hingeben und ehrbare Männer wie den Ratsherrn Pöltl betrügen.«

Emilia wurde schwindelig. Der Raum begann, sich zu drehen. Sie atmete tief ein und aus, um nicht vom Stuhl zu rutschen. Der Rest des Gesprächs zog an ihr vorbei. Man warf ihr schweren Betrug und unsittliches Verhalten vor. Von Schlager war keine Hilfe zu erwarten. Im Gegenteil.

Elisabeth Hennenkamp wirkte zufrieden. Sie hatte zumindest einen Teil dessen erreicht, was sie wollte. Ob Schlager nun ihr einen Heiratsantrag machen würde? Emilia bezweifelte es. Elisabeth war in seinen Augen wohl nicht die passende Mutter für seine künftigen Kinder. Sie wirkte blass und kränklich mit ihrem schütteren Haar und den eingefallenen Wangen. Sonst hätte er sie bestimmt schon längst gefragt. Schade, schoss es ihr durch den Kopf. Die beiden hätten sich perfekt ergänzt und das Leben gegenseitig zur Hölle gemacht.

Apotheker Grünspan war der Einzige, der betroffen wirkte. »Was passiert nun mit Emilia Baumgart?«

»Drei angesehene Bürger der Stadt erheben Anklage gegen sie. Es wird einen Prozess geben. Bis dahin wird Emilia Baumgart im Verlies untergebracht. Die Fluchtgefahr ist zu groß«, erklärte Schlager.

Verlies. Das Wort hallte in Emilias Ohren wider. Jemand

sagte etwas zu ihr, doch sie reagierte nicht. Im nächsten Moment traten die Wachmänner zu ihr und zogen sie brutal auf die Füße. Sie war eben zur Verbrecherin geworden. Einer der beiden führte sie ab.

Sie stolperte die Stufen hinunter ins Erdgeschoss und weiter in den Keller. Am Ende eines kahlen Raums befand sich eine vergitterte Eisentür. Dahinter lag die Folterkammer, in der sich gottlob gerade niemand aufhielt. Im Vorübergehen erhaschte Emilia einen Blick auf das Innere des Raums. Was sie sah, trieb ihr den Schweiß auf die Stirn. Mehrere Zangen, Messer und Spieße hingen an der Wand, darunter befand sich eine Feuerstelle. Eine Bank mit Fesseln, ein Stuhl, dessen Sitzfläche mit Nägeln versehen war. Die Decke des Raums war ungewöhnlich hoch. Ein Schacht führte direkt zum Raum, in dem sie eben noch gesessen hatte. Das war also das Gitter im Boden gewesen.

»Weiter«, forderte die Stadtwache ungehalten. »Den Raum lernst du noch früh genug kennen.«

Emilias Kehle schnürte sich zusammen. Der Stadtwächter blieb vor einer niedrigen, schweren Holztür stehen, neben der ein kleiner Tisch stand. Dahinter saß ein dicker Mann mit Glatze und schlief.

»Aufwachen, Barthel! Hier kommt ein neuer Gast.«

Der Mann schreckte auf und blinzelte verschlafen.

»Bleib sitzen«, meinte der Stadtwächter großzügig. »Ich bring die Gefangene nach hinten. Letzte Zelle?«

Der Gefängniswärter nickte und reichte dem Stadtwächter einen Schlüsselbund. Auf dem Tisch stand ein Krug, der, dem Geruch nach zu urteilen, mit etwas weitaus Stärkerem als Wasser gefüllt war.

Der Stadtwächter stieß die Tür auf, die ein lautes Quietschen von sich gab. Ein fauliger Gestank nach Schimmel und menschlichen Ausscheidungen schlug Emilia entgegen, und sie hielt schützend die Hand vor die Nase. Als sie den finsteren Gang betreten hatte, wurde der Geruch noch intensiver, und sie unterdrückte tapfer den Brechreiz. An der rechten Steinwand hing eine rußende Fackel in einer Halterung. Der Wärter nahm sie aus dem Eisenring und beleuchtete den Gang. Es dauerte einen Moment, bis Emilias Augen sich an die Dunkelheit und den beißenden Rauch gewöhnt hatten.

Auf der linken Seite befanden sich niedrige Holztüren, hinter denen die Zellen lagen. Emilia hörte die Gefangenen schluchzen und weinen. Hinter jeder Tür saßen unglückliche Menschen, dachte sie. Als sie die vorletzte Tür passierten, schrie eine Frauenstimme ihnen wüste Beschimpfungen und Flüche entgegen. Der Wärter blieb stehen. Schon fürchtete Emilia, dass sie mit dieser Frau die Zelle teilen sollte, doch der Wärter hämmerte bloß mit der Faust gegen die Tür und brüllte: »Halt 's Maul, Alte!«

»Einen Dreck werde ich! Mach die Tür auf, du Hurensohn! Oder dein Schwanz wird schwarz wie Pech und nie wieder hart!«

»Sei still, sonst stopf ich dir dein dreckiges Maul!«

Rasch lief er weiter. Die Verwünschung schien ihn nicht unberührt zu lassen, denn er fasste sich prüfend zwischen die Beine. Emilias Ekel stieg ins schier Grenzenlose. Am

Ende des Ganges blieb er stehen, öffnete das Schloss und stieß mit dem Fuß die Zellentür auf.

»Willkommen im Palast des Ungeziefers.« Er grinste breit und zeigte im Licht der Fackel seine schadhafte Zahnreihe.

Emilia zögerte, worauf er sie ungeduldig in die Zelle schob. »Ich will hier nicht ewig warten.«

Stolpernd landete Emilia auf den Knien. Unter ihr war verfaultes Stroh. Der Gestank in der Zelle war schier unerträglich. Die Tür schloss sich mit einem Knall. Dann war es stockfinster. Nicht einmal die eigene Hand konnte Emilia sehen, wenn sie sie direkt vor die Augen hielt. So musste sich das Ende anfühlen, dachte sie.

18

Emilia saß zusammengekauert da und lauschte in die Dunkelheit. Mit einem Mal war ihr klar, dass sie nicht allein war. Jemand saß neben ihr.

»Hallo?«

»Schätzchen, du brauchst nicht zu schreien, ich bin nicht taub.« Den Worten folgte ein trockenes Husten.

Emilia kroch zur Seite. Die Frauenstimme klang noch nicht sehr alt, aber das konnte täuschen.

»Wie lang bist du schon hier?«, fragte sie.

»Viel zu lange, doch irgendwas hält mich am Leben.« Wieder folgte ein Husten. Dann ein Spucken. Der Schleim landete im Stroh. »Vielleicht lässt mich der Hass überleben.«

»Der Hass auf wen?«, wollte Emilia wissen.

»Immer langsam, Schätzchen. Wir haben hier alle Zeit der Welt. Ich erzähle dir alles. Aber jetzt lass uns erst mal unser Festmahl genießen.«

»Welches Festmahl?«

»Wart es nur ab. Wenn mein knurrender Magen mich nicht täuscht, kommt es gleich.«

Vor der Tür näherten sich tatsächlich Schritte. Ein

Scheppern war zu hören, dann öffnete sich am unteren Ende der Tür eine kleine Klappe, durch die ein wenig Licht in die Zelle fiel. Zwei Blechschüsseln wurden hereingeschoben, dazu zwei verbeulte Becher. Dann schloss sich das Türchen wieder, und es war so finster wie zuvor.

»Das Geschirr hol ich in einer Stunde wieder. Also beeilt euch!« Es war nicht die Stimme des Stadtwächters. Wahrscheinlich war es der Gefängniswärter, der zuvor am Tisch seinen Rausch ausgeschlafen hatte. Seine Schritte entfernten sich wieder.

»Reich mir den Becher«, forderte die Frau neben Emilia. »Aber sei vorsichtig. Wenn du das Wasser verschüttest, musst du dursten. Es gibt nur einmal am Tag was zu trinken.«

Emilia tastete das Stroh ab. Plötzlich huschte eine Ratte über ihre Hand. Erschrocken fuhr sie zurück und schrie auf. Versehentlich stieß sie den Becher um. Sie hörte, wie das Wasser im Stroh versickerte.

»Schätzchen, so überlebst du nicht einen einzigen Tag«, sagte die Frau. »Lass mich machen.«

Sie kroch über den Boden, bewegte sich vorsichtig an Emilia vorbei und streifte dabei ihren Oberarm. Der Körper der Frau war knöchern, und Emilia schoss das Bild eines Skeletts durch den Kopf.

Zielsicher griff die Frau nach dem anderen Becher. Sie trank einen Schluck und tastete nach Emilias Hand. »Hier«, sagte sie und drückte ihr den Becher zwischen die Finger.

»Es ist dein Wasser«, sagte Emilia. »Ich habe meines verschüttet.«

»Glaube mir, Schätzchen. Es ist ein Geschenk, wenn man hier nicht allein sein muss. Ich will nicht, dass du gleich in den ersten Tagen stirbst.«

Emilias Finger schlossen sich um den Becher. Sie führte ihn zum Mund. Obwohl das Wasser schal schmeckte, zwang sie sich, davon zu trinken.

»Danke«, sagte sie und reichte der anderen den Becher.

Die Frau leerte ihn in einem Zug. »Und jetzt das Brot«, sagte sie, holte die beiden Schüsseln und legte Emilia die eine davon in den Schoß.

»Ich habe keinen Hunger«, sagte Emilia.

»Das glaube ich dir, Schätzchen. Aber wenn du nicht gleich isst, dann holen die Ratten das Brot. Also iss. Du wirst es noch brauchen.«

Emilia hörte schmatzende Geräusche. Widerwillig biss sie in den harten Teig. Am liebsten hätte sie den Bissen sofort wieder ausgespuckt, so ekelhaft schmeckte es. Mit Sicherheit war es verschimmelt.

»Iss das Brot«, forderte die Frau.

»Es ist aber schimmelig.«

»Ich weiß. Zuerst dachte ich, dass ich davon krank werde. Aber genau das Gegenteil ist der Fall. Ich glaube, das Brot hält mich am Leben.« Sie lachte trocken. »Das Brot und der Hass.«

Emilia schluckte den Bissen hinunter. Sie würgte.

»Nicht erbrechen. Wenn du es ein paar Mal gegessen hast, gewöhnst du dich dran, Schätzchen. Und wenn du gegessen hast, dann steh auf und bewege dich.«

»Ich soll mich bewegen?«

»Ja, sonst verkümmern die Muskeln. Du kannst dann nicht einmal mehr aufstehen. Glaube mir.«

»Ich glaub dir ja«, sagte Emilia.

»Und jetzt verrate ich dir meinen Namen. Ich heiße Eunike Wolff.«

»Und ich bin Emilia Baumgart, die Tochter des Malers Walter Baumgart.«

Im Dunkel der Zelle verlor Emilia jedes Gefühl für Zeit und Raum. Sie wusste nicht, ob es mitten in der Nacht war oder heller Tag. Die einzige Abwechslung war die Essensausgabe. Zur zweiten Brotration erhielten sie einen ganzen Krug Wasser. So ersparte sich der Gefängniswärter das Austauschen der Becher. Es war eine Herausforderung, die Trinkgefäße in völliger Dunkelheit zu füllen, ohne die kostbare Flüssigkeit zu verschütten. Seit Emilia ihren Becher am ersten Tag umgekippt hatte, gab sie gut acht.

Eunike war nicht die einzige Zellenmitbewohnerin. Es gab unzählige Ratten und Mäuse. Wenn Emilia sich zum Schlafen hingelegt hatte, spürte sie die Tiere über ihren Körper trippeln.

»Pass auf, dass sie nicht anfangen, dich anzunagen«, riet Eunike.

»Machen sie das?«

»Gelegentlich. Vor allem dann, wenn du verletzt aus der Folterkammer zurückkehrst. Offene Wunden mögen sie. Ich glaube, sie riechen das Blut.«

Voller Grauen dachte Emilia an die schrecklichen Werkzeuge und welche Verletzungen sie verursachen mochten.

»Deine Vorgängerin ist von den Viechern verrückt geworden«, fuhr Eunike fort. »Sie hat so laut geschrien, dass sie sie in Ketten gelegt und an die Wand gefesselt haben. Irgendwann war sie still und hat nie wieder geschrien.«

»Das ist ja unmenschlich.«

»Schätzchen, dieser Ort ist die Hölle. Menschlichkeit zählt hier nicht.«

»Haben sie dich schon peinlich verhört?«, fragte Emilia ängstlich.

»Das haben sie schon während des Prozesses getan. Sie wollten mir ein riesiges, heißes Eisen auf den Oberarm drücken und jeden Fingernagel einzeln ziehen. Ich hatte so große Angst, dass ich ihnen alles gestanden habe, was sie hören wollten.«

»Was hast du gestanden?«

»Dass ich meinen Ehemann mit mehreren Männern betrogen habe. Dass ich absichtlich die Ehe zerstört habe. Dass ich eine verruchte Betrügerin war.« Sie lachte krächzend.

Emilia schloss die Augen. Wie würde sie reagieren, wenn man ihr die Finger brach, die Nägel zog oder ihr auf der Streckbank die Glieder ausrenkte? Sollte sie besser gleich zugeben, dass sie das Bild von Frau Pöltl gemalt hatte? Man würde sie des schweren Betrugs für schuldig erklären. Welche Strafe erwartete sie? Würde man sie öffentlich auspeitschen? An den Pranger stellen? Foltern? Oder genau wie Eunike hier im Verlies verrecken lassen?

»Nichts von dem, was du gestanden hast, hat der Wahrheit entsprochen, oder?«, fragte Emilia.

Eunike schnaufte. »Natürlich nicht. Er war es, der ständig in anderen Betten gelegen und jeden zweiten Abend unser Geld in den Badehäusern der Stadt ausgegeben hat. Mal ganz davon abgesehen, dass er mich ständig geschlagen hat. An manchen Tagen hat er mich so arg verprügelt, dass ich mich nicht mehr bewegen konnte. Am Ende habe ich das Haus kaum noch verlassen, bloß sonntags zum Kirchgang, und da sah ich aus wie eine Trauernde, weil ich meine blauen Flecken hinter einem Schleier versteckt habe.«

»Und warum hat dein Mann dir das alles angetan?«, fragte Emilia.

»Ach, er wollte mich wohl. Das ist ihm auch gelungen. Nach dem Prozess in Regensburg ...«

»In Regensburg?«, unterbrach Emilia sie ungläubig. »Wir sind in Nürnberg.«

»Nun, wir haben damals in Regensburg gelebt, deshalb fand der Prozess natürlich auch dort statt. Ich wurde als Ehebrecherin verurteilt. Erst hat man mich dort in den Kerker gesteckt, doch dann wurde ich eines Tages heimlich hierher nach Nürnberg gebracht. Ich vermute, mein Mann hat irgendwen bestochen. Seitdem sitze ich hier im Verlies und werde vermutlich den Rest meiner Tage hier verbringen. Außer es geschieht ein Wunder, womit ich nicht rechne. Gott hat mich aufgegeben und ich den Glauben an ihn.«

Emilia musste an Kunigunde denken, an die blauen Flecken, mit denen sie morgens oft in die Werkstatt kam. »Es ist ein Jammer, dass Männer mit ihren Ehefrauen tun können, was sie wollen. Meiner ehemaligen Arbeitgeberin und ihren Töchtern ergeht es ähnlich«, sagte sie. »Dabei hätte

Kunigunde Löffelholz den Mann gar nicht heiraten müssen. Sie war verwitwet. Ich verstehe bis heute nicht, warum sie diesen Schritt getan hat. Offenbar hatte sie Angst, allein dazustehen. Das Gerede der Menschen kann einem böse zusetzen.«

»Sagtest du Löffelholz?«

»Ja.«

»Den Namen kenne ich. Wie heißt der Ehemann dieser Frau Löffelholz?«

»Siegfried Löffelholz. Warum?«

»Wie schaut er aus? Ist er dick, und zieht sich über seine rechte Schläfe eine fette Narbe?«

»So ist es«, sagte Emilia erstaunt.

Eunike lachte hysterisch auf. Für einen Moment fürchtete Emilia, sie habe nun völlig den Verstand verloren, was an einem Ort wie diesem nicht verwunderlich gewesen wäre. Aber es war seltsam, dass es ausgerechnet jetzt passierte. Emilia wartete geduldig, bis ihre Mitgefangene sich wieder beruhigte. Zeit war etwas, das im Verlies in ausreichendem Maße vorhanden war.

»Eines Tages kam Siegfried betrunken nach Hause und erwähnte eine reiche Witwe in Nürnberg, die eine florierende Werkstatt für Tapisserien besitze. Sie heiße Kunigunde Löffelholz und sei eine der wohlhabendsten Unternehmerinnen der Stadt. Ein passendes Opfer für Siegfried, habe ich gedacht. Allerdings hätte ich nie geglaubt, dass er so unverfroren ist und sie heiratet, solange ich am Leben bin. Das erstaunt mich. Er macht sich damit selbst schuldig.«

»Du denkst, dass Siegfried Löffelholz dein Ehemann war?«

»Eigentlich heißt er Siegfried Wolff«, verbesserte Eunike. »Die hässliche Narbe über seiner Schläfe stammt von einer Rauferei im Suff. Er hätte dabei fast sein Auge verloren. Anscheinend hat er in Nürnberg den Werkstattnamen Löffelholz angenommen, um seine Spuren zu verwischen. Das ist natürlich auch eine Möglichkeit.«

Es dauerte eine Weile, bis Emilia begriffen hatte, was Eunike da gesagt hatte. Wenn das alles stimmte, dann war die Ehe zwischen Siegfried und Kunigunde nicht rechtskräftig. Siegfried durfte nicht heiraten, solange seine erste Ehefrau noch am Leben war.

»Wie lange ist das alles her?«

»Schätzchen, beliebst du zu scherzen? Hier unten weiß man nicht, ob Tag oder Nacht ist. Wie soll ich wissen, wie viele Wochen, Monate oder gar Jahre vergangen sind? Ich schlafe, esse, furze. Das ist alles. Hin und wieder stecken sie neue Frauen zu mir. Noch nie war eine dabei, die so klug war wie du. Für gewöhnlich sind es Irre, die schreien und toben.«

»Sag mal, wer hat dich nach Nürnberg gebracht? Die Stadtwache?«

»Du stellst Fragen. Es waren drei Männer. Zwei uniformierte und ein vornehm gekleideter. Der hat gut gerochen und war besonders hübsch angezogen. Mit gepflegtem Haar und einer klassisch geschnittenen Nase. Er hat auch vornehm geredet, so durch die Nase, als hätte er französische Wurzeln. Er hinkte ein bisschen.«

»Ein Pelzhändler?«

»Wie soll ich das denn wissen? Er hat sich mir ja nicht vorgestellt.«

Emilia dachte fieberhaft nach. Man hatte Eunike heimlich nach Nürnberg gebracht, wo vermutlich niemand etwas von ihrer Vorgeschichte wusste. Siegfried hatte ganz dreist behaupten können, er sei Witwer. Damit war der Weg in eine neue Ehe frei gewesen. Was für ein perfider Plan!

Siegfried Löffelholz musste Komplizen gehabt haben. Allein hätte er Eunike niemals für immer verschwinden lassen können. Ob der Pelzhändler Maximilian Koch mit ihm unter einer Decke steckte? Der hatte ja auch bei der Vergabe des Entwurfs für die Tapisserie seine Finger im Spiel gehabt.

»Kennst du den Schwager deines Ehemanns? Johannes Kastel?«

»Oh, mein Gott!« Eunike lachte. »Der Möchtegernmaler? Er hat immer behauptet, er sei ein großer Künstler. In Wirklichkeit war er ein armer Wicht, der einen Pinsel von einem Löffel nicht unterscheiden konnte. Laut sagen durfte man das natürlich nie.«

»Siegfried Löffelholz hat ihm einen großen Auftrag für eine Tapisserie verschafft.«

»Das wundert mich nicht«, meinte Eunike. »Er schuldete Johannes einen großen Gefallen.«

Die Bitterkeit in ihrer Stimme ließ Emilia erahnen, dass der Gefallen etwas mit Eunikes Verurteilung zu tun hatte. »Hat er dich etwa angeschwärzt?«

»Er hat falsch ausgesagt und vor Gericht eiskalt gelogen. Johannes hat behauptet, er hätte mich im Bett mit einem fahrenden Händler erwischt, der dann nicht mehr in der Stadt gewesen sei.«

»Das ist ja schrecklich. Was für ein entsetzlicher Mensch muss das sein?«

»Er ist aus demselben Holz geschnitzt wie Siegfried. Deshalb haben die beiden sich immer prächtig verstanden. Johannes behandelt seine Ehefrau ebenso niederträchtig, wie Siegfried mich behandelt hat. Offenbar hat das Siegfried nicht weiter gestört, obwohl Johannes' Ehefrau schließlich seine Schwester ist. Männer sind feige Schweine.« Eunike hustete und schnappte nach Luft. Es klang beängstigend. Sie schien ernsthaft krank zu sein, was hier unten kein Wunder war. Viel erstaunlicher war es, dass sie in diesem Verlies so lange überleben konnte.

»Wie ist es Siegfried gelungen, den Ratsherren dieses angebliche Kunstwerk von Johannes Kastel aufzuschwatzen? Oder ist ein Wunder geschehen, und er hat plötzlich sein Talent entdeckt?«

»Das hat er nicht«, sagte Emilia. Vor ihrem inneren Auge tauchten die Bratwurstpferde auf.

»Und trotzdem haben die Ratsherren zugestimmt?«, fragte Eunike.

»Eigentlich hat nur einer zugestimmt«, entgegnete Emilia. »Die anderen haben den Entwurf gar nicht gesehen.«

»Und wer war der Mann, der Johannes Kastel für einen fähigen Künstler hielt?«

»Der Pelzhändler Maximilian Koch«, sagte Emilia leise. »Ein eleganter Mann mit auffallender Nase, gutem Geschmack und französischem Akzent. Er hinkt ein bisschen.

Je länger ich darüber nachdenke, umso seltsamer finde ich es, dass ein Mann mit erlesenem Geschmack ein Kunstwerk nicht von einer einfachen Kinderzeichnung unterscheiden kann.«

»Denkst du, dass dieser Pelzhändler der Mann ist, der mich nach Nürnberg gebracht hat?«

»Es schaut ganz so aus.«

»Bestimmt hat er Siegfried irgendeinen Gefallen getan. Für gewöhnlich wäscht eine Hand die andere. Und wenn es drauf ankommt, halten sie alle zusammen.«

»Wer hält zusammen?«, wollte Emilia wissen.

»Die Ratsherren. Ich lege meine Hand dafür ins Feuer, dass der Pelzhändler irgendein dunkles Geheimnis hat, mit dem Siegfried ihn erpresst hat.«

Emilia schwirrte der Kopf. Sie hatte den Pelzhändler immer gemocht. Dass auch er ein Verbrecher war, wollte ihr nicht in den Sinn. Sie lehnte sich gegen die eiskalte, feuchte Zellenwand. Wenn bekannt würde, dass Siegfried Löffelholz noch verheiratet war, würde er vor Gericht landen. Vielweiberei war strafbar. Ob man auch beweisen konnte, dass sein Schwager falsch gegen Eunike ausgesagt hatte? Wohl kaum. Und was hatte es mit Maximilian Koch auf sich? Was konnte so schlimm sein, dass er bereit war, eine unschuldige Frau für immer im Verlies verrecken zu lassen, und einem Dilettanten einen Auftrag für einen Wandteppich verschaffte, der zuerst einen Meineid gegen diese Frau geleistet hatte? Hatte er jemandem Gewalt angetan? Gestohlen? Betrogen? Es konnte alles sein.

Vielleicht aber lag Eunike falsch, und der Pelzhändler

hatte den Entwurf von Kastel originell gefunden, und ein anderer Mann hatte sie nach Nürnberg gebracht. Emilia würde es wohl nie erfahren. Während sie über das Unrecht nachdachte, das Eunike widerfahren war, huschte eine Ratte über ihre Füße. Sie hatte sich an die kleinen Nager gewöhnt und erschrak nicht mehr, wenn ihre pelzigen Körper sie berührten.

Emilia hatte Siegfried Löffelholz nie ausstehen können, doch jetzt wuchs eine schier unbändige Wut in ihr. Sie richtete sich nicht nur gegen ihn, sondern gegen die Willkür, der Frauen ausgesetzt waren. Auch ihr hatte man übel mitgespielt. Sie hatte gemalt, aber was war daran verwerflich? Sie hatte das Ehepaar Pöltl betrogen und ihnen ein Bild unter falschen Angaben verkauft. Aber was wäre ihr anderes übrig geblieben? Niemals hätten sie das Porträt gekauft, wenn sie gewusst hätten, wer es tatsächlich gemalt hatte. Dabei gefiel es ihnen. Sie hatten es gelobt und waren stolz darauf gewesen. Warum war es plötzlich nichts mehr wert, nur weil es eine Frau gemalt hatte? Das war nicht recht.

Und Martin Schlager? Hätte er nicht auf einer Anklage gegen sie bestanden, wäre sie vielleicht mit einem blauen Auge davongekommen. Die Ratsherren hätten sich ihre Geschichte angehört und sie mit einem Verweis wieder nach Hause geschickt. Im schlimmsten Fall hätten Emilia und Barbara ihr Haus verkauft, ihre Schulden beglichen und den Erlös aufgeteilt. Aber Schlager wollte eine lückenlose Aufklärung aller unrechten Vorgänge. Sein Stolz war offenbar gekränkt, weil er einer Frau einen Heiratsantrag gemacht hatte, deren Ruf möglicherweise nicht so tadellos war, wie er angenommen hatte. Nun wollte er sich dafür rächen.

»Wir haben die ganze Zeit über mich geredet. Wie steht es um deine Geschichte? Wenn ich dich richtig verstanden habe, dann hat eine Frau dich verraten.« Eunike holte Emilia aus ihren Überlegungen.

»Wie bitte?«

»Du hast mir doch erzählt, dass diese Elisabeth Hennenkamp dich verraten hat. Was hast du der Frau angetan, dass sie dich angeschwärzt hat?«

»Ich denke, dass sie Martin Schlager heiraten wollte und es nicht ertragen konnte, dass er mir einen Heiratsantrag gemacht hat.«

»Und wird der Tuchhändler sie jetzt heiraten?«

Emilia zuckte mit den Schultern. »Gut möglich. Es ist mir einerlei. Die beiden sollen tun, was sie wollen.«

»Und woher hatte diese Elisabeth ihr Wissen?«

Emilia hatte Eunike nicht alles erzählt. Die schmerzlichste Tatsache hatte sie für sich behalten: dass Barbara sie an Elisabeth verraten hatte. Die Tränen, die sie bisher tapfer unterdrückt hatte, brachen sich Bahn. Emilia weinte herzzerreißend, schluchzte und wischte sich mit dem Handrücken über die Nase.

»Glaub mir, Schätzchen, irgendwann sind alle Tränen vergossen, dann spürst du nur noch die Wut und den Wunsch nach Rache und Vergeltung.«

Emilia fragte sich, wie erstrebenswert es war, nur nach Rache zu dürsten. Sie würde Eunike nicht von Barbaras Verrat erzählen. Wozu auch? Barbara hatte ihren Fehler schon vor Tagen eingesehen. Das war es gewesen, was sie ihr hatte gestehen wollen, doch Emilia hatte es nicht hören wollen. Hätte es irgendetwas verändert? Hätte sie sich besser vorbereiten können? Nun, sie hätte wohl kein Selbstporträt angefertigt.

Die Zeit im Verlies verging, ohne dass Emilia es bemerkte. Sehnsüchtig erwartete sie den Gefängniswärter, der nicht nur Brot und Wasser, sondern auch Hoffnung brachte. Ob er sie diesmal mitnahm? Würde man sie wieder aus dem Loch holen? Sie vermochte nicht zu sagen, wie viele Male der Mann kam und Essen in die Zelle schob. Sobald das verschimmelte Brot in die Zelle kam, stürzte sie sich darauf wie ein Tier. In winzig kleinen Teilen kaute sie das harte Gebäck.

Die Versuche, mit dem Gefängniswärter zu reden, schlugen fehl. Der Mann schlug wortlos die Klappe zur Zelle zu und ging wieder. Der kurze Augenblick, in dem die rußende Fackel in seiner Hand Licht ins Verlies warf, reichte nicht aus, um Eunike zu sehen. Die Helligkeit blendete Emilia und schmerzte so sehr in den Augen, dass sie blinzeln und den Kopf wegdrehen musste. Danach sah sie minutenlang helle Kreise, die in unterschiedlichen Farben vor ihren Augen tanzten. Sobald sie weg waren, kehrte die Finsternis zurück.

Was, wenn man ihr gar keinen Prozess machte? Oder sie einfach auf ewig hier unten sitzen ließ, so wie Eunike? Bereits nach so kurzer Zeit bemerkte Emilia die Veränderungen an ihrem eigenen Körper. Sie konnte schon die einzelnen Rippen ertasten, und unzählige Bisse von Flöhen und anderem Ungeziefer überzogen ihre Haut. Sie vertrieb sich die Zeit, indem sie den Dreck, der sich unter den Fingernägeln sammelte, wegkratzte und die Nägel mit den Zähnen abbiss. Ihr strähniges Haar flocht sie zu Zöpfen, die sich auflösten, sobald sie sich ins dreckige Stroh legte. Der Ekel, den sie beim Betreten der Zelle empfunden hatte, war Gleichgültigkeit gewichen.

Der einzige Lichtblick waren die Gespräche mit Eunike. Ihre Mitgefangene stammte ursprünglich aus Freiburg und war die älteste Tochter eines Schmieds. Als ihr Vater starb, musste ihre Mutter rasch alle fünf Mädchen verheiraten. Als Älteste hatte sie das Glück gehabt, dass ihre Mitgift höher ausfiel als die ihrer Schwestern. Siegfried Wolff hatte sie bloß des Geldes wegen geheiratet, doch das hatte sie damals nicht gewusst. Sie hatte sogar gedacht, einen Glücksgriff mit ihm gemacht zu haben. Er war ein angesehener Wirt mit einem großen Betrieb gewesen. Aber schon bald hatte sich herausgestellt, dass Wolff lieber selbst das Bier trank, das er braute, als es an seine Gäste auszuschenken. Als er nach einigen Jahren mehr Schulden hatte als Einnahmen, verkaufte er das Gasthaus und ging nach Regensburg. Mit Eunikes Mitgift und dem verbliebenen Geld vom Verkauf des Gasthauses erwarb er ein kleines Haus. Allmählich hatte sich Eunikes Alltag verändert. Siegfried hatte begonnen, sie zu betrügen und zu schlagen.

»Vermutlich hatte er zu dem Zeitpunkt meine komplette Mitgift durchgebracht, und er brauchte eine neue Geldquelle. Also hat er mich des Ehebruchs angeklagt. Und bald darauf war ich im Verlies.«

»Haben deine Mutter und deine Schwestern nie nachgefragt, was aus dir geworden ist?«

»Wie soll ich das wissen?«, entgegnete Eunike. »Wahrscheinlich hat Siegfried einen Brief nach Freiburg geschickt und behauptet, ich sei tot.«

Eunikes Geschichte ging Emilia sehr nahe. Die Ungerechtigkeit, die diese Frau erfahren hatte, machte sie fassungslos.

»Siegfried Löffelholz ist ein Ungeheuer«, sagte sie leise. »Wie kann es sein, dass er ungestraft sein sündhaftes Leben führen darf, während wir unschuldig im Verlies unser Dasein fristen müssen? Das ist alles so ungerecht. Wo ist Gott? Warum lässt er das alles zu?«

Eunike lachte traurig. »Schätzchen, es ist nicht Gott, der die Ungerechtigkeit verursacht, sondern die Menschen. Sie sind die Ungeheuer.«

»Aber warum sorgt er nicht wenigstens dafür, dass die Menschen von dem Unrecht erfahren?«

Emilia war davon überzeugt, dass nicht alle Ratsherren schlecht waren. Ferdinand Pöltl mochte sich betrogen gefühlt haben, aber er war kein böser Mensch. Peter Zeisel war stets auf seinen finanziellen Vorteil bedacht, doch würde er deshalb unschuldige Frauen ins Verlies sperren lassen?

Martin Schlager hingegen traute sie alles zu. Zuerst hatte er sie um jeden Preis heiraten wollen, als er jedoch erfahren hatte, dass sie nicht die brave Frau war, die er in ihr gesehen hatte, hatte er sie fallen lassen wie ein Stück Dreck. Er wollte nicht, dass sein Name mit ihrem in Verbindung gebracht wurde, und er sann auf Rache. Wenn es keinen Prozess gab, würde man Emilia in ein paar Wochen vergessen haben. Dann konnte er Elisabeth Hennenkamp oder eine andere Frau heiraten, ohne dass über ihn getratscht wurde.

Und das alles bloß, weil Emilia ein Bild gemalt hatte. Etwas, wofür Männer hoch gelobt und gefeiert wurden. Wie konnte Gott das zulassen?

19

Eunike schlief. Emilia hörte ihren regelmäßigen Atem. Sie selbst döste ebenfalls vor sich hin, als sich Schritte näherten. Diesmal waren es nicht nur die des Gefängniswärters, nein, es waren mindestens zwei Menschen, die den Gang entlangkamen. Würde man sie zum peinlichen Verhör holen? Oder machte man ihr den Prozess? Warum hatte man sie nicht mit einem Wort darauf vorbereitet?

Eiskalter Angstschweiß brach Emilia aus allen Poren. Ihr Herz begann zu rasen. Die Bilder der Metallzangen kehrten in ihr Bewusstsein zurück. Sie war keine wehleidige Person. Als Kind hatte sie sich einmal das Knie so schlimm aufgeschlagen, dass der Arzt die Wunde hatte nähen müssen, und sie hatte die Schmerzen tapfer ertragen. Aber würde sie den glühenden Zangen ohne Wimmern und Schreien standhalten?

Der Schlüssel wurde ins Schloss gesteckt. Mit einem lauten Quietschen öffnete sich die Tür. Emilia sah nur den Schein der Fackel, der sie blendete. Sie drehte den Kopf zur Seite.

»Du hast Besuch!« Die Stimme des Gefängniswärters

klang unfreundlich wie immer. Mittlerweile konnte Emilia ihn sogar verstehen. Schließlich verbrachte der Mann den ganzen Tag im Vorhof der Hölle. Wer würde da nicht griesgrämig werden und eine Menge Bier brauchen, um das eigene Los zu ertragen?

Eunike schreckte hoch. »Was ist los?«

»Deine Mitgefangene hat Besuch«, erklärte der Wärter. »Aber bloß ein paar Minuten. Ich will keinen Ärger kriegen.«

Jemand trat in die Zelle. Die Person trug eine kleine Laterne in der Hand. Die schwere Tür fiel krachend wieder zu.

»Mein Gott, Emilia! Wie geht es dir?« Es war Katharinas Stimme.

Vor Erleichterung fing Emilia an zu weinen.

Katharina stellte die Laterne auf den Boden, ging in die Hocke und umarmte ihre Freundin. Sie roch nach Rosenöl und Seife. Düfte, die Emilia an das Leben außerhalb der Zelle erinnerten.

Eine Weile konnte sie gar nichts sagen. Sie hob den Kopf und kniff die Augen bis auf einen winzigen Spalt zusammen. Das ungewohnte Licht schmerzte. Sie sah Katharinas besorgtes Gesicht. In den Augen der Freundin lagen ebenfalls Tränen. Dann blickte Emilia zu Eunike und erschrak. Sie hatte eine Frau im Alter von Kunigunde Löffelholz erwartet, doch ihre Mitgefangene sah wie eine Greisin aus. Ihre grauen Haarsträhnen bedeckten ihr schmutziges Gesicht und ihre Schultern. Ihre Oberarme waren mit Pusteln und kleinen Wunden von den Ungezieferbissen übersät. Die Füße waren nackt und schwarz. Ob sie selbst auch so erbärmlich aussah?

»Du musst hier raus«, sagte Katharina.

»Ich wünschte, das ginge so einfach.«

»Wir werden eine Lösung finden«, versprach Katharina, klang aber längst nicht so zuversichtlich, wie Emilia sich das gewünscht hätte.

»Wie hast du es geschafft, ins Verlies zu kommen, Katharina?«

»Ich habe den Rosenkranz meiner Mutter verkauft.«

Emilia schluckte. Sie wusste, dass die Kette eines der wenigen Schmuckstücke war, die Katharina überhaupt besaß. Sie bestand aus Bernstein von der Ostsee, mit Kettengliedern aus Gold, und war ein Erbstück. Es für ein paar Minuten in der Hölle einzutauschen war verrückt.

»Ich musste dich unbedingt sehen«, sagte Katharina. »Koste es, was es wolle.«

Die Worte der Freundin rührten Emilia. Wieder flossen die Tränen.

»Wird es einen Prozess geben?«, fragte sie.

»Ja, natürlich. Im Moment spricht die ganze Stadt von nichts anderem. Niemand will glauben, dass du etwas Verwerfliches getan hast. Einige Ratsherren haben das Gemälde von Sibille Pöltl gesehen und befunden, dass eine Frau niemals in der Lage sein könne, ein so großartiges Kunstwerk zu erschaffen.«

In Emilias Erleichterung mischte sich Ärger – ein Zeichen dafür, dass ihr Lebenswille längst nicht gebrochen war.

»Leider ist da noch die Sache mit dem Selbstporträt«, fuhr Katharina fort. »Pfarrer Kalmbach hat am Sonntag von der Kanzel gewettert, dass Eitelkeit und Selbstsucht Todsünden seien, und er hat sich darüber ereifert, dass Bürger und Kaufleute sich porträtieren ließen und die Bilder dann bei sich zu Hause aufhängten. Das widerspreche dem göttlichen Gebot, dem zufolge nur die Darstellung biblischer Geschichten erlaubt sei.«

Emilia schüttelte den Kopf. Was waren das bloß für unsinnige Regeln? Warum überließ man es nicht den Künstlern selbst, was sie malen wollten?

»Wie kommst du eigentlich auf die Idee, dass es keinen Prozess geben könnte?«, wollte Katharina wissen.

Emilia sah zu Eunike. »Siegfried Löffelholz' Frau hat zwar einen Prozess bekommen, aber danach wurde sie in den Kerker gesteckt, damit sie hier verreckt.«

»Was? Von wem redest du?« Katharina war verwirrt. »Kunigunde sitzt in ihrer Werkstatt und sucht händeringend nach Bildwirkerinnen, die deine Stelle besetzen. Bisher konnte sie niemanden finden.«

So gut es ging, fasste Emilia die Geschichte ihrer Mitgefangenen zusammen. Wenn sie etwas vergaß, ergänzte Eunike die Ausführungen. Katharinas Augen wurden immer größer. Wie ein Kind, das einer spannenden Fabel lauschte, hing sie an Emilias Lippen.

»Löffelholz ist mit zwei Frauen verheiratet?«, fragte Katharina ungläubig. »Das kann nicht sein. Ob Kunigunde das weiß?«

»Ganz bestimmt nicht«, entgegnete Emilia.

»Aber ich nehme an, dass es sie interessieren wird …«
Ein listiges Lächeln stahl sich auf Katharinas Gesicht.

»Wie geht es eigentlich Barbara?«, erkundigte sich Emilia.

Augenblicklich verschwand das Lächeln wieder aus Katharinas Gesicht.

»Was ist mit ihr? Geht es ihr nicht gut?« Emilias Sorge um ihre Schwester wuchs. Wie mochte sie die Nachricht von ihrer Festnahme verkraftet haben? Schließlich trug sie Mitschuld an dem Schlamassel.

Traurig schüttelte Katharina den Kopf. »Vergiss deine Schwester«, sagte sie leise. »Sie ist es nicht wert, dass du dir Gedanken um sie machst.«

»Warum? Was ist passiert?«

»Das willst du nicht wissen.«

»Machst du Scherze? Natürlich will ich wissen, wie es meiner kleinen Schwester geht. Sie ist die einzige Verwandte, die mir noch geblieben ist.«

»Gut, wenn du es unbedingt hören willst, aber beschwer dich hinterher nicht. Ich wollte dir die Nachricht eigentlich ersparen.«

Emilia wappnete sich gegen das Schlimmste. Hatte Barbara sich etwas angetan? War sie wie ihr Vater in die Pegnitz gesprungen, weil sie keinen Ausweg mehr gesehen hatte?

»Wenn ich es richtig verstanden habe, dann hat sie mit Peter Zeisel ausgemacht, dass er euer Haus kaufen kann. Er hat ihr die noch offenen Schulden erlassen und ihr schon mal eine gewisse Summe ausbezahlt.«

»Sie wird das Haus verkaufen?« Emilia war sprachlos. Wie hatte sie das so schnell geschafft? Die rechtlichen Angelegenheiten konnten unmöglich schon abgewickelt sein, und eigentlich war Emilia die rechtmäßige Erbin des Hauses. Sie war die Ältere, und noch war sie nicht verurteilt. Ihr wurde schlecht. Das kleine Stück Brot in ihrem Magen rebellierte. »Wird sie jetzt Hannes Schütt heiraten?«

»Für die Mitgift hat das Geld nicht gereicht«, meinte Katharina gehässig. »Mit dem, was Zeisel ihr ausbezahlt hat, ist sie auf und davon. Sie hat die Stadt fluchtartig verlassen. Niemand weiß, wohin sie gereist ist. Sie hat keinerlei Nachricht hinterlassen.«

»Barbara hat Nürnberg verlassen?« Emilia konnte es nicht glauben. Das passte so gar nicht zu ihrer Schwester. Barbara war fest mit der Stadt verwurzelt, viel mehr als sie selbst.

»Es wurde ihr wohl alles zu viel. Zuerst das Gerede über den Selbstmord des Vaters, jetzt die Schwester, die im Gefängnis sitzt. Und dazu das schlechte Gewissen. Schließlich ist es ihre Schuld, dass du hier sitzt.«

»Ich dachte, das wäre diese Elisabeth Hennenkamp gewesen«, mischte sich Eunike ein.

»Nun, Barbara hat ihrer Freundin Elisabeth erzählt, dass Emilia malt«, erklärte Katharina. »Und diese Elisabeth hatte nichts Besseres zu tun, als es an den Inneren Rat weiterzutragen, wo Martin Schlager sitzt und sich jetzt persönlich angegriffen fühlt, weil seine Zukünftige nicht die Frau ist, die er sich erhofft hatte.«

»Barbara ist deine Schwester?«, fragte Eunike ungläubig.

»Sie hat es gewiss nicht absichtlich getan«, meinte Emilia leise.

»Du nimmst sie immer noch in Schutz?« Katharina hob

die Stimme. »Begreif doch endlich, dass sie ein Biest ist. Die Eifersucht frisst sie auf. Genau wie diese Hennenkamp. Barbara ist keinen Deut besser. Das sind zwei boshafte Weiber. Das ist ja auch der Grund, warum sie sich so gut verstehen.«

»Der Verrat der Schwester wiegt schwerer als der einer Fremden«, meinte Eunike.

Emilia wollte widersprechen, aber es fiel ihr nichts zur Entlastung ihrer Schwester ein. Vielleicht musste sie wirklich akzeptieren, dass Barbara sie nie so geliebt hatte wie sie selbst ihre Schwester.

»So, und jetzt lass uns Barbara vergessen«, bat Katharina. »Der Wärter wird gleich wieder da sein. Er wollte mir nur ein paar Minuten geben.«

Emilia kehrte gedanklich zu ihrer elenden Lage zurück. Für einen Moment hatte sie sie beinahe vergessen. »Ich habe so große Angst, dass sie mich peinlich befragen werden«, gab sie zu. »Ich glaube nicht, dass ich stark genug bin.« Wieder dachte sie an all die Zangen, Spieße und anderen Folterwerkzeuge. An das Feuer, über dem die Gerätschaften glühend heiß gemacht wurden. Schon hatte Emilia den Gestank nach verbrannter Haut in der Nase. Ihr wurde schlecht.

»Das werden sie nicht tun«, sagte Katharina. »Nicht, bevor der Prozess begonnen hat.«

Emilia blinzelte, um die schrecklichen Bilder wieder loszuwerden.

»Was werden sie mir vorwerfen? Dass ich Farbe beim

Apotheker Grünspan gekauft habe?« Sie versuchte, sich mit Zynismus zu schützen.

»Eigentlich kann dir nur das Bild von Sibille Pöltl zum Fallstrick werden«, meinte Katharina. »Wenn das Ehepaar dabei bleibt, dass du es gemalt hast und nicht dein Vater, dann hast du das Ehepaar betrogen. Das Selbstbildnis werden sie als Beweis heranziehen, dass du malen kannst. Siegfried Löffelholz wird als Zeuge geladen werden. Er wird aussagen, dass du vorhattest, den Entwurf seines Schwagers zu verändern, und ein paar deiner Zeichnungen vorlegen. Gestern hat er sie sich genauer angeschaut und zum ersten Mal erkannt, dass die graziösen Schwäne nicht von seinem Schwager stammen können.«

»Aber Kunigunde höchstpersönlich hat mich darum gebeten«, entfuhr es Emilia. »Wie kann sie mir das jetzt zum Vorwurf machen? Schweigen ist eine Sache, aber Lügen eine andere.«

»Ich weiß, ich weiß.« Katharina kaute auf ihrer Unterlippe. »Ich frage mich, ob wir den Spieß nicht umdrehen können. Es gibt eigentlich nur einen, der auf die Anklagebank gehört, und das ist Löffelholz!«

Sie schaute zu Eunike.

»Bist du bereit, dich deinem Peiniger zu stellen?«, fragte Katharina.

Eunike nickte. »Darauf warte ich seit Jahren!«

»Dann werde ich mit Kunigunde reden.« Katharina rieb sich die Hände.

»Freu dich nicht zu früh«, meinte Emilia. »Ich kann mir vorstellen, dass Kunigunde nicht wagen wird, gegen ihren

Ehemann auszusagen. Besser wäre es, wir suchen in Regensburg nach Zeugen, die bestätigen können, dass Löffelholz schon einmal verheiratet war.«

»Warten wir ab. Mittlerweile ist Kunigunde von Hass gegen Siegfried erfüllt«, erwiderte Katharina. »Und wenn wir Kunigunde nicht überzeugen können, dann wird Regine mutig genug sein, gegen ihren Stiefvater auszusagen. Aber du hast recht, wir sollten uns nach Zeugen aus Regensburg umschauen. Am besten wären reiche Patrizier, deren Meinung Gewicht hat.« Sie wandte sich an Eunike. »Fällt dir jemand ein, der bereit wäre, für dich nach Nürnberg zu reisen?«

»Margarethe Kniebund«, sagte Eunike. »Sie hat im Nebenhaus gewohnt und ist die Frau eines Schneiders. Margarethe würde auf der Stelle kommen, da bin ich mir sicher.« Eunike machte eine Pause. »Wenn sie noch am Leben ist. Sie hatte vor Jahren schon sieben Kinder. Jedes Jahr hat der Schneider ihr ein weiteres angehängt, und bei jeder Geburt hat sie um ihr Leben gebangt.«

»Fällt dir sonst noch jemand ein?«, hakte Emilia nach.

»Niemand, der bereit wäre, mehrere Tage zu opfern, um nach Nürnberg zu reisen und freiwillig vor einen Richter zu treten. Ich stamme ja nicht aus Regensburg, und in den Jahren, die ich dort verbracht habe, hatte ich nicht viele Freunde. Die meiste Zeit habe ich im Haus verbracht und geschuftet. Da bekommt man kaum jemanden zu Gesicht.«

»Aber du warst doch einkaufen und in der Kirche«, wandte Katharina ein. »Es ist bekannt, dass du verurteilt wurdest. Es muss doch einen Richter geben, der sich an deinen Prozess erinnert.«

»Denkst du wirklich, dass der Mann meinetwegen nach Nürnberg kommt und dann noch zugeben muss, dass aus seinem Stadtgefängnis einfach so Gefangene verschwinden? Außerdem liegt das Ganze ja schon etliche Jahre zurück.«

»Das alles ist eine riesige Ungerechtigkeit!«, entfuhr es Emilia.

»Ich werde nach Margarethe Kniebund suchen«, versprach Katharina. »Und mit Regine rede ich auch. Sie fürchtet sich nicht vor Siegfried Löffelholz.« Sie machte eine kurze Pause, dann fuhr sie fort: »Es wird schwierig werden, unter vier Augen mit Kunigunde zu sprechen. Siegfried schleicht ständig durch die Werkstatt, so als ahnte er, dass die Stimmung kippen könnte. Aber irgendwie werde ich eine Lösung finden.«

»Es darf einfach nicht sein, dass dieses Schwein ungestraft davonkommt«, meinte Emilia.

»Und was meinst du, welche Rolle der Pelzhändler bei der ganzen Geschichte gespielt hat?«, fragte Katharina nachdenklich.

»Je mehr Leute du befragst, desto größer ist die Gefahr, in die du dich begibst. Die Männer sind mächtig. Pass gut auf dich auf.«

»Es ist höchste Zeit für Gerechtigkeit!«, erklärte Katharina. »Und wer weiß, vielleicht will der Pelzhändler Löffelholz eins auswischen und ihn loswerden.«

»Oder aber er hat so viel Angst vor ihm, dass er bereit

wäre, erneut für ihn zu lügen«, gab Emilia zu bedenken. »Sei vorsichtig! Wir haben nichts davon, wenn du auch bei uns landest. Dieser Siegfried Löffelholz schreckt vor nichts zurück.« Sie ergriff Katharinas Hand. »Es reicht, wenn ich hier verrecke. Ich will auf gar keinen Fall, dass dir etwas passiert. Hast du mich verstanden?«

»Ja, ja.« Katharina wischte ihre Warnung beiseite. »Vermutlich kann ich dich vor deinem Prozess nicht mehr besuchen kommen. Ich wüsste nicht, was ich außer dem Rosenkranz noch verkaufen könnte.«

»Du sollst gar nichts verkaufen«, unterbrach Emilia die Freundin.

»Ja, ja!« Katharina schien ihr gar nicht zuzuhören, sie war mit ihren Gedanken schon beim nächsten Schritt.

»Sollte ich einen Prozess bekommen, werde ich Eunike erwähnen«, sagte Emilia. »Mehr können wir nicht tun.«

Eunike lachte. »Wer soll dir glauben? Ich gelte in Nürnberg als tot. Niemand kennt mich.«

»Du bist nicht tot«, widersprach Katharina. »Ich sehe dich gerade.«

Weiter kam sie nicht, denn in diesem Moment näherten sich die Schritte des Gefängniswärters. Der Schlüssel drehte sich im Schloss, und die Tür wurde aufgestoßen. Diesmal schmerzte das Licht seiner Fackel nicht in den Augen.

»Ende der fröhlichen Plauderei.« Er rieb sich die Hände. Der kurze, unerlaubte Besuch hatte ihm ein wertvolles Schmuckstück eingebracht.

»Wir sehen uns spätestens bei deinem Prozess. Soweit ich weiß, wird es eine öffentliche Verhandlung geben. Die

Menschen in der Stadt sind neugierig und werden sich das Spektakel nicht entgehen lassen wollen.«

Emilias Magen verkrampfte sich erneut. Ein öffentlicher Prozess glich einem kleinen Volksfest. Er bot Unterhaltung und Abwechslung vom eintönigen Alltag.

»Alles wird gut.« Katharina küsste Emilia auf die Stirn. Ein letzter zarter Hauch von Rosenduft drang in Emilias Nase. Dann stand Katharina auf und ging. Als die Tür hinter ihr wieder ins Schloss fiel, fühlte Emilia sich einsamer als je zuvor.

20

Die kommenden Tage zogen sich schier endlos in die Länge. Vielleicht waren es sogar Wochen? Emilia vermochte es nicht zu sagen. Aus irgendeinem Grund wurde Eunike immer schwächer, so als hätten Katharinas Besuch und das erneute Erzählen ihrer traurigen Geschichte sie ihre letzte Kraft gekostet. Sie sprach nur noch wenig, und ihr röchelnder Husten klang lebensbedrohlich.

Emilia sagte es dem Gefängniswärter, als er ihnen das Brot brachte, aber der Mann lachte nur böse. »Wurde auch Zeit. Wir dachten schon, die Alte gibt nie auf.«

Emilia rückte näher zu Eunike. Ihre Mitgefangene zitterte. Ihre Stirn war glühend heiß, sie hatte mit Sicherheit Fieber. Als Emilia versehentlich eine kleine offene Wunde an ihrem Oberarm berührte, zuckte Eunike zusammen. Eine Ratte hatte zugebissen.

»Du darfst jetzt nicht sterben, hörst du mich?« Verzweifelt nahm Emilia die dürre Frau in den Arm und wiegte sie wie ein Kind. Ihr Körper bestand nur noch aus Haut und Knochen. Ob sie überhaupt noch gehen konnte? Sollte es Katharina gelingen, dass man sie nach oben in die Ratsstube brachte, würde Eunike auf dem Weg vermutlich zusammenbrechen.

Im Moment war sich Emilia gar nicht sicher, ob ihre Mitgefangene überhaupt die Zeit bis zur Verhandlung überleben würde. Um ihr ein wenig die Pein zu lindern und das Feuer, das in Eunikes Körper loderte, zu stillen, gab Emilia ihr einen Teil ihres eigenen Trinkwassers ab. Zum gründlichen Auswaschen der Wunde reichte es leider nicht aus. In der Dunkelheit hätte sie auch nicht genug gesehen und alles vielleicht noch schlimmer gemacht.

Wo war nur Eunikes Lebenswille geblieben, wo die kräftige Stimme und das krächzende Lachen? Die Nachricht, dass ihr Ehemann sie nicht nur in den Kerker gebracht, sondern erneut geheiratet hatte und jetzt ein Leben als angesehener Ratsherr führte, hatte irgendetwas in ihr endgültig zerbrochen.

»Eunike, du hast so lange durchgehalten, gib jetzt nicht auf«, bat Emilia. »Katharina wird ihr Bestes geben. Sie wird mit Kunigunde reden. Ich weiß, dass die Bildwirkerin ihren Mann loswerden will. Siegfried ist gewalttätig. Er schlägt nicht nur sie, sondern auch ihre Töchter. Er ist ein korrupter Mann, der glaubt, sich alles nehmen zu können.«

»Was, wenn man dich hier ebenso verrecken lässt wie mich?« Eunike schluchzte leise. »Mir geht die Kraft aus. Ich bin müde.«

»Es haben nicht alle Ratsherren Dreck am Stecken. Es gibt auch Männer mit Gewissen. Und wenn die etwas zu sagen haben, wird es einen Prozess gegen Siegfried geben, und es wird uns Gerechtigkeit widerfahren, das verspreche ich dir.«

Emilia ließ sich zu einem Versprechen hinreißen, obwohl sie nicht wusste, ob sie es wirklich einlösen konnte. Aber sie hätte alles gesagt, nur um Eunike am Leben zu halten.

Emilia döste vor sich hin. Eunike war in einen Halbschlaf gefallen. Immer wieder zuckte sie auf, brabbelte ein paar verständnislose Worte und schlief dann weiter. Emilia fühlte ihre Stirn. War sie kühler geworden? Oder hatte sie sich bloß an die Hitze gewöhnt, die vom Körper der Frau ausstrahlte?

Schritte näherten sich über den Gang. Seltsam, war es schon so lange her, dass das Essen gebracht worden war? Ein Teil vom Brot lag immer noch in der Schüssel. Emilia hatte es in winzig kleine Stückchen geteilt, die sie Eunike reichen wollte, aber die Frau hatte sie nicht gegessen. Das bekannte Schlüsselrasseln erklang, dann wurde die Tür aufgestoßen. Emilia kniff die Augen zusammen, um sie vor der Helligkeit zu schützen. Aber etwas war anders. Neben dem Gefängniswärter standen die zwei uniformierten Männer der Stadtwache vor der Zelle.

»Heiliger Strohsack, da stinkt es ja wie in der Hölle!«, empörte sich der Größere.

»Aufstehen und mitkommen!«, befahl der Kleine. Er machte sich gar nicht die Mühe, in die Zelle zu kriechen.

»Wer von uns beiden?«, fragte Emilia.

»Was denn, liegen da zwei Weiber in der Zelle?«

»Die andere ist schon ewig hier. Ich weiß nicht einmal, ob sie einen Namen hat«, erklärte der Gefängniswärter.

»Eunike Wolff«, sagte Emilia. »Das ist ihr Name.«

Eunike stöhnte auf, als sie ihren Namen hörte.

»Die Alte interessiert uns nicht. Du da, Emilia Baumgart, du kommst mit. Aufstehen.«

Zum Glück hatte Emilia Eunikes Rat befolgt und ihren Körper immer wieder ordentlich durchbewegt. Trotzdem fiel es ihr schwer, aufzustehen, ohne gleich wieder zusammenzubrechen. Sie fühlte sich schwach. Wie lange hatte sie sich bloß von schimmligem Brot und fauligem Wasser ernährt?

»Halte durch«, sagte Emilia zu Eunike. Die hob den Kopf und richtete sich auf.

»Ich wünsch dir, dass du nicht mehr zurückkehrst«, sagte Eunike schwach. Sie klang klar. Hatte sie sich wieder ein bisschen gefangen?

»Nur, um dich zu holen«, flüsterte Emilia. Sie strich der Gefährtin übers Haar.

Dann taumelte sie aus der Zelle.

»Du stinkst, Weib. Komm mir nicht zu nah. Ich will nicht mit Flöhen heimkommen.«

Emilia lagen eine Menge böser Bemerkungen auf der Zunge, doch sie behielt sie alle für sich. Nervös strich sie ihr Haar nach hinten und flocht es notdürftig zu einem Zopf.

Es fühlte sich seltsam an, einen Schritt vor den anderen zu setzen, so als würde sie eben erst das Gehen wieder erlernen. Als sie an der Folterkammer vorbeikamen, drehte sie sich weg. Am Ende des Gangs stand die Tür bereits offen.

Emilia musste die Augen zusammenkneifen, so hell war das Sonnenlicht, das durch ein hohes Fenster in die Halle des Rathauses drang. Schützend legte sie die Hände an die Stirn. Fast blind wankte sie zwischen den Männern zur Treppe. Sie fragte sich, wie sie die Treppe in den ersten Stock bewältigen sollte. Ihre Knie zitterten, in ihren Ohren hörte sie das eigene Blut rauschen. Sie atmete tief ein und aus. Dann erklomm sie Stufe für Stufe die Treppe. Aus dem Festsaal drangen Stimmen. Man hatte sich wohl für den Großen Saal entschieden, weil so viele Nürnberger dem Prozess beiwohnen wollten. Sie alle wollten wissen, was aus der hübschen Jungfer werden sollte, die vor Kurzem ihren Vater auf so tragische Weise verloren und dann als glücklichste Frau der Stadt gegolten hatte. Eben noch die Auserkorene des reichsten Tuchhändlers, doch bald darauf eine arme Gefangene. Was für eine Geschichte! Die ließ sich niemand entgehen.

Auf mehreren Stuhlreihen hatten die Schaulustigen Platz genommen. Emilia erkannte sie alle: die Bäckerin Veronika Mahr, den Apotheker Grünspan, Elisabeth Hennenkamp. War sie zufrieden, weil sie erreicht hatte, was sie wollte? Als Elisabeth Emilia erblickte, drehte sie den Kopf zur Seite. So als ekelte sie sich bei Emilias Anblick. Auch die anderen Zuschauer wirkten entsetzt über ihren körperlichen Zustand. Einige rümpften die Nase. Was hatten sie gedacht? Dass die Gefangenen der Stadt im Verlies im Luxus lebten? Emilia hob den Kopf, streckte die Schultern durch und versuchte, so stolz es eben ging, nach vorne zum Inneren Rat zu gehen.

Neben dem Bankier Peter Zeisel saß der Stadtrichter Otto Fuchs. Ein Mann im fortgeschrittenen Alter, der seinen Unterhalt als Gewürzhändler verdiente. Fuchs hatte schon vor Jahren sein Amt zurückgeben wollen, es dann aber doch nicht getan. Jetzt musterte er Emilia aus ernsten, aber gutmütigen Augen. Er war ein Freund ihres Vaters gewesen. Walter Baumgart hatte seine ganze Familie porträtiert. Fuchs war ihr gewiss nicht feindlich gesinnt. Aber er allein konnte sie nicht retten.

Neben ihm saßen Ferdinand Pöltl, Werner Silberstiel, Maximilian Koch und Martin Schlager. Der Tuchhändler hatte mit Abstand den härtesten Gesichtsausdruck. So als wäre sie eine der Ratten, die im Verlies hausten und die es mit dem Fuß zu zertreten galt. Die restlichen Ratsherren hatten Plätze entlang der Wand eingenommen. Emilia entdeckte Siegfried Löffelholz. Er wirkte selbstgefällig und zufrieden wie immer. Hatte Katharina mit seiner Frau gesprochen? Wo war sie?

Emilia blickte sich um. Zu viele Menschen waren im Saal. Sie hatte den Eindruck, ganz Nürnberg habe sich versammelt, um ihren Untergang mitanzusehen. Ihr wurde ein niedriger Schemel angeboten, auf dem sie Platz nahm. Augenblicklich wurde das Rauschen in ihren Ohren lauter. Wo war Katharina? Emilia ließ den Blick erneut durch den Saal schweifen und entdeckte ihre Freundin seitlich an der Wand. Katharina trug ihr bestes Sonntagskleid und nickte Emilia aufmunternd zu. Ihr Lächeln war voller Zuversicht und Anteilnahme. Ein Gefühl der Dankbarkeit durchströmte Emilia. Es war ein Geschenk, eine Freundin wie sie an der Seite zu wissen. So fühlte sie sich nicht völlig allein.

Neben Katharina entdeckte sie Kunigunde und Regine. War es ein gutes Zeichen, dass die drei Frauen beisammensaßen? Das Murmeln im Saal schwoll an. Wortfetzen drangen an Emilias Ohr.

»Meine Güte, ist das wirklich die Tochter des Malers?«

»So sehen Sünderinnen aus. Warum hat sie sich nicht einmal das Haar ordentlich gekämmt?«

»Bestimmt hat sie Dreck am Stecken.«

Emilia senkte beschämt den Kopf. Die bösen Stimmen prasselten von allen Seiten auf sie ein wie tödliches Geschoss. Am liebsten hätte sie sich die Hände an die Ohren gepresst, die Augen geschlossen und sich unter dem Schemel verkrochen. Sie musste Kraft aufwenden, um sich aufrecht zu halten.

Fuchs schlug mit einem Holzhammer auf den Tisch und bat die Anwesenden um Ruhe. Nur nach und nach legte sich das Stimmengewirr.

»Auf Wunsch der Kirche und einiger angesehener Ratsmitglieder wird die heutige Verhandlung entgegen der sonst üblichen Praxis unter den Augen aller Nürnberger Bürger stattfinden.«

Emilia entdeckte Pfarrer Kalmbach, der seitlich vom Inneren Rat saß. Höchst zufrieden faltete er seine Hände. Emilia hatte es also ihm zu verdanken, dass ganz Nürnberg zusah, wenn man sie verhörte. Er wollte an ihr ein Exempel statuieren. Nicht nur er schien sein Ziel erreicht zu haben, auch Siegfried Löffelholz sah sie siegessicher an.

»Emilia Baumgart, Ihr werdet beschuldigt, das Ehepaar Pöltl wissentlich hintergangen und heimtückisch betrogen zu haben. Ihr habt den beiden ein Bild verkauft, das angeblich aus der Hand Eures Vaters stammte. In Wirklichkeit sollt Ihr selbst es gemalt haben. Stimmt das?«

Emilia richtete sich auf. »Nein.« Sie hoffte, dass ihre Stimme laut genug war, damit alle sie hören konnten.

»Sie lügt!« Löffelholz sprang von seinem Stuhl auf. »Das Weib zeichnet und malt. Sie wollte die Entwürfe von Johannes Kastel verändern. Eine unglaubliche Unverfrorenheit.«

»Ein Weib, das sich anmaßt, besser zu malen als ein Mann?« Der Fischhändler in der ersten Reihe lachte. Ein paar andere stimmten ein.

Nun stand Kunigunde Löffelholz auf. Die Bildwirkerin trug ein schlichtes, dunkles Kleid. Sie war blass, sah aber entschlossener aus als je zuvor.

»Ich habe Emilia Baumgart darum gebeten, den Entwurf zu verändern«, sagte sie.

Ein Raunen ging durch den Saal.

»Was soll das?«

»Warum hat sie das getan?«

Kopfschütteln, Gemurmel und fragende Gesichter.

»Ruhe!« Fuchs klopfte auf den Tisch.

Augenblicklich verstummten die Anwesenden.

»Der Entwurf von Johannes Kastel ist schlecht«, fuhr Kunigunde fort. »Wir müssen ihn verändern. Man kann ihn unmöglich als Vorlage für einen Teppich nehmen. Die Stadt würde sich der Lächerlichkeit preisgeben.«

»Sei still, Weib!« Siegfried Löffelholz' Gesicht war dunkelrot angelaufen. Er ballte seine Hände zu Fäusten und starrte seine Frau voller Hass an.

»Ich werde nicht länger schweigen«, fuhr Kunigunde tapfer fort. »Alle Anwesenden sollten sich ein Bild vom Entwurf machen. Es wäre eine Schande, würde ein Teppich mit diesem Motiv das Rathaus verunstalten.«

Wieder erhob sich Protest.

»Eine Frau kann unmöglich eine solche Entscheidung treffen!«

»Es liegt an den Ratsherren, den Teppich auszusuchen.«

»Die Frau hat den Verstand verloren. Löffelholz sollte dieses freche Weib besser züchtigen.«

»Wie kann sie es wagen, in aller Öffentlichkeit ihrem Ehemann zu widersprechen?«

»Ruhe!«, forderte Fuchs erneut und klopfte mit dem Hammer auf den Tisch. »Es geht heute nicht um den Wandteppich. Mit dieser Angelegenheit wird sich der Innere Rat ein anderes Mal befassen. Falls nicht ohnehin längst eine Entscheidung getroffen wurde.«

»Die wurde getroffen«, sagte Siegfried Löffelholz. »Der Auftrag wurde vergeben. Johannes Kastel hat ihn zeitgerecht abgeliefert, und meine Werkstatt wird eine Tapisserie daraus weben.«

»Es ist meine Werkstatt«, widersprach Kunigunde. Ihre Worte waren für alle im Raum deutlich hörbar.

»Unerhört!«, entfuhr es einer Frau vor ihr.

»Schweig! Du musst den Verstand verloren haben!« Siegfried Löffelholz funkelte seine Frau böse an. Sein Gesicht war zu einer hasserfüllten Fratze verzerrt, die Narbe leuchtete dunkelrot.

Doch Kunigunde zuckte nicht zusammen. Sie zitterte, aber sie hielt sich aufrecht. Regine stand neben ihr und hielt ihre Hand, während sie ihren Stiefvater voller Verachtung anstarrte. Emilia kam es so vor, als würde die junge Frau einen Teil ihrer Wut und ihres Mutes an ihre Mutter abgeben.

»Ich habe meinen Verstand gewiss nicht verloren«, sagte Kunigunde ruhig. »Und du bist nicht mein Mann. Du hättest mich niemals heiraten dürfen.«

Siegfried Löffelholz' Gesicht erstarrte. »Was sagst du da?«, zischte er leise.

»Du bist immer noch verheiratet. Mit Eunike Wolff. Sie sitzt im Verlies unter uns.«

Für einen Moment war es völlig still im Saal. Alle Augen waren auf Kunigunde gerichtet. Emilia bewunderte die Frau. Woher nahm sie auf einmal diese Stärke? Schade, dass Eunike ihre Worte nicht hören konnte.

»Ich war Witwer«, sagte Löffelholz. »Und jetzt bist du mein Eheweib und hast mir zu gehorchen.« Hilfe suchend blickte er zu den anderen Ratsmitgliedern, doch keiner der Männer schien zu wissen, was er sagen sollte.

In diesem Moment erhob sich eine kleine, rundliche Frau, die hinter Katharina saß. Emilia hatte sie nie zuvor gesehen. Sie hielt einen Säugling im Arm und wippte mit ihm auf und ab, vielleicht um ihn zu beruhigen.

»Ich kann bezeugen, dass Siegfried Wolff in Regensburg verheiratet war«, sagte sie mit leiser, aber fester Stimme.

»Sollte seine Frau Eunike noch am Leben sein, würde ich sie erkennen.«

Ein Raunen ging durch den Saal.

»Das ist völliger Unfug! Meine Frau ist tot!«, brüllte Löffelholz aufgebracht. Seine donnernde Stimme weckte den Säugling auf, der laut zu weinen begann. Das Schreien hallte durch den Saal und übertönte das aufgeregte Gemurmel.

»Bringt das Kind aus dem Saal«, verlangte der Bankier Zeisel. »Die Frau soll dableiben.«

»Wie soll das gehen?«, fragte die Frau mit dem schreienden Kind. »Ich muss meinen Kleinen stillen.«

»Dann tut das und kommt wieder«, forderte Zeisel sichtlich verärgert. Er winkte die Frau hinaus, woraufhin sie den Gerichtssaal verließ. Als die Türen sich hinter ihr schlossen, war das Weinen immer noch zu vernehmen. Aber es wurde leiser.

Der Bankier Zeisel wirkte verwirrt. Er wandte sich an Kunigunde. »Das sind schwere Anschuldigungen. Wie kommt Ihr zu der Annahme, dass Euer Ehemann noch mit einer anderen Frau verheiratet ist? Und was war das eben für eine Mutter? Ich habe die Frau noch nie in der Stadt gesehen. Woher kommt sie? Und was hat sie hier zu suchen?«

Emilia reagierte prompt: »Eunike Wolff sitzt mit mir in einer Zelle. Sie wurde unschuldig wegen Ehebruchs verurteilt und dann in Regensburg in den Kerker gesperrt. Von dort hat man sie heimlich nach Nürnberg gebracht, wo sie seit Jahren vergebens auf Gerechtigkeit wartet. Die Frau, die eben den Saal verlassen hat, muss ihre Nachbarin gewesen sein: Margarethe Kniebund.«

»Ja, das war Frau Kniebund«, bestätigte Katharina. »Ich habe die Frau ausfindig gemacht.«

»Ruhe!«, forderte Zeisel.

Emilia suchte den Blick des Pelzhändlers. Doch Koch hielt den Kopf gesenkt und wich ihr aus. Sichtlich nervös wippte er mit dem Bein, das er für gewöhnlich hinkend nachzog.

»Das ist alles Unsinn, nichts davon stimmt. Meine Ehefrau ist längst tot!«, schrie Siegfried Löffelholz. »Wer auch immer da im Gefängnis sitzt, ist nicht meine Frau. Ich verwehre mich gegen diese Verleumdungen.«

»Johannes Kastel hat gegen Eunike Wolff vor Gericht falsch ausgesagt. Sie hat ihren Ehemann niemals betrogen«, fuhr Emilia unbeirrt fort.

Auch Siegfried Löffelholz schaute zum Pelzhändler. Doch der hielt noch immer den Kopf gesenkt und starrte auf den Boden.

»Maximilian Koch weiß, dass mein Schwager niemals einen Meineid leisten würde«, fuhr Löffelholz fort.

Der Pelzhändler zuckte zusammen, ohne aufzuschauen.

Wieder klopfte der Richter mit dem Hammer auf den Tisch und forderte Ruhe ein. Diesmal dauerte es allerdings viel länger. Aufgeregt plapperten die Menschen durcheinander.

»Wenn nicht augenblicklich Stille eintritt, müssen alle den Saal verlassen!«, brüllte Fuchs.

Gerade als das Murmeln sich legte, wurde die Tür aufgerissen. Emilia drehte den Kopf und konnte nicht glauben, wen sie da sah. Barbara betrat den Saal, gemeinsam mit

Jan Vermeyen. Ihr Herz machte einen kleinen Sprung. Ihre Schwester hatte sie nicht vergessen, und auch Jan war gekommen. Was wollte er hier?

Beide schritten durch den Mittelgang auf Emilia und den Inneren Rat zu. Barbara sah mitgenommen aus. Sie hatte an Gewicht verloren und war dürr wie Emilia. Ihr Kleid hing lose an ihrem Körper, ihr Gesicht war eingefallen. Auch Jan sah aus, als hätte er die letzten Nächte nicht geschlafen. Er hielt Ausschau nach Emilia. Als sich ihre Blicke trafen, wurde Emilia schwindlig. So viel Mitgefühl lag in seinen Augen. Und es galt ihr.

»Der ganze Prozess ist ein Fehler«, sagte Jan mit fester Stimme. »Emilia Baumgart ist unschuldig. Sie hat sich keinerlei verbotener Handlungen schuldig gemacht.« Breitbeinig stellte er sich vor den Inneren Rat.

»Wer seid Ihr?«

Fuchs legte seinen Hammer zur Seite und fuhr sich mit beiden Händen durchs graue Haar. Die ganze Situation schien aus den Fugen zu geraten. Er hatte mit einem kurzen, schnellen Prozess gerechnet.

»Mein Name ist Jan Vermeyen. Ich bin der Hofmaler von Margarete von Österreich. Ich habe etliche Wochen als Untermieter im Hause Baumgart gewohnt und die Werkstatt des verstorbenen Walter Baumgart benutzt.«

Alle Augen waren nun auf ihn gerichtet. Kunigunde setzte sich wieder.

»Seid Ihr der Mann, für den Emilia Baumgart die grüne Farbe gekauft hat?«, wollte Ferdinand Pöltl wissen.

»Ja, der bin ich.« Jan log, ohne mit der Wimper zu zucken.

»Dann habt also Ihr die grüne Farbe für ein Gemälde benötigt?«, fragte Pöltl.

Die Vorstellung, dass das Porträt seiner Frau, das ihm grundsätzlich gefiel, doch von Walter Baumgart stammte und nicht wie befürchtet von seiner Tochter, stimmte ihn zufrieden. Offenbar wollte er das Kunstwerk gerne in seiner Stube aufhängen.

»Die Farbe war für mich. Emilia Baumgart hat hervorragende Kenntnisse über Farbpigmente. Sie ist eine erfahrene Bildwirkerin. Außerdem war ihr Vater ein begnadeter Maler, der für Albrecht Dürer gearbeitet hat. Emilia Baumgart hat regelmäßig für ihren Vater die Einkäufe getätigt. Ich hätte mir niemanden vorstellen können, der geeigneter gewesen wäre, mir die notwendigen Pigmente zu besorgen.«

Emilias Herz ging über vor Erleichterung.

»Und wie erklärt Ihr Euch das Selbstporträt?« Pfarrer Kalmbach sprang von seinem Stuhl auf. Geifernd zeigte er auf das Gemälde, das Emilia von sich selbst gemalt hatte. Trotz der verwischten Stellen war es ein gelungenes Kunstwerk. Emilia konnte sich einen gewissen Stolz nicht verkneifen. Es war das beste Bild, das sie je gemalt hatte.

Jan trat darauf zu und schmunzelte. »Ihr müsst zugeben, dass es mir gelungen ist, nicht wahr? Die Arbeit eines Künstlers, der versucht, seine Angebetete für die Ewigkeit festzuhalten.«

Emilia schoss das Blut in die Wangen. Hatte er das eben wirklich gesagt?

Nun meldete sich Martin Schlager zu Wort. »Es freut mich, zu hören, dass damit die Unschuld meiner Verlobten bewiesen werden konnte. Ich habe nichts anderes erwartet. Und nun, da alle Zweifel beseitigt sind, steht der bevorstehenden Eheschließung nichts mehr im Wege.«

Emilias Kopf schoss wieder in die Höhe. Hatte der Mann den Verstand verloren? Wie konnte er annehmen, sie würde ihn nach alledem noch heiraten?

Ein Raunen ging durch den Saal.

»Zum Beweis meiner Zuneigung zu meiner zukünftigen Braut werde ich das Porträt zu einem angemessenen Preis kaufen. Es ist in der Tat ein Kunstwerk von hoher Qualität. Die paar verwischten Stellen müssen natürlich korrigiert werden.«

Jemand seufzte laut vor Rührung. Leise Stimmen erhoben sich.

»So ein böses Missverständnis. Die arme Jungfer.«

»Wie konnte man ihr so viel Leid antun?«

»Na, dafür bekommt sie jetzt den reichsten Mann der Stadt.«

Die Gedanken in Emilias Kopf kreisten immer schneller.

Der Metzger hob die Hand. »Warum holt denn niemand die Gefangene, die angeblich Siegfried Löffelholz' Ehefrau ist?«

»Niemand holt hier irgendwen!«, rief der Richter.

In Emilias Ohren begann es laut zu surren. Die Wände drohten, auf sie herabzustürzen. Langsam traten die Menschen, die Geräusche und alles im Saal in weite Ferne. Jan war der Einzige, der ihren Zustand registrierte. Mit einem Sprung war er bei ihr und packte sie an den Schultern.

»Emilia, bleib da!«

Doch um sie herum war alles schwarz.

21

Emilia wusste nicht, wie lange sie ohne Bewusstsein gewesen war. Als sie aufwachte, lag sie auf dem Boden. Ihre Füße ruhten auf einem Schemel, Barbara strich ihr fürsorglich über die Wangen und tätschelte sie. Jan saß neben ihr und bat sie ängstlich: »Nicht wieder wegkippen.«

Der Bankier Zeisel reichte ihr einen Becher Wasser. Emilia nahm ein paar Schlucke. Es war frisches Brunnenwasser und nicht die abgestandene Brühe der letzten Tage oder Wochen.

Sie brauchte einen Moment, um sich wieder zurechtzufinden. Sie befand sich im großen Festsaal des Rathauses. Halb Nürnberg war gekommen, um ihren Prozess mitzuverfolgen, weil Ferdinand Pöltl und seine Ehefrau sie des Betrugs beschuldigt hatten.

Stimmte es, dass Martin Schlager sie nun, da ihre Unschuld bewiesen war, wieder heiraten wollte? Der Mann hatte sie bewusst dem Leid der letzten Wochen ausgesetzt und glaubte tatsächlich, sie würde sich jetzt auf eine Zukunft mit ihm einlassen? Wieder begann sich der Saal zu drehen.

»Emilia, bleib hier!« Barbaras Gesicht war voller Sorge.

Ihre Schwester hatte sie nicht im Stich gelassen. Das allein zählte. Alles andere trat in den Hintergrund.

»Wie kommst du hierher?«, fragte Emilia schwach. »Ich dachte, du hättest die Stadt verlassen.«

»Das habe ich auch«, sagte Barbara. »Ich bin mit einem Händler Richtung Süden gefahren, um Jan zu suchen.«

»Was ist jetzt mit der Frau von Siegfried Löffelholz?« Katharina überstimmte das Murmeln im Raum. »Die Frau sitzt im Kerker. Lasst sie heraufbringen.«

»Das Weib ist eine Betrügerin!«, schrie Siegfried Löffelholz aufgeregt. »Meine rechtmäßige Ehefrau sitzt hier im Saal.« Er zeigte auf Kunigunde.

Augenblicklich wurde das Gemurmel der Zuhörer wieder lauter.

»Ruhe!« Der Richter raufte sich erneut das Haar, dann schlug er mit dem Hammer auf den Tisch.

»Hiermit beende ich den Prozess gegen Emilia Baumgart. Die Jungfer ist unschuldig. Alle weiteren Anschuldigungen werden im Einzelnen besprochen werden. Der Rat muss sich zurückziehen.«

Emilia blinzelte. Sie dachte an Eunike, die fiebernd im Kerker lag. Wenn niemand sie zum Trinken zwang, würde sie die nächsten Stunden vielleicht nicht überleben. Sie rappelte sich auf.

»Herr Richter, ich denke, dass die Sache keinen Aufschub duldet.«

»Wie bitte?« Er wirkte sichtlich überrascht, dass die eben noch angeklagte junge Frau sich nun erdreistete, seine Entscheidung infrage zu stellen.

»Eunike Wolff wird die Nacht vielleicht nicht überleben. Sie ist krank und schwächlich.«

»Das Weib ist eine Betrügerin!«, kreischte Siegfried Löffelholz. »Sollte irgendjemand dem Wort einer Verbrecherin mehr Glauben schenken als mir, wird das Konsequenzen haben.« Sein Blick ruhte auf dem Pelzhändler, der ihn immer noch ignorierte.

Der Stadtrichter wandte sich an Ferdinand Pöltl, der neben ihm saß. Die beiden steckten die Köpfe zusammen und tuschelten. Auch Martin Schlager beugte sich zu ihnen.

»Nun gut«, befand der Stadtrichter. »Lasst die Gefangene holen. Wir werden uns jetzt gleich ein Bild machen.«

»Ich erhebe Einspruch. Was soll das alles?« Siegfried Löffelholz schlug mit der Faust auf die Lehne seines Stuhls. »Was erwartet Ihr Euch von einer alten Frau? Bestimmt hat Emilia Baumgart ihr eingeredet, sie solle gegen mich aussagen.«

»Warum hätte Fräulein Emilia das tun sollen?«, fragte der Richter.

»Das ist doch offensichtlich!«, ereiferte sich Siegfried Löffelholz. »Sie will mir eins auswischen.«

»Was hätte sie davon?«, fragte Ferdinand Pöltl. »Meine Frau und ich haben Anklage gegen sie erhoben. Nicht Ihr!« Er streckte die Schultern durch. »Ich will die Gefangene sehen und mir ein Bild machen. Es kann nicht sein, dass in unseren Verliesen Frauen sitzen, von denen wir gar nichts wissen, weil ihnen in Nürnberg nie der Prozess gemacht wurde.«

Die Menschen im Saal waren begeistert. Diese Verhandlung würde Gesprächsstoff für die nächsten Monate liefern.

Fuchs gab den Stadtwachen den Befehl, die Gefangene zu holen. Wieder erhob sich Stimmengemurmel. Die Zuschauer stellten Wetten an, wer recht hatte. Wenn es stimmte, was Kunigunde Löffelholz behauptete, dann würde Siegfried Löffelholz der Vielweiberei angeklagt werden. Im schlimmsten Fall musste er mit der Todesstrafe rechnen. Dementsprechend nervös wurde er. Schweißperlen standen auf seiner Stirn.

Emilia hatte sich wieder halbwegs erholt. Sie saß nun aufrecht auf einem Sessel, den man seitlich neben den Tisch der Ratsherren gerückt hatte. Damit war sie nicht mehr den direkten Blicken der Zuschauer ausgesetzt. Barbara hatte neben ihr Platz genommen und hielt fürsorglich ihre Hand. Auf Emilias anderer Seite saß Jan. Emilia war es gleich, dass Martin Schlager ihn finster anstarrte. Sie würde den Tuchhändler niemals heiraten – ganz gleichgültig, wie viel Geld er ihr anbieten würde. Lieber verdiente sie als Magd auf irgendeinem Bauernhof ihren Unterhalt, als sich in die Fänge dieses Mannes zu begeben. Das hatte die Erfahrung im Verlies sie gelehrt.

Es dauerte eine Weile, bis die Tür zum Saal erneut geöffnet wurde. Augenblicklich verstummten die Stimmen. Alle Aufmerksamkeit war auf die Person gerichtet, die hereingeschleppt wurde. Emilia hatte Eunike bislang nur im schwachen Kerzenlicht gesehen. Nun erschrak sie bei ihrem Anblick. Eunikes Haut war übersät von aufgekratzten Eiterpusteln. Die fiebernden Augen lagen in tiefen, dunklen Höhlen.

Ihr Kleid war nur noch ein löchriger Fetzen, der ihre Nacktheit kaum vor den neugierigen Blicken der Zuschauer verbarg.

Ein entsetztes Raunen ging durch den Saal. Einige Frauen hielten sich schützend die Hand vor die Nase. Andere drehten sich demonstrativ weg. Eunike hielt beschämt den Kopf gesenkt. Das verfilzte Haar hing ihr in Strähnen auf den Rücken hinab. Sie konnte sich kaum auf den Füßen halten, weshalb die beiden Stadtwächter sie zwischen den Stuhlreihen nach vorne zum Rat schleppten.

Emilia blickte zu Siegfried Löffelholz, der nervös auf seinem Stuhl herumrutschte.

»Das ist alles lächerlich!«, brüllte er.

»Ruhe!«, forderte der Stadtrichter. Er schien die Hoffnung, dass alles rasch erledigt sein würde, längst aufgegeben zu haben. »Gebt der Frau einen Stuhl! Ich will nicht, dass es noch eine Ohnmächtige gibt.«

Augenblicklich stand ein Mann in der ersten Reihe auf und schob seinen Stuhl zu Eunike. Er selbst stellte sich an die Wand, wo er mit verschränkten Armen stehen blieb. Die Stadtwachen ließen die Frau auf den Stuhl fallen. Emilia hatte Angst, sie könnte von der Sitzfläche rutschen, aber Eunike hielt sich tapfer mit beiden Händen fest.

»Nennt uns Euren Namen, Weib«, forderte Richter Fuchs.

»Eunike Wolff.«

»Weshalb hat man Euch in den Kerker gesperrt?«

Emilia fand die Fragen absurd. Der Richter sollte doch

wissen, aus welchem Grund Gefangene in seinem Verlies hockten.

»Man beschuldigte mich des Ehebruchs, aber ich habe nie welchen begangen.«

»Das Weib lügt und lügt. Seht sie Euch doch an. Sie ist eine Irre«, geiferte Siegfried Löffelholz. »Ihr werdet doch der Alten nicht glauben.«

Als Eunike seine Stimme vernahm, riss sie den Kopf hoch. Ihr Haar rutschte nach hinten. Ihre Augen weiteten sich. Sie waren rot unterlaufen, verklebt und glasig vom Fieber. Aber sie wirkte völlig klar im Kopf. Nichts deutete darauf hin, dass sie verrückt war. Sie hob ihren dürren zitternden Arm und zeigte auf Siegfried Löffelholz. »Das ist mein Ehemann.«

Die Zuschauer schnappten nach Luft. Jemand quietschte vor Vergnügen. Was für ein Schauspiel! Siegfried Löffelholz sprang von seinem Stuhl auf. »Das ist eine Lüge. Mein Eheweib ist längst tot.«

»Holt die Zeugin aus Regensburg wieder herein. Ist sie mit dem Stillen ihres Kindes fertig?«

Der Stadtwächter zuckte mit den Schultern, ging nach draußen und kam kurz darauf mit Margarethe Kniebund zurück. Sie trug ein friedlich schlafendes Kind im Arm. Der Kopf des Säuglings war gegen ihre Brust gedrückt. Noch bevor der Stadtrichter sie fragen konnte, sagte sie leise, aber deutlich verständlich. »Das ist meine ehemalige Nachbarin Eunike Wolff.«

Sie schritt den schmalen Gang entlang und blieb vor der

Gefangenen stehen. »Wie hat man dir das nur antun können?« Sie wirkte vollkommen fassungslos.

Eunike antwortete nicht. Sie wirkte deutlich erleichtert. Der Einzige, dessen Stimme nun nervös klang, war Siegfried Löffelholz. Mit fahrigen Bewegungen sah er sich um. »Wo ist der Pelzhändler? Er kennt mich noch aus Regensburg und kann beweisen, dass die Weiber lügen und ich die Wahrheit sage.«

Emilias Blick wanderte zu dem Platz, an dem Koch eben noch gesessen hatte. Der Stuhl war leer.

»Wo ist er?« Siegfried Löffelholz' Stimme überschlug sich förmlich. »Er war doch gerade noch da.«

»Koch ist gegangen«, meinte der Richter. »Was hat das alles mit dem Pelzhändler zu tun? Hier geht es um Euch. Setzt Euch, Löffelholz!«

»Ich bestehe darauf, dass man Maximilian Koch herholt«, beharrte Löffelholz. »Er kann alles erklären.«

»Setzt Euch«, wiederholte Fuchs.

Jemand in der ersten Reihe lachte. Der Prozess geriet zur grotesken Komödie. Es fehlte nur noch der Applaus der Zuschauer.

»Wenn nicht augenblicklich alle im Saal ruhig sind, lasse ich ihn räumen«, schrie Fuchs.

Das Gemurmel wurde leiser.

»So, und jetzt noch einmal ganz langsam der Reihe nach«, bat der Richter. »Kunigunde Löffelholz, tretet bitte vor und wiederholt Euer Anliegen.«

Kunigunde stand auf. Mit unsicherem Schritt trat sie vor

den Richter. Ihr Körper und ihre Stimme zitterten, doch ihre Worte waren mutig.

»Ich behaupte, dass mein Ehemann mich geheiratet hat, obwohl er immer noch mit dieser Frau vermählt war. Bitte erklärt meine Ehe für ungültig.«

»Das ist eine Lüge!« Löffelholz fiel ihr ins Wort.

»Es ist die Wahrheit«, sagte Margarethe Kniebund. »Der Mann war von Anfang an untreu. Niemand hat die Badestuben in Regensburg so oft besucht wie er.«

»Bitte redet nur, wenn Ihr darum gebeten werdet«, forderte der Richter. »Das gilt auch für Euch, Löffelholz. Wer sich nicht an meine Anweisungen hält, wird wegen Missachtung dieses Gerichts zu einer Geldstrafe verurteilt.«

Verärgert schloss Siegfried Löffelholz den Mund und setzte sich wieder.

Fuchs wandte sich an Eunike. »Was habt Ihr zu den Worten der Bildwirkerin zu sagen?«

Eunike richtete sich schwankend auf. Emilia hoffte inständig, dass sie nicht in Ohnmacht fallen würde, doch Eunike erhob ihre Stimme. Sie klang überraschend laut und klar. »Ich bin mit Siegfried Wolff verheiratet.«

»Siegfried Wolff?«

»Das war sein Name, ehe er mich heiratete«, erklärte Kunigunde. »Er hat den Werkstattnamen angenommen, da dieser einen guten Ruf über die Stadtgrenzen hinaus hat. Und damit das auch so bleibt, gebe ich den Auftrag für die Tapisserie zurück. Meine Bildwirkerinnen werden den Entwurf von Johannes Kastel nicht umsetzen. Die geleistete Anzahlung wird der Rat natürlich zurückbekommen.«

»Aber Ihr habt den Auftrag angenommen ... das geht doch nicht«, meinte der Richter. Es schien ihn anzustrengen, dass der Prozess ständig neue Wendungen nahm. Auch die anderen Ratsherren schüttelten müde den Kopf.

Hinter vorgehaltener Hand murmelte Pöltl so laut, dass auch die Zuhörer in den ersten Reihen ihn verstehen konnten: »Wir haben den Entwurf nicht eingehend geprüft. Lasst ihn uns erneut anschauen. Wenn Kunigunde Löffelholz behauptet, er sei eine Katastrophe, dann sollten wir ihr Glauben schenken. Was hätte sie davon, das Geld abzulehnen?«

Bevor der Richter zur Ruhe mahnen konnte, stürmte ein Stadtwächter in den Saal. »Der Pelzhändler Koch!«

»Was ist mit ihm? Schickt ihn wieder herein!«, rief Fuchs.

»Das geht nicht.«

»Wie? Warum nicht?«

»Er ist ... tot.«

Einen kurzen Moment herrschte betroffene Stille. Dann plapperten alle aufgeregt durcheinander wie in einem Bienenschwarm.

»Ruhe!«, donnerte der Stadtrichter mit mäßigem Erfolg. Nun ließen sich die Menschen nicht mehr beruhigen. Diese Nachricht hatte das Fass zum Überlaufen gebracht.

»Was soll das heißen, er ist tot?«

Der Stadtwächter war so totenblass, als hätte er den Leibhaftigen gesehen.

»Es hat den Anschein, als wäre der Pelzhändler ins oberste Stockwerk gestiegen und dann aus dem Fenster gesprungen«, erklärte er.

Jemand schrie vor Schreck laut auf. Dann folgte betretene Stille.

Pfarrer Kalmbach war der Erste, der seine Stimme wiederfand. »Wollt Ihr damit sagen, dass der Pelzhändler sich versündigt hat, indem er sich selbst ums Leben gebracht hat?«

Der Stadtwächter hob beide Hände, und Siegfried Löffelholz schrie erbost auf: »Dieses feige Schwein!«

Jemand aus der ersten Reihe stand auf. »Die Gefangene liegt auf dem Boden.«

Erschrocken bemerkte Emilia, dass Eunike vom Stuhl gerutscht war und offenbar das Bewusstsein verloren hatte. Das alles war einfach zu viel für sie gewesen. Auch Emilia wurde wieder schummrig vor Augen, doch Jan ergriff ihre Hand: »Du nicht. Bleib sitzen. Es wird sich alles finden.«

Wie gerne hätte sie ihm geglaubt.

Emilia sah zu, wie ein Teil der Anwesenden aufstand und nach draußen stürmte. Katharina und Kunigunde kümmerten sich um Eunike, und Richter Fuchs bemühte sich vergeblich, alle zur Ordnung zu rufen. Alles schien aus dem Lot zu geraten.

Der Bankier Zeisel bemerkte es als Erster.

»Löffelholz will weg! Haltet ihn auf!«, rief er.

Siegfried Löffelholz hatte offenbar die Gunst der Stunde genutzt, um die Flucht zu ergreifen. Zeisel lief ihm nach, aber da hatte Löffelholz den Saal bereits verlassen.

22

Seit über einer Stunde lag Emilia nun schon in einem Holz-
bottich in der Küche und schrubbte sich den Dreck der letzten zwei Wochen vom Leib, die sie im Verlies gewesen war.
Es war ihr völlig unbegreiflich, wie Eunike ganze vier Jahre
dort überlebt hatte. Die arme Frau war jetzt im Katharinen-
kloster untergebracht, wo die wenigen verbliebenen Non-
nen sich liebevoll um sie kümmerten. Eunike hatte den
Wunsch geäußert, im Kloster bleiben und dort ihren Le-
bensabend verbringen zu dürfen.

Sie und Emilia waren beide für unschuldig erklärt worden. Jan hatte glaubhaft versichern können, dass er Emilias
Vater dabei beobachtet habe, wie er das Gemälde für den
Drahtzieher Pöltl malte, während er selbst das Porträt von
Emilia angefertigt habe. Einige Frauen im Saal hatten bei
seinen Worten laut geseufzt und sich gewünscht, dass ein
verliebter Künstler auch von ihnen ein ähnliches Kunstwerk
malen würde. Dass Kunigunde Löffelholz und Margarethe
Kniebund die Wahrheit sprachen, daran hegte spätestens
nach dem Selbstmord des Pelzhändlers niemand mehr
Zweifel.

»Ich will endlich Frieden schließen und den Hass loswerden«, hatte Eunike Emilia zugeflüstert, als man sie auf einer Trage aus dem Rathaussaal gebracht hatte. Die arme Frau war zu schwach gewesen, um allein zu gehen.

Barbara kam herein. »Soll ich dir noch eine Kanne warmes Wasser bringen?«, fragte sie.

Vor dem Bad hatte sie ihre Schwester mit köstlichem Essen versorgt. Allerdings hatte Emilia von der Rübensuppe nur eine kleine Portion löffeln können, denn ihr Magen musste sich erst wieder an richtiges Essen gewöhnen. Der Geschmack war himmlisch gewesen. Noch nie in ihrem Leben hatte Emilia Liebstöckel und Kümmel so intensiv wahrgenommen.

»Du solltest öfter mal einen Abstecher ins Verlies machen, wenn du hinterher mein Essen so schätzt«, hatte Barbara lachend gesagt. Natürlich hatte sie ihre Worte nicht ernst gemeint. Noch immer quälte sie das schlechte Gewissen, und ein Rest davon würde sie wohl ihr ganzes Leben begleiten, auch wenn Emilia ihr schon längst verziehen hatte.

»Nein danke. Ich komme gleich aus der Wanne«, sagte Emilia. »Nur noch einen kleinen Augenblick.«

Ein letztes Mal tauchte sie ihren Kopf unter und verschwand vollständig im mittlerweile lauwarmen Badewasser, das nach Rosenblüten duftete. Sie ließ den Nachmittag noch einmal Revue passieren.

Siegfried Löffelholz war bei seinem Fluchtversuch nicht weit gekommen. Schon bei der Brücke über die Pegnitz hatte die Stadtwache ihn eingeholt. Zuerst hatte er seine Schuld noch abstreiten wollen, aber als Stadtrichter Fuchs erklärte, dass er bereits einen Boten nach Regensburg geschickt habe, um weitere Erkundigungen über Siegfried und Eunike Wolff einzuholen, war er in die Knie gegangen und hatte alles gestanden.

Nun würde man Johannes Kastel ausfindig machen müssen, um ihm den Prozess wegen Meineids zu machen. Er hatte vor Gericht gelogen und dafür gesorgt, dass eine unschuldige Frau vier Jahre hinter Gittern gesessen hatte. In Maximilian Kochs Geschäftslokal fanden sich Tagebuchaufzeichnungen, die näheren Aufschluss über die Gründe für seinen Selbstmord gaben. Der Pelzhändler war vor etlichen Jahren in Regensburg in einen Streit geraten und hatte in betrunkenem Zustand einen Mann zusammengeschlagen, der unglücklich gestürzt und seinen Verletzungen erlegen war. Maximilian Koch war erschrocken geflohen, doch Siegfried Wolff hatte ihn beobachtet und fortan mit seinem Wissen erpresst. So hatte er ihn auch dazu gebracht, ihm nach Nürnberg zu folgen und ihm bei seinem heimtückischen Plan zu helfen. Immer wieder hatte der Pelzhändler mit dem Gedanken gespielt, sich das Leben zu nehmen. Der Prozess hatte das Fass für ihn zum Überlaufen gebracht. Er hatte keinen anderen Ausweg mehr gesehen, war auf den Rathausturm gelaufen und gesprungen. Pfarrer Kalmbach hatte bereits erklärt, dass Maximilian Koch ein ordentliches Grab auf dem Friedhof verweigert werden würde.

Nur widerwillig verließ Emilia die Wanne. Sie wrang ihr Haar aus und trocknete sich ab, dann schlüpfte sie in ein frisches, sauberes Kleid. Das alte würde sie verbrennen. Es war von Ratten, Flöhen und Wanzen zerfressen.

Sie fühlte sich wie neugeboren, als sie in den Innenhof trat. Die Sonne warf ihre letzten orangeroten Strahlen auf das Kräuterbeet. Emilia setzte sich auf die Holzbank und lehnte sich an die warme Hauswand. Für einen Moment schloss sie die Augen. Es gab immer noch eine Menge Schwierigkeiten, aber sie war am Leben, und sie war daheim im Haus ihres verstorbenen Vaters. Kunigunde hatte sie gebeten, in die Werkstatt zurückzukehren, und ihr den doppelten Lohn angeboten.

»Da wir mit dem Weben schon begonnen haben, sollten wir den Teppich fertig machen. Die Ratsherren sind damit einverstanden, dass wir den Entwurf frei nach unseren Vorstellungen ändern«, hatte Kunigunde gesagt. Nachdem Pöltl, Zeisel und Fuchs die Bratwurstpferde in Augenschein genommen hatten, waren sie entsetzt gewesen. Sie konnten den Vertrag mit Kastel zwar nicht rückgängig machen, aber sie hatten Kunigunde gebeten, das Beste daraus zu machen.

»Ist neben dir noch Platz?«

Emilia blinzelte. Jan stand vor ihr. Sie rückte zur Seite, damit er sich setzen konnte. Sie hatte sich bei ihm noch gar nicht bedankt.

»Ich bin froh, dass du gesund bist«, sagte er. »Als Barbara mir erzählte, dass du im Gefängnis sitzt, war ich halb krank vor Sorge um dich.«

»Danke, dass du gekommen bist und für mich gelogen hast.« Sie drehte sich zu ihm. Ihr Gesicht war nur eine Handbreit von seinem entfernt. Seine hellen Augen funkelten, und es bildeten sich wieder die kleinen Lachfältchen, die sie so mochte.

»Es tut mir leid, dass ich lügen musste«, meinte er. »Es ist eine Schande, dass du nicht voller Stolz sagen darfst, was du gemalt hast. Dein Selbstbildnis ist großartig.«

Emilia errötete. Sie war es immer noch nicht gewöhnt, Komplimente entgegenzunehmen. »Danke.«

»Wirst du Martin Schlagers Heiratsantrag denn jetzt annehmen?«

»Nein, natürlich nicht!« Empört schüttelte Emilia den Kopf.

»Das ist gut so.«

»Ich dachte, du hieltest ihn für eine gute Partie.« Emilia verschränkte die Arme vor der Brust.

Jans Lächeln bekam etwas Jungenhaftes. »Da habe ich wohl etwas voreilig geurteilt und ...« Er brach mitten im Satz ab.

»Und was?«

»Und ich wollte mir wohl nicht eingestehen, wie viel du mir bedeutest.«

Emilias Wangen fingen an zu glühen. »Ach ja?«

»Du bist die außergewöhnlichste Frau, die mir jemals begegnet ist«, sagte er. »Manchmal braucht es ein bisschen länger, bis ich begreife, was ich will. Hin und wieder ist es dann zu spät. Ich hoffe, diesmal habe ich meine Chance nicht verpasst.«

»Zu spät wofür?«

Jan griff nach ihren Händen. Seine Finger waren warm und kräftig. Sie versprachen Sicherheit und Zärtlichkeit zugleich.

»Immer langsam, Emilia Baumgart. Du bist mir ständig

ein paar Schritte voraus. Ich denke noch nicht so weit wie du.«

Emilia war sich gar nicht so sicher, ob sie wirklich so weit dachte.

»Ich könnte noch eine Weile in Nürnberg bleiben. Wir könnten gemeinsam malen und eine schöne Zeit verbringen.«

»Und dann?«

»Dann gehe ich nach Barcelona, und du musst dir überlegen, ob du mich begleiten willst. Ob du dein kleines, biederes Nürnberg aufgeben und gegen das große Abenteuer eintauschen willst.«

Allein bei dem Gedanken, Barbara, Katharina und Kunigundes Werkstatt zurückzulassen, wurden Emilias Hände feucht. Gleichzeitig schlug ihr Herz schneller. War es das, was sie wollte? War sie mutig genug? Barcelona! Der Name der Stadt klang verheißungsvoll. Wie es dort aussehen mochte? Und wie man dort wohl malte? Jan hatte ihr gesagt, dass es in Verona Familien gab, die ihre Töchter im Malen unterrichten ließen. Vielleicht war das auch in Barcelona üblich. Aber könnte sie sich dort verständlich machen? Oder müsste sie eine neue Sprache erlernen? Würde sie vom Verkauf ihrer Bilder leben können? So viele offene Fragen.

»Du musst dich nicht gleich entscheiden«, fuhr Jan fort. »Ich werde erst in ein paar Wochen aufbrechen. Und natürlich werde ich für deinen Unterhalt aufkommen. Du musst dir um Kost und Logis keine Gedanken machen.«

Emilia wurde heiß vor Aufregung. Weggehen von Nürnberg. Gemeinsam mit Jan. Das war es, wovon sie vor Kurzem noch geträumt hatte. Aber war sie auch bereit dafür? Was, wenn er in ein paar Wochen genug von ihr hatte? Würde sie allein in einer Welt zurechtkommen, die sie nicht kannte?

»Du willst mich aber nicht heiraten?«, fragte sie vorsichtig.

Jan verzog den Mund. »Können wir in einem Jahr noch einmal über die Frage reden?«

Emilia zögerte.

»Oder in einem halben Jahr?«, fügte er hinzu.

Emilia mochte ihn und fühlte sich zu ihm hingezogen. Brauchte sie das Eheversprechen? Sie war bisher auch ganz gut ohne Ehemann zurechtgekommen. Vielleicht war es besser, dass er sie nicht gleich heiraten wollte. Sie hatte den Kerker überlebt und fühlte sich stark genug, ihre Zukunft allein in die Hand zu nehmen.

Emilia blickte ihm in die Augen, und wie immer, wenn sie das tat, verlor sie sich darin.

»Ich denke, dass ich einer Reise in den Süden viel abgewinnen könnte«, sagte sie. »Ich werde Barbara das Haus überlassen. Sie kann mit ihrem Hannes hier einziehen und muss es nicht verkaufen. Ich bin mir sicher, dass der Müller Schütt auf die zweihundert Gulden Mitgift verzichtet, wenn es dafür ein Haus gibt, das mindestens ebenso viel wert ist. Zeisel hat übrigens versprochen, dass er auf die alten Schulden verzichtet. Und mit der Rückzahlung der kleinen Vorabsumme, die Barbara von ihm erbeten hatte, damit sie dir hinterherreisen konnte, kann sie sich auch Zeit lassen, hat er gesagt. Die ganze Geschichte ist ihm sehr nahegegangen.«

»Das kann ich gut verstehen«, sagte Jan leise. »Du glaubst nicht, wie froh ich bin, dass die Sache so ein gutes Ende gefunden hat ...«

Emilia beugte sich zu Jan und küsste ihn. Oder war er es, der sie küsste? Egal, der Kuss fühlte sich richtig und gut an. Und das allein zählte.

Nachwort

Liebe Leser*innen,

als ich vor ein paar Jahren in einer Ausstellung des Kunsthistorischen Museums in Wien vor einigen großartig gearbeiteten Tapisserien stand, wollte ich wissen, wer sie gewebt hat. Auf den Schildern unter den Teppichen standen bloß die Namen der Männer, die die Entwürfe geliefert hatten. Also habe ich die Ausstellungskuratorin gefragt und die Antwort bekommen, dass nur die Namen der männlichen Künstler beziehungsweise der Besitzer der Werkstätten überliefert sind.

Auch im Internet habe ich ausschließlich männliche Namen gefunden, darunter auch Jan Cornelisz Vermeyen, der die Entwürfe für eine Serie von Tapisserien zum Tunisfeldzug Kaiser Karls V. gestaltet hat. Vermeyen stand ab seinem fünfundzwanzigsten Lebensjahr im Dienst des Hauses Habsburg und war schon zu Lebzeiten einer der erfolgreichsten Künstler seiner Epoche. Die Umsetzung seiner Entwürfe oblag den Bildwirkerinnen, die dafür sorgten, dass die Zeichnungen auf riesigen Wandteppichen verewigt wurden und so der Nachwelt erhalten blieben. Die Namen der Bildwirkerinnen waren den damaligen Betrachtern so unbekannt wie heute. Die wahren Künstlerinnen wurden nie erwähnt. Diese Überlegung lieferte die Grundlage des vorliegenden Romans.

Über Jahrhunderte war Frauen nicht nur der Zugang zur Wissenschaft und zum Sport verwehrt, sondern auch zur Kunst. Obwohl immer wieder herausragende Künstlerinnen wie Sofonisba Anguissola bewiesen, wozu Frauen imstande waren, gelang es bildenden Künstlerinnen in Europa erst nach dem Ersten Weltkrieg, von einem breiten Publikum wahr- und ernst genommen zu werden.

Dieser Roman ist allen Frauen gewidmet, die für die Kunst gelebt haben und in Vergessenheit geraten sind. Frauen, die unter den Namen ihrer Lehrer, Väter, Liebhaber oder Ehemänner Kunstwerke geschaffen haben, die uns heute noch erfreuen und deren Namen wir wohl nie erfahren werden.

Wie immer habe ich mich bemüht, ein möglichst authentisches Bild einer längst vergessenen Zeit zu zeichnen. Ich möchte die Gelegenheit nutzen, um meinen beiden Lektorinnen zu danken – Tabea Horst vom Ullstein Verlag und Annika Krummacher. Beide haben großartige Arbeit geleistet: inhaltlich, sprachlich und historisch. Vielen Dank! Ohne ihre Hilfe wäre diese Geschichte nur das halbe Lesevergnügen.

Außerdem möchte ich meiner Tochter Ida und meiner Freundin Eva danken, die die Geschichte gelesen haben, als ich sie noch nicht aus der Hand geben wollte, und die trotzdem daran geglaubt haben. Das gilt auch für meine Agentin Franka Zastrow.

Das größte Dankeschön geht an alle Buchhändler*innen, Bibliothekar*innen und an Sie, liebe Leser*innen!

Ich hoffe, dass ich Sie auch in Zukunft mit meinen Geschichten unterhalten darf.

Herzlichst
Ihre Beate Maly

Leseprobe

Beate Maly
Die Frauen von Schönbrunn

Prolog

Juli 1914

Es war der erste warme Sommertag in diesem Jahr. Der gesamte Frühling hatte sich kühl und wechselhaft präsentiert. Anfang Mai hatte es noch einmal kräftig geschneit, und die Tulpen und Narzissen waren unter einer dicken weißen Decke begraben worden. Jetzt war die Kälte endgültig gebannt. Leuchtend blau und wolkenlos strahlte der Himmel über der Stadt und verhieß ein herrliches Wochenende. Die Luft war geschwängert vom Duft üppiger Sommerblumen und saftigem Gras.

Sonnenhungrig drängten die Wiener und Wienerinnen in die öffentlichen Parkanlagen. Man fuhr mit der Bahn zu einer feschen Landpartie in den Wienerwald oder in die Donauauen. Die warmen Wollmäntel wurden im Schrank verstaut. Stattdessen trug man wieder Sommerbekleidung aus luftigen Stoffen. Die Damen zwängten sich in viel zu enge Fischbeinkorsetts und zeigten fest geschnürte Taillen. Die Männer waren nicht minder eitel. Allerorts wurden elegante

Sommeranzüge und schneidige Uniformen vom Mief der Mottenkugel befreit.

Auch Emma hatte ihr hübschestes Kleid aus dem Winterschlaf erweckt, es gründlich gereinigt und die zartgrüne Schleife im Rücken sorgfältig gebügelt. Heute war ein ganz besonderer Tag. Endlich würde sie sich offiziell als Tierpflegerin in der kaiserlichen Menagerie vorstellen. Zu arbeiten würde sie erst nächste Woche, am ersten Montag im August, beginnen. Seit sie sich zurückerinnern konnte, träumte sie davon, eines Tages in die Fußstapfen ihres Vaters zu treten. Karl Moser war Veterinärmediziner, der neben seiner Praxis in Hietzing auch im Tiergarten Schönbrunn tätig war. Schon als kleines Mädchen hatte Emma ihn bei seiner Arbeit in die kaiserliche Menagerie begleiten dürfen. Sie hatte die Panzer von Riesenschildkröten gestreichelt, Lamas gefüttert und Papageien und Flamingos beobachtet. Damals war ihr Wunsch entstanden, Tierärztin zu werden. Doch leider waren Frauen für das Studium der Veterinärmedizin in Wien nicht zugelassen. Sie würde zur Ausbildung nach Zürich gehen müssen. Dort durften auch Frauen studieren, sofern sie genug Geld besaßen und für ihre Ausbildung bezahlen konnten. Emma sparte seit Jahren. Sie legte jede Krone und jeden Heller zur Seite. Wenn ihre Nachbarin Frau Schönborn zur Sommerfrische nach Baden fuhr, versorgte Emma ihre Katzen. Sie bewässerte die Blumen vom pensionierten Leutnant Fellner, wenn er seinen Bruder in Böhmen besuchte. Emmas Sparstrumpf wurde mit jedem Monat schwerer. Mit dem Geld, das sie im nächsten Jahr im Zoo verdiente, und einer finanziellen Unterstützung ihres Vaters würde sie sich

im Herbst des kommenden Jahres ihren Traum erfüllen können und nach Zürich gehen.

Jetzt stand sie fertig angezogen im Garten und wartete
ungeduldig. Wo blieben nur ihre Schwester und ihr Vater?
Sie hatten schon vor Minuten aufbrechen wollen.

»Greta, Papa, kommt ihr?«

Heute war Gretas zwanzigster Geburtstag. Grund genug
für ihren Vater, sich freizunehmen, um mit seinen beiden
Töchtern den Tag gebührend zu feiern. Der traditionelle
Ausflug in den Tiergarten war geplant. Seit Emma sich zu-
rückerinnern konnte, waren sie an jedem Geburtstag in den
Zoo gegangen. Sowohl an ihrem als auch an Gretas.

»Immer mit der Ruhe!« Karl Moser trat gemächlich aus
dem Haus. Er trug einen hellen Sommeranzug mit einem
Strohhut. In seiner Rechten hielt er einen Spazierstock, das
wichtigste Modeaccessoire eines Mannes. »Die Tiere laufen
uns nicht davon.«

Endlich kam auch Greta hinunter in den Garten. Sie
hatte sich sehr schick gemacht und trug ihr schönstes Som-
merkleid aus dunkelgelbem Stoff. Sie hatte es selbst genäht.
Greta war sehr geschickt im Umgang mit Nadel, Schere und
Stoff. Ganz im Gegenteil zu Emma. Die beiden Schwestern
hätten unterschiedlicher nicht sein können, sowohl was ihre
Interessen betraf als auch ihr Aussehen. Während Emmas
Haar kastanienbraun und schier unzähmbar schien, hatte
Greta wundervoll glänzende schwarze Locken, die sie zu
kunstvollen Zöpfen flocht. Emma war als Kind so dürr ge-
wesen, dass ihre Schwester sie jeden Abend zu einer Tasse
Kakao genötigt hatte. Greta hingegen hatte üppige weibli-

che Rundungen. Alles an ihr war weich und sanft. Ihr Körper wie auch ihr Wesen.

»Du bist wunderschön«, seufzte Emma bewundernd. »Wenn Gustav dich sieht, wird er dir auf der Stelle einen Heiratsantrag machen.«

Greta errötete und kicherte hinter vorgehaltener Hand. »Danke!«

»Dabei habe ich wohl auch ein Wörtchen mitzureden«, brummte Karl Moser. Es war kein Geheimnis, dass er seine Töchter seit dem viel zu frühen Tod seiner Frau über die Maßen behütete. Er versuchte, jede Gefahr von ihnen fernzuhalten. Am liebsten hätte er einen Glassturz über beide gestülpt. Und jetzt sollte er sie einem anderen Mann anvertrauen?

»Du kannst dir keinen besseren Schwiegersohn als Gustav wünschen«, sagte Emma. »Er ist einfach perfekt für unsere Greta.«

Die Wangen der Schwester färbten sich noch dunkler. »Er hat mich ja noch nicht einmal gefragt, ob wir heiraten wollen«, widersprach sie leise.

»Aber das wird er heute tun.« Emma war voller Zuversicht. »Es gibt keinen passenderen Zeitpunkt als deinen Geburtstag.« Sie wusste, dass Greta auf Gustavs Vorstoß wartete.

Karl Moser murmelte etwas Unverständliches in seinen dichten Vollbart. Emma und Greta wussten auch so, dass er Gustav Weber mochte. Der Bauingenieur aus Mürzzuschlag und Greta waren füreinander geschaffen wie kein anderes Paar. Sie verbrachten jede freie Minute zusammen, schmiedeten Pläne für eine gemeinsame Zukunft und hatten in all der Zeit noch nie ein böses Wort miteinander gewechselt. Es hatte den Anschein, als würden sie zu zweit auf Wolken schweben.

Als Emma, Greta und Karl Moser kurz darauf die Hietzinger Hauptstraße entlangspazierten, wartete Gustav bereits vor der Kirche Maria Geburt auf sie. Auch er hatte sich fein gemacht, trug seinen besten Anzug und hielt einen kleinen bunten Blumenstrauß in der Hand. Sobald er Greta erblickte, hellte sich sein Gesicht auf. Emmas Schwester strahlte. Die beiden sahen einander so glücklich an, dass auch Karl Moser sich ein Lächeln nicht verkneifen konnte und nichts dagegen hatte, als Greta den Nachmittag statt gemeinsam im Zoo lieber mit Gustav im Palmenhaus verbringen wollte.

»Ich finde die tropischen Pflanzen viel interessanter«, entschuldigte sich Greta. Emma wusste, dass die Palmen ihrer Schwester ebenso unwichtig waren wie die Zebras. Sie wollte mit Gustav allein sein und hätte dafür auch die orientalisch-ägyptische Sammlung im kunsthistorischen Museum besucht.

»Wie du meinst«, sagte Karl Moser. »Das Palmenhaus ist ein sehenswerter Ort mit zahlreichen außergewöhnlichen Exponaten.«

Greta nickte artig.

»Dann treffen wir uns hinterher im *Hietzinger Hof*, um deinen Geburtstag gebührend zu feiern?«, schlug ihr Vater vor.

»Wir halten euch zwei Plätze im Schatten frei«, versprach Greta sichtlich erleichtert.

Weil der Kaiser seinen Zoo als Bildungsstätte für seine Untertanen betrachtete und keinen Vergnügungspark neben seinem Schloss duldete, gab es in der kaiserlichen Menagerie weder Restaurants noch Cafés. Natürlich hatten die Wiener Gastronomen rasch eine Lösung für das Problem gefunden. Innerhalb weniger Jahre hatte sich eine ganze Reihe schicker Lokale rund um die Menagerie angesiedelt, in denen sich die Gäste nach dem Besuch des Zoos stärken konnten. Bis vor seinem Tod hatte Johann Strauss jedes Wochenende im *Dommayer* seine Walzermelodien zum Besten gegeben. Am *Tivoli* gab es eine beliebte Rutschbahn. Und der *Hietzinger Hof* mit seinem Lichtspieltheater war nur eines von vielen schicken Gasthäusern mit gehobener Küche. Bei schön Wetter musste man Schlange stehen, um einen der schattigen Plätze im Garten zu ergattern.

»Fein!« Emma rieb sich die Hände. »Ich freue mich jetzt schon auf ein Himbeerkracherl.«

Während Gustav und Greta die Schlossallee bereits nach wenigen Metern verließen, um zum Palmenhaus abzubiegen, liefen Emma und ihr Vater weiter bis zum Eingang der Menagerie. Rechts und links säumten Kastanienbäume den Weg. Ein paar von ihnen trugen noch weiß-rosa Blüten. Hinter den Bäumen breitete sich eine barocke Gartenanlage aus. Perfekt geschnittene Buchsbäume umsäumten Blumenbeete, in denen nichts dem Zufall überlassen war. Das Meer an Blüten war nach Farbe und Wuchshöhe geordnet. Jede Pflanze hatte einen bestimmten Platz. Täglich war eine ganze Armee an Gärtnern damit beschäftigt, die künstliche Harmonie zu erschaffen und zu erhalten. Emma ertappte sich jedes Mal bei dem Wunsch, einen der riesigen Pflanztöpfe umstellen zu wollen, damit ein bisschen Abwechslung in das Bild kam. Zwanghafte Ordnung war ihr ein Gräuel.

Gemeinsam mit anderen Besuchern spazierten Emma und ihr Vater über den gekiesten Weg. An niedrigen Nebengebäuden vorbei gelangten sie zum Zentrum der Menagerie, dem Papageienkäfig, einem runden Bau, der sich auf einem Sockel befand. Der Pavillon erstrahlte im satten Schönbrunner Gelb. Die Gitterstäbe der Käfige waren dunkelgrün gestrichen. Diese beiden Farben fanden sich auch in allen anderen Gebäuden des Zoos wieder. Vom Papageienpavillon führten strahlenförmig angelegte Wege zu den verschiedenen Tierhäusern.

»Wir treffen Franz bei den Elefanten«, erklärte Karl Moser.

Franz Geiger war der leitende Tierpfleger im Zoo. Auch wenn er einige Jahre älter war als ihr Vater, hatte sich über die vielen Jahre der Zusammenarbeit eine tiefe Freundschaft zwischen den beiden Männern entwickelt. Emma hatte Franz die Stelle im Zoo zu verdanken. Er hatte sich beim Zoodirektor Alois Kraus persönlich für sie eingesetzt.

Hinter dem Bärengehege lag das Dickhäuterhaus. Schon von Weitem sah Emma die Menschentraube, die sich rund um das Außengehege gebildet hatte. Wer in den hinteren Reihen stand, musste geduldig warten, bis er nach vorne durfte. Doch das Warten lohnte sich. Bei schön Wetter konnte man die Tiere im Freien ohne Bezahlung bestaunen.

Wollte man in eines der Häuser gehen, musste man eine Eintrittskarte bei den Automaten lösen, die davor angebracht waren. Auf diese Weise konnte ein Teil der enormen Kosten des Zoos beglichen werden. Freilich kam für den Hauptteil der Ausgaben der Kaiser selbst auf.

Franz Geiger stand neben dem Tierhaus und blickte suchend umher. Als er sie schließlich erblickte, winkte er sie fröhlich zu sich.

»Servus, Franz!« Die Männer begrüßten einander herzlich mit einem Händeschlag.

Dann wandte Franz sich an Emma. »Sieh einer an, das Fräulein wird tatsächlich in die Fußstapfen des Herrn Papa treten.« Er tippte sich zum Gruß an seine Uniformmütze und verbeugte sich vor Emma. Sie hatte den Mann noch nie in etwas anderem als seiner dunkelgrünen Uniform gesehen. Auch außerhalb seiner Arbeitszeit trennte sich Franz nicht von seiner offiziellen Kleidung. Nur seine Schürze legte er ab, wenn er den Tiergarten verließ.

»Na ja, ich habe es zumindest vor«, sagte Emma.

»Wenn Sie bloß halb so ehrgeizig sind, wie ich denke, werden Sie Ihr Ziel erreichen.« Der Pfleger klang zuversichtlich.

»Warum sind die Kühe im Freien?«, fragte Emma. Vom abgetrennten Bereich der Pfleger aus hatten sie einen freien Blick auf das Gehege. Im hinteren Teil standen zwei Elefanten in der Ecke und rollten ihre Rüssel ein. Ein Tier schwang das rechte Vorderbein. Beides waren Zeichen von Nervosität. Das hatte Emma von ihrem Vater gelernt.

Es gab drei Elefanten im Zoo: Pepi, Mitzi und Mädi. Die

Elefanten zählten zu den Hauptattraktionen der Menagerie. Als vor acht Jahren das erste Elefantenjunge, Mädi, in Gefangenschaft zur Welt gekommen war, hatte man das Ereignis nicht nur in Wien gefeiert. Die Nachricht war um die ganze Welt gegangen und hatte ein neues Kapitel in der Zoogeschichte geschrieben.

»Wir haben Pepi separieren müssen«, erklärte Franz. »Er ist aggressiv geworden und hat die beiden Damen attackiert.«

»Warum hat er das getan?«, fragte Emma.

Franz hob die Schultern und seufzte. »Ich weiß es nicht.«

Jetzt trat ein Tierpfleger aus dem Stall und ging auf die Elefanten zu. Er trug einen langen Stecken mit einem Haken vorne dran. Kaum dass er sich den Tieren näherte, setzte sich das größere der beiden, Mitzi, in Bewegung. Wie auf Kommando folgte ihr ihre Tochter Mädi. Die Elefanten hatten sichtlich Angst vor dem spitzen Haken, mit dem sie so lange gequält worden waren, bis ihr Wille gebrochen war. Als Mädchen hatte Emma immer wegsehen müssen, wenn einer der Tierpfleger die Elefanten damit gestochen hatte. Sie war fest davon überzeugt, dass es auch einen anderen Weg gab, Tiere zu halten. Und ab nächster Woche würde sie endlich damit anfangen können, ihre Ideen in die Tat umzusetzen. Emma konnte es kaum erwarten.

»Für welche Tiere werde ich zuständig sein?«, fragte sie Franz aufgeregt. »Darf ich zu den Elefanten?«

Franz runzelte die hohe Stirn. »Die Frauen im Zoo kümmern sich um die kleineren und weniger gefährlichen Tiere.«

»Aber die Elefanten sind doch nicht gefährlich«, entgegnete Emma entrüstet. Schon als Kind hatte sie Mitzi und Mädi regelmäßig füttern dürfen. Sie hatte zugesehen, wie ihr Vater Pepi einen Splitter aus dem Fuß gezogen hatte. Nach der Behandlung hatten sie Franz dabei geholfen, Mädi und Mitzi mit Wasser abzuspritzen, was die Tiere sichtlich genossen hatten. Bevor Emma den Stall verlassen hatte, hatte Mädi ihren Unterarm mit ihrer Rüsselspitze berührt. Heute noch konnte sich Emma an die weiche Berührung erinnern, die sich angefühlt hatte, als wäre ein Schmetterlingsschwarm ganz dicht über ihre Haut geflattert. Es erschien ihr völlig verkehrt, diese sanften Riesen mit Metallhaken zu malträtieren.

»Du wirst mit den Wasservögeln und Schildkröten beginnen«, sagte Franz.

»In Ordnung.« Emma versuchte, sich ihre Enttäuschung nicht anmerken zu lassen.

»Das ist nicht meine Entscheidung«, entschuldigte sich Franz.

»Wasservögel und Schildkröten sind fein«, beeilte sich Emma, zu sagen. Sie konnte ja hinterher trotzdem den Elefanten, Giraffen und Affen einen Besuch abstatten.

»Ich werde am Ende des Monats mit Direktor Kraus reden«, versprach Franz. »Schließlich bin ich nicht mehr der Jüngste. An manchen Tagen ist mir die Arbeit zu viel. Ich will schon seit längerer Zeit das Affenhaus abgeben.«

»Das Affenhaus ...«, wiederholte Emma mit glänzenden Augen. Sowohl ihr Vater als auch Franz unterdrückten ein Schmunzeln.

»Wenn du in Zürich studieren willst, wirst du dich mit allen Tieren beschäftigen müssen«, sagte ihr Vater.

»Ich weiß«, antwortete Emma fröhlich. »Aber ich darf doch trotzdem besondere Vorlieben für bestimmte Tiere haben.« Ihr Vater schien zu wissen, worauf sie anspielte. Karl Mosers Herz schlug für die Seehunde und Pinguine im Zoo.

»Ach, wir haben doch alle unsere Lieblinge«, meinte Franz. »Ich mag die Wölfe. Ich glaube, sie erinnern mich an den Hund, von dem ich immer geträumt habe.«

Gemeinsam gingen sie zu den Mannschaftsräumen, die neben dem Wirtschaftshof lagen. Der Weg führte an den Bären, den Raubtieren und Sumpfbibern vorbei. Emma fiel es schwer, nicht bei jedem Gehege stehen zu bleiben. Zu gerne hätte sie allen Tieren ihre Aufmerksamkeit geschenkt. Vor einigen Gehegen drängten sich mehr Schaulustige als vor anderen. Die Wildhühner konnten nur wenige Menschen begeistern, während die Kängurus vor allem bei Familien mit Kindern beliebt waren.

Vor einem einstöckigen Gebäude hielt Franz schließlich an. »Hier sind die Garderoben für Männer und Frauen. Du wirst am Montag einen Schrank für die Arbeitskleidung zugeteilt bekommen.«

»Eine Uniform?«, fragte Emma und stellte sich vor, wie sie wohl in dem dunkelgrünen Anzug mit der steifen Mütze am Kopf aussehen würde.

»Eine Schürze«, antwortete Franz irritiert.

Auch hier gab es einen deutlichen Unterschied zwischen Männern und Frauen. Wie gut, dass Emma gefragt hatte. Sie würde eines ihrer ältesten Kleider anziehen.

»Im hinteren Teil der Wirtschaftsgebäude befindet sich die Küche. Für einige Tiere wird Spezialnahrung gekocht. Du wirst in den ersten Wochen dort mithelfen.«

»Ich werde kochen?« Küchenarbeit gehörte nicht zu Emmas Lieblingsbeschäftigungen. Ganz im Gegensatz zu Greta, die gerne neue Rezepte ausprobierte, Kuchen und Kekse backte und sich jetzt schon aufs Einkochen der Gartenmarillen in ein paar Tagen freute.

Karl Moser blieb ihre Enttäuschung nicht verborgen. »Du lernst eben alles von der Pike auf. Das hat große Vorteile, glaube mir.«

Emma nickte. Sie hatte immer gewusst, dass der Weg, den sie vor sich hatte, nicht einfach werden würde. Die erste Hürde, die Matura, hatte sie vor einem Monat mit Bravour gemeistert. Zwar stand in ihrem Zeugnis nicht der Zusatz »Reif zum Besuch der Universität«, denn dieser Beisatz war in Wien nach wie vor den jungen Männern vorbehalten, für die Zulassung zum Studium in Zürich war das jedoch egal. Dort zählten ihre Noten, und die waren hervorragend.

Zuversichtlich strahlte Emma ihren Vater an. »Ich werde so viel lernen, wie ich nur irgendwie kann«, versprach sie. »Am liebsten würde ich sofort eine Schürze umbinden und mit der Arbeit beginnen.« Das war nicht gelogen.

Karl Moser lachte. »Das wäre jammerschade. Dieses Kleid hat ein Vermögen gekostet.«

»Dann sehen wir uns am Montag um acht Uhr?«, fragte Franz.

»Ich bin mit Sicherheit pünktlich.«

»Daran zweifle ich keinen Augenblick.«

Emma und ihr Vater verabschiedeten sich von Franz und machten einen ausgedehnten Spaziergang durch den Zoo. Sie besuchten das Affenhaus und schauten sich danach die Reptilien an. Auch die Seehunde und Pinguine ließen sie nicht aus. Erst als Emmas Magen so laut knurrte, dass ihr Vater ihn trotz der enormen Geräuschkulisse hören konnte, drängte er: »Es ist höchste Zeit für eine Jause mit unserem Geburtstagskind im *Hietzinger Hof*, was sagst du?«

Emma widersprach nicht, denn schon am Montag würde sie wieder hier sein. Und ab dann jeden Tag.

Über die Kastanienallee kehrten sie zurück zum Ausgang. Emma malte sich aus, wie ihr erster Arbeitstag wohl werden würde. Sie war so sehr in ihre Gedanken versunken, dass sie die lauten Stimmen außerhalb des Schlossgartens nicht wahrnahm. Erst als das Gejohle vom Tröten von Hupen und Schlagen von Trommeln begleitet wurde, erwachte ihre Aufmerksamkeit.

»Was ist da los?«, fragte sie ihren Vater.

»Vielleicht haben die Vienna und die Hakoah wieder gegeneinander gespielt?«

Obwohl der Fußball ein sehr junger Sport war und die ersten Vereine erst seit rund zehn Jahren gegeneinander antraten, erfreute sich der Ballsport großer Beliebtheit. Jedes Wochenende strömten die Wiener zu den Sportplätzen.

»Das glaube ich nicht«, entgegnete Emma. »Ein Fußballspiel ist doch kein Grund, dass Männer wie Frauen in so großen Gruppen durch die Stadt laufen. Noch dazu an einem Dienstag.« In ausgelassener Stimmung zogen zahlreiche Feiernde über die Hietzinger Hauptstraße. Sie wedelten mit kleinen Fähnchen in den Farben des Habsburgerhauses und riefen Parolen, die Emma immer noch nicht verstehen konnte. Der Umzug erinnerte an den Faschingsausklang. Ein Zeitungsjunge lief ihrem Vater fast direkt in die Arme. Karl Moser hielt den barfüßigen Jungen auf. Die Kappe rutschte dem Burschen tief in die Stirn. Er schob sie keck zurück.

»Was ist los, warum feiern die Menschen?«, fragte Karl Moser.

»Haben Sie's noch nicht gehört?«

»Würde ich fragen, wenn ich Bescheid wüsste?«

Der Junge hielt ihm die Abendausgabe der *Wiener Zeitung* vor die Nase. »Da steht's«, sagte der Junge aufgeregt. »Der Kaiser hat den Serben den Krieg erklärt.«

Die Nachricht traf Emma wie ein Schlag ins Gesicht. Krieg! Sie hatte dieses Wort bisher nur aus Geschichten gekannt. Die letzten großen Schlachten in Solferino oder Königgrätz hatten lange vor ihrer Geburt stattgefunden. Emma war in einer Phase des Friedens groß geworden. Er war für sie eine Selbstverständlichkeit, über die sie nie nachgedacht hatte.

Ihr Vater drückte dem Jungen eine Münze in die Hand und kaufte ihm die Zeitung ab. Der Bub tippte sich an die Kappe und lief weiter. »Krieg«, rief er aufgeregt. »Der Kaiser hat den Serben den Krieg erklärt.«

Auf der Stirn ihres Vaters hatten sich tiefe Sorgenfalten gebildet, während der Mann, der neben ihm stehen geblieben war, laut jubelnd seinen Hut in die Höhe warf.

»Sie scheinen einen Krieg mit einem Volksfest zu verwechseln«, murmelte Karl Moser finster.

»So freuen Sie sich doch!« Der Mann lachte. »In ein paar Wochen ist der Spuk wieder vorbei. Wir verpassen den Serben einen Denkzettel. Höchste Zeit, dass der wilde Haufen am Balkan wieder pariert. Die glauben, dass sie sich alles erlauben können. Kassieren Geld aus Wien und wollen ständig Extrawürste.«

»Das Pack hat unseren Thronfolger erschossen«, mischte sich die Frau neben ihm ein. Singend schlossen sich beide dem Tross Feiernder an und zogen mit ihnen Richtung Schloss Schönbrunn. Es hatte den Anschein, als wollten die Menschen dem Kaiser höchstpersönlich zu seiner Entscheidung gratulieren.

»Was ist, Papa?«, fragte Emma unsicher. Das Gesicht ihres Vaters hatte jede Farbe verloren. Noch nie hatte sie ihn so erschüttert gesehen.

»Ich bin nicht sonderlich gläubig«, sagte er ernst. »Aber wir sollten beten, dass der Mann recht hat und der Krieg zu Weihnachten wieder beendet ist.«

»Und wenn nicht?«, fragte Emma ängstlich.

»Dann stehe Gott uns bei.«